HILLARYS

CLAUDIA ROSSBACHER

BLUT

TÖDLICHE KARIBIK Als die Touristin Sonja Podolski auf Antigua landet, wähnt sie sich im Paradies. Rasch schließt sie Freundschaft mit der Millionärsgattin Hillary Darnell, die mit ihrem Mann ein Luxusleben auf der Karibikinsel führt. Wenig später lernt Sonja den smarten Arzt Dr. Jeffrey Geller kennen, in den sie sich Hals über Kopf verliebt. Dass sie damit in eine tödliche Intrige gerät, ahnt sie zu diesem Zeitpunkt noch nicht. Ebenso wenig, dass hinter der traumhaften Scheinidylle verratene Freundschaften, enttäuschte Liebe und grenzenlose Habgier lauern. Mit ihrem überarbeiteten Debütroman entführt die österreichische Bestsellerautorin Claudia Rossbacher ihre Leser zurück zu ihren schriftstellerischen Wurzeln nach Antigua, in die mörderische Welt der Schönen und Reichen in der Karibik.

Claudia Rossbacher, geboren in Wien, zog es nach ihrem Tourismusmanagementstudium in die Modemetropolen der Welt, wo sie als Model im Scheinwerferlicht stand. Danach war sie Texterin, später Kreativdirektorin in internationalen Werbeagenturen. Seit 2006 arbeitet sie als freie Schriftstellerin in Wien und in der Steiermark und schreibt vorwiegend Kriminalromane und Kurzkrimis. Ihre Steirerkrimis mit den LKA-Ermittlern Sandra Mohr und Sascha Bergmann waren allesamt Bestseller in Österreich. »Steirerblut«, »Steirerkind« und »Steirerkreuz« – ausgezeichnet mit dem österreichischen »Buchliebling 2014« –, wurden als Landkrimis für ORF und ARD verfilmt, weitere Steirerkrimis sollen folgen.

www.claudia-rossbacher.com

Bisherige Veröffentlichungen im Gmeiner-Verlag:
Steirerrausch (2019)
Steirerquell (2018)
Steirerpakt (2017)
Steirernacht (2016)
Steirerland (2015)
Steirerkind (2013)
Steirerkreuz (2014)
Steirerherz (2012)
Steirerblut (2011)
Enter ermittelt in Wien (Band 2) (2016)
Enter ermittelt (2013)
SOKO Graz – Steiermark (2017)
Wer mordet schon in der Steiermark? (2015)
GenussSpur Steiermark (2019)
Griaß eich in der Steiermark (2013)

HILLARYS

CLAUDIA ROSSBACHER

BLUT

GMEINER SPANNUNG

THRILLER

Personen und Handlung sind frei erfunden.
Ähnlichkeiten mit lebenden oder toten Personen
sind rein zufällig und nicht beabsichtigt.

FSC
www.fsc.org
MIX
Papier aus verantwortungsvollen Quellen
FSC® C014496

2019 – Gmeiner-Verlag GmbH
Im Ehnried 5, 88605 Meßkirch
Telefon 07575/2095-0
info@gmeiner-verlag.de

1 Auflage 2019

Lektorat: Claudia Senghaas
Herstellung: Mirjam Hecht
Umschlaggestaltung: U.O.R.G. Lutz Eberle, Stuttgart
unter Verwendung eines Fotos von: © christophe papke / photocase.de
Druck: GGP Media GmbH, Pößneck
Printed in Germany
ISBN 978-3-8392-2516-5

Für meinen Mann Hannes, der immer für mich da ist.

PROLOG

So, so. Du meinst also, das hier ist das Paradies. Die Palmen in der Morgensonne, der feine weiße Sand zwischen deinen Zehen und die Brise, die ihn perfekt macht, den ewigen Sommer, der ganz ohne schwüle Hitze auskommt. Wir werden ja sehen, Sonja. Wir werden sehen.

1

Antigua, West Indies, Dezember 2004

Sonja rekelte sich auf ihrer Strandliege, den Blick auf das türkisfarbene Meer gerichtet. Winter in der Karibik. Das war es, wovon sie schon immer geträumt hatte. Erst vor zwei Tagen war sie endlich in Antigua gelandet, nachdem sie zu Hause alles an den Nagel gehängt hatte: ihren Job als Grafikdesignerin in einer Münchner Werbeagentur, dazu Stephan, mit dem sie nicht nur beruflich, sondern auch privat ein Team gewesen war. Stephan Schneider war ein Mann, auf den man sich verlassen konnte: rücksichtsvoll, zuverlässig und treu. Fast fünf Jahre lang hatten sie eine schicke Dachterrassenwohnung, die meisten Freunde und mehr oder weniger dieselben Interessen geteilt. Und zweimal in der Woche Sex gehabt. Sonja vermochte nicht zu sagen, wann sich die Langeweile in ihre Beziehung eingeschlichen hatte. Und bei ihr das Gefühl daran zu ersticken. Dabei hatte alles so gut begonnen. Als wären sie füreinander bestimmt. Sonjas anmutige Erscheinung, ihr schlanker, sportlicher Körper und ihr apartes Gesicht hatten Stephans Interesse auf Anhieb geweckt, als sie sich an ihrem ersten Arbeitstag als Grafikerin in der Agentur begegnet waren, für die er heute noch als Kreativdirektor arbeitete. Auch Sonja war von Stephans ruhiger Art, die so viel Stärke ausstrahlte, von Anfang an begeistert gewesen. Das war nun fast fünf

Jahre her. Sonja wusste, dass Stephan sie noch immer für eine Traumfrau und die zukünftige Mutter seiner Kinder hielt, obwohl sie ihm vergangene Woche den Laufpass gegeben hatte, um sich irgendwo in der Karibik selbst zu finden.

Eine dunkle Wolke schob sich vor die Sonne. Sonja erinnerte sich, wie Stephan verzweifelt versucht hatte, sie aufzuhalten. Er hatte mit den Tränen gekämpft, sie angefleht zu bleiben. Sie war trotzdem gegangen. Schweren Herzens zwar, aber entschlossen, ein neues Leben ohne ihn anzufangen. Irgendwann würde sein Schmerz der Wut weichen, die ihr stets geholfen hatte, mit Trennungen fertig zu werden, hoffte Sonja und zwang sich, die Gedanken an Stephan zur Seite zu schieben. Für sie war es nun Zeit, an sich selbst zu denken und herauszufinden, was sie mit ihrem weiteren Leben anfangen wollte. Verdammt! Ein dicker Tropfen traf sie mitten auf der Stirn. Eilig schnappte sie sich ihr Badetuch und die Flipflops, packte beides in ihre Basttasche und rannte barfuß zur Strandbar hinüber, wohin auch die wenigen anderen Strandbesucher vor dem warmen Regenschauer flohen.

Dort angekommen kramte sie ihren gelben Pareo aus der Tasche und schlang ihn um ihre Hüften, ehe sie sich an die Bar setzte, um einen Cappuccino zu bestellen.

»Excuse me. Do you have matches?«, fragte eine braun gebrannte Blondine und nahm auf dem Barhocker neben Sonja Platz.

»No, sorry. I stopped smoking«, antwortete Sonja und lächelte die Frau an.

»Sie sind Deutsche, nicht wahr?«, fragte die Fremde und griff nach dem Feuerzeug, das ihr der gut gebaute Barkeeper zugeschoben hatte.

»Ja, ich bin aus München.« Sonja ärgerte sich ein bisschen, dass ihr Akzent so deutlich war.

»Ich bin halb Deutsche, halb Amerikanerin und war mal Sängerin. Feines Gehör, weißt du? Ich darf doch Du sagen?«, fragte die Unbekannte in perfektem Hochdeutsch und zündete sich eine Zigarette an.

»Ja, klar. Ich bin Sonja Podolski. Freut mich.« Sonja streckte ihr die Hand entgegen. Die Frau neben ihr ergriff sie mit einem herzlichen Lächeln.

»Ich bin Hillary, nice to meet you. Du hast dir das Rauchen abgewöhnt? Finde ich toll. Ich schaffe es einfach nicht. Ich rauche viel zu gern«, sagte sie und nahm genüsslich einen tiefen Zug von ihrer Zigarette.

»Ehrlich gesagt fällt es mir noch immer schwer aufs Rauchen zu verzichten. Aber weißt du, in meinem Leben hat sich in letzter Zeit vieles geändert. Die Trennung von den Glimmstängeln war da noch die einfachste Übung.« Sonja seufzte und blickte direkt in Hillarys grüne Augen. Sie musste in ihrem Alter sein, um die 30, schätzte Sonja. Eine hübsche, interessante Person.

»Oh, du hast dich getrennt?«, fragte Hillary interessiert.

»Ja. Von meinem Job, meinem Freund, meinem Zuhause und von den Zigaretten.« Merkwürdig, es war sonst gar nicht ihre Art, wildfremde Menschen in ihr Leben einzuweihen. Aber diese Hillary mit ihrem offenen Wesen war ihr auf Anhieb sympathisch.

»Wow! Ein bisschen viel auf einmal. Und jetzt machst du Urlaub, um dich von all dem zu erholen? Verstehe. Wie lang bleibst du in Antigua?«, erkundigte sich Hillary.

»Ich weiß nicht so genau. Ein halbes Jahr vielleicht, mal sehen …«

»Das finde ich schön. So viele Freundinnen habe ich hier nämlich nicht. Die meisten reisen nach zwei, drei Wochen wieder ab.« Hillary lächelte sie an. Anscheinend war sie ehrlich begeistert über die Begegnung mit Sonja.

2

Greg Darnell fuhr seinen PC hoch. Einige Klicks später stellte er zufrieden fest, dass er vergangene Nacht fast 50.000 US-Dollar verdient hatte. Steuerfrei, während er geschlafen hatte. Seine Idee, von der Karibikinsel aus ein Internetcasino zu betreiben, war ein voller Erfolg und hatte den Multimillionär noch um ein Vielfaches reicher gemacht. Erst vor drei Jahren hatte er seinen Zeitungsverlag in London für eine ansehnliche Summe an eine amerikanische Investorengruppe verkauft. Danach war er mit seiner frisch angetrauten jungen Frau an Bord eines luxuriösen Kreuzfahrtschiffes gegangen, um nach dem idealen Ort für ihr neues gemeinsames Leben zu suchen. Was sie hier fanden, begeisterte beide. Antigua war vom Klima verwöhnt. Die beständig warmen Temperaturen, zahlreiche Sonnenstunden und tropische Regengüsse zwischendurch ließen die Vegetation das ganze Jahr über in üppigem Grün wuchern. Ab und an konnten die Sommer zwar zu trocken ausfallen, aber das war eher die Ausnahme, und die Natur erholte sich rasch, sobald der Regen zurückkehrte.

Die Darnells hatten die Insel bei ihrem ersten Besuch mit einem Leihwagen abseits der wenigen Touristentrampelpfade erkundet und waren schließlich zur Überzeugung gelangt, ihr Paradies gefunden zu haben. Sie liebten den unverfälschten Charme der Insel und der Menschen, die hier lebten, das saubere Meer und die vielen einsamen Strände, die kaum ein Tourist je betreten hatte. Der hiesige Fremdenverkehr konzentrierte sich vorwiegend auf die wohnblockgroßen Kreuzfahrtschiffe, die morgens ihre Passagiere ausspuckten und abends wieder einsogen. Dazwischen wurden die Tagesausflügler mit klapprigen Kleinbussen zu ein paar ausgesuchten Touristenstränden gekarrt, von denen die Einheimischen behaupteten, sie hätten als Kulisse für einen Bacardi-Werbespot gedient. Die Kreuzfahrer des 21. Jahrhunderts glaubten ihre Geschichten nur allzu gern. Warum auch nicht? Sie knipsten ihre Beweisfotos und kehrten zurück in die Hauptstadt St. John's, um den Rest des Tages mit zollfreiem Einkaufen an der Heritage Quay – der Shoppingzone direkt am Hafen – oder bei Burgern, Fritten und heimischem Wadadli-Bier in Hemingway's Bar zu verbringen, ehe sie wieder an Bord gingen. Abseits des einträglichen Kreuzfahrtgeschäfts schien in Antigua alles perfekt organisiert, um die Insel und ihre Bewohner vor dem Massentourismus zu bewahren. Dabei steckte weniger clevere Strategie oder gar touristischer Weitblick dahinter als vielmehr die Mentalität der stolzen Antiguaner. Mit ihrer distanzierten Haltung gegenüber Fremden ersparten sie ihrer Heimat das Schicksal vieler anderer Karibikinseln, die vor allem in der Wintersaison von Pauschaltouristen regelrecht besetzt wurden. Hier war die exklusive quirlig-bunte Karibikwelt weitestgehend noch in Ordnung.

Die Darnells verlegten ihren Wohnsitz nach Antigua, und Greg ließ den Großteil seines Vermögens auf eine der unter Millionären so beliebten Offshore-Banken transferieren, wo es sich steuerfrei, mit höherem Zinssatz als irgendwo anders, vermehren konnte. Eine Zeit lang genossen sie das entspannte Luxusleben auf ihrer Trauminsel in vollen Zügen. Bis Greg plötzlich auf eine geniale Geschäftsidee kam, die er seiner Vergangenheit als professioneller Casinospieler zu verdanken hatte. Niemand in seiner Umgebung ahnte etwas von diesem dunklen Kapitel seiner Lebensgeschichte. Damals hatte er kurz vor dem Ruin gestanden.

Und jetzt wusste er sogar, wie er seine überwundene Spielsucht zu barem Geld machen konnte. Er plante, das erfolgreichste Casino im weltweiten Netz zu betreiben. Mit dreidimensionalen Sälen und Spieltischen, an denen mehrere Spieler auf der ganzen Welt live gegeneinander spielen konnten. Mit Originalgeräuschen und stimmungsvoller Hintergrundmusik, die schon beim Einstieg authentisches Casinogefühl aufkommen ließen. Keines der Spiele sollte manipuliert werden, alles völlig legal ablaufen, zumindest nach der liberalen Gesetzgebung des Karibikstaates. Nach einigen Monaten Entwicklungsarbeit, für die er ein kleines, feines dänisches

Softwareunternehmen angeheuert hatte, war sein Casino online und warf schon im ersten Quartal fette Gewinne ab. Gregs virtuelle Gäste spielten Roulette, Black Jack, Baccara und Poker und verzockten dabei reales Geld. Ganz bequem von zu Hause aus und rund um die Uhr, wie es die Mailings versprachen, die mittlerweile an 30.000 potenzielle englische Spieler verschickt worden waren. Vor ein paar Wochen erst waren einige virtuelle einarmige Banditen hinzugekommen, die wiederum neue Klientel anlockten. Wenngleich er ab und zu recht ansehnliche Beträge auf die Konten einiger weniger glücklicher Gewinner überweisen musste, so loggten sie sich irgendwann doch wieder ein, um schlussendlich alles zu verlieren. Denn eines war klar: Die Bank gewinnt immer. Und die Bank war in diesem Fall Greg. Zumindest nach Abzug der vergleichsweise geringen Kosten fürs Marketing, die Entwicklung neuer Spiele und die laufende Wartung der Server, um die sich die Softwarefirma in Kopenhagen kümmerte.

»Schatz, möchtest du Kaffee?«, fragte Hillary und stand mit einer dampfenden Tasse in der Tür seines Arbeitszimmers. Sie fand es hier immer eiskalt, aber Greg brauchte einen kühlen Kopf zum Arbeiten.

»Danke. Stell ihn einfach irgendwo hin«, murmelte er, in Gedanken ganz bei der E-Mail, die er gerade an Anthony Gibbs, seinen hiesigen Anwalt, schrieb.

»Kann ich dich etwas fragen, Greg?« Hillary stellte die Kaffeetasse auf der spiegelnden Pianolackplatte seines Schreibtisches ab.

»Tust du doch schon«, schnauzte Greg sie an. Wenn er etwas nicht leiden konnte, dann während der Arbeit aus seinen Gedanken gerissen zu werden.

Hillary schluckte wie so oft ihren Ärger über seine forsche Reaktion hinunter. »Können wir am Nachmittag mit dem Boot hinausfahren? Ich habe gestern eine junge Frau kennengelernt. Sonja aus München. Sie ist sehr nett. Ich habe sie zum Schnorcheln eingeladen.«

»Von mir aus. Punkt 14 Uhr legen wir ab. Und jetzt lass mich in Ruhe weiterarbeiten«, antwortete Greg, ohne seiner Frau auch nur einen kurzen Blick zu schenken. Dabei sah Hillary zum Anbeißen aus in ihrem knappen weißen Bikini, der von dünnen Bändchen mit bunten Perlen gehalten wurde.

Mit einem kaum hörbaren Seufzen verließ sie das klimatisierte Büro, das ihr nicht nur wegen der geringen Raumtemperatur Gänsehaut bereitete. Egal. Sie würde den Nachmittag mit ihrer neuen Bekanntschaft verbringen. Und Greg würde bis dahin auch bessere Laune haben. Wie immer, wenn er seine heiß geliebte Motorjacht bestieg.

3

Sonja köpfte gerade ihr Frühstücksei, als ihr Handy klingelte.

»Hallo, Süße«, zwitscherte Hillary gut gelaunt ins Telefon.

»Hi, Hillary. Wie geht's dir?«, erkundigte sich Sonja.

»Super. Hör zu, Sonja. Ich hole dich um halb zwei im Hotel ab. Dann fahren wir mit unserer Jacht hinaus, okay?«

»Ja, gern. Ich warte in der Lobby auf dich. Ich freu mich schon.« Sonja machte sich nicht besonders viel aus Booten. Ihr letzter Segelausflug hatte im zarten Alter von zwölf Jahren im frostigen Chiemsee geendet, was ihr eine lästige Erkältung beschert hatte. Doch sie freute sich auf Hillary. Sie war die Erste, die sie hier kennengelernt hatte. Sonja brauchte dringend ein bisschen Gesellschaft – abgesehen von den krebsroten, ständig betrunkenen All-Inclusive-Engländern am Hotelpool, die Sonja nur vom Wegschauen kannte. Sie beschloss, den restlichen Vormittag am Strand zu verbringen, ihren Roman weiterzulesen und dabei nicht an Stephan zu denken. Zufrieden biss sie in ihr Frühstücksbrötchen und blickte durch ihre übergroße schwarze Sonnenbrille, die sie ein wenig wie Audrey Hepburn aussehen ließ, zum azurblauen Himmel. Was für ein perfekter Tag.

4

Dr. Jeffrey Gellers Mobiltelefon spielte das Lied vom Tod. Genau der passende Klingelton, dachte er, als ihm das Display die Nummer des Anrufers zeigte. Jeff konnte ein sarkastisches Grinsen nicht unterdrücken.

Der Chefarzt des Stanton Hospitals war ein großer athletischer, dunkelhaariger Mann in seinen frühen Vierzigern. Dass er noch dazu ledig war, machte ihn für seine zahlreichen Verehrerinnen umso begehrenswerter.

»Hi, Samuel. Was gibt's?«, fragte er scheinheilig, während er in seinen schwarzen Land Rover stieg, um zum Krankenhaus zu fahren.

»Doktor Geller, ich hab da wieder was für Sie. Männlich, schwarz, ungefähr 30. Gut erhalten. Interessiert?«

Jeffs Gesicht nahm einen förmlichen Ausdruck an. »Klar, Sam. Wann kannst du liefern?«, erkundigte er sich bei dem Anrufer, mit dem er seit gut einem halben Jahr im Geschäft war. Von seinem Gehalt als Unfallchirurg und Chefarzt im lokalen Hospital ließ es sich zwar recht gut leben, aber mit den Nebeneinkünften der letzten Monate und seinem alten Motorboot als Anzahlung konnte er sich endlich das neue, superschnelle Sunseeker-Speedboat leisten.

»Wie wär's in einer Stunde?«, fragte Sam.

»Perfekt. Ich erwarte dich.« Jeff beendete das Gespräch mit einem selbstzufriedenen Lächeln. Zehn Minuten später stellte er sein Auto auf dem für ihn reservierten Parkplatz vor der Klinik ab. Seine Assistenzärztin, Dr. Nekisha Jacobs, huschte auf ihren endlosen Beinen an ihm vorbei, als sich die gläserne Eingangstür zum Foyer automatisch öffnete. Wie immer schenkte ihm die dunkelhäutige Schönheit ein strahlendes Lächeln, dass ihm ganz anders wurde.

»Guten Morgen, Nekisha. Na, hatten wir einen schönen freien Tag?«, erkundigte sich Jeff.

»Oh ja, Jeff. Danke.«

Was für eine heiße Braut, dachte Jeff. Das letzte Mal war sie abgegangen wie ein Ferrari. Er blickte auf seine erst kürzlich erstandene stählerne Rolex Daytona. Noch 50 Minuten, bis Sam eintreffen würde. Zeit genug, um E-Mails zu checken und Kaffee zu trinken. Und dann nichts wie runter in die Notaufnahme.

5

Schon im Fahrstuhl hörte Jeff die Sirenen des heranrasenden Rettungswagens. Gerade als sich die Lifttür öffnete, hielt das Einsatzfahrzeug vor der Klinik an. Gutes Timing, Sam, dachte er.

Sekunden später schob Samuel Jacobs die Bahre mit einem blutüberströmten Mann im Laufschritt durch die nahezu menschenleere Wartehalle. Der fettleibige Rettungswagenfahrer hatte sich erst gar nicht die Mühe gemacht ihn zu begleiten. Auf Henrys Trägheit war wie immer Verlass.

»Autounfall, Doktor! Er hat sehr viel Blut verloren!«, schrie Sam, als Jeff ihm entgegeneilte.

»Danke, Sam! Wir kümmern uns um ihn. Rodney, hierher!«, wandte sich Jeff einem Pfleger zu. »Ab in den OP! Sofort!«

Zwei Minuten später stellte der Chefarzt den Tod seines Patienten fest und ließ den Leichnam in die Pathologie bringen. Gut gemacht, Sam. 200 US-Dollar für dich. Und 3.000 für mich. Das war der Preis, den sein Auftraggeber für jede Lieferung bezahlte. Den lukrativen Deal hatte Jeff mit dem angesehenen Dekan der benachbarten Privatuniversität für Medizin abgeschlossen. Bei einem gemeinsamen Abendessen hatte sich Professor Dr. Sidney Watt beklagt, dass auf der Insel mit ihren rund 80.000 Einwohnern einfach zu selten gestorben würde. Der ehrgeizige Dekan brauchte deutlich mehr Leichen für die

Ausbildung seiner Studenten. Schließlich erwarteten die finanzkräftigen Familien, die ihre Kinder aus aller Welt hierher schickten, die besten Studienbedingungen.

Jeffs Vorschlag, seine internationalen Beziehungen spielen und die benötigten Studienexemplare gegen einen Unkostenbeitrag von 3.200 US-Dollar nach Antigua transportieren zu lassen, hatte der Professor dankbar angenommen. Insgeheim hatte Jeff jedoch beschlossen, das Geld größtenteils selbst einzustecken, und hatte Samuel Jacobs angeheuert, um für heimischen Nachschub zu sorgen.

Sam wäre viel lieber sauber geblieben, wo er endlich einen richtigen Job und damit eine Zukunft hatte. Dummerweise stand er in der Schuld des Chefarztes. Ausgerechnet Jeff hatte dem auf Bewährung entlassenen Häftling einen Job als Rettungsassistent besorgt, nachdem sich seine Cousine Nekisha für ihn eingesetzt hatte. Und Jeff ließ keinen Zweifel aufkommen, dass Sam auch genauso schnell wieder auf der Straße sitzen würde, wenn er nicht regelmäßig lieferte. Es blieb Sam also gar nichts anderes übrig, als den Doc zufriedenzustellen. Einige der Notfallpatienten starben auf dem Weg ins Krankenhaus sowieso. Bei den meisten musste Sam jedoch nachhelfen.

Wie Samuel Jacobs zu seinen Leichen kam, interessierte Jeff herzlich wenig. Vielmehr interessierte ihn Nekisha, die er schon bald zur Jungfernfahrt mit seiner neuen stromlinienförmigen Sunseeker einladen würde. Jungfernfahrt mit Nekisha. Das hatte was. Jeff grinste bei dem Gedanken an einen wilden Ritt übers Meer.

Zuerst musste er sich aber um Formalitäten wegen der Leiche kümmern. Die Witwe des Verstorbenen wartete bereits in der Halle. Jeff benötigte ihre Einwilligung, den

Leichnam ihres Mannes der Medizin zur Verfügung zu stellen. Für den Fall, dass jemand nachfragte. Eine einfache Übung für den charmanten Dr. Geller, der nichts besser beherrschte, als Frauen dazu zu bringen, ihm genau das zu geben, was er wollte.

Danach würde er noch den üblichen Papierkram erledigen. Nichts Besonderes. Schließlich handelte es sich nur um ein weiteres bedauerliches tödliches Unglück, das einem Einheimischen auf den holprigen Straßen der Insel widerfahren war. Und um einen weiteren Glücksfall für Dr. Gellers Nummernkonto auf den Cayman Islands.

6

»Greg-Schatz, darf ich dir Sonja vorstellen?«, rief Hillary vom Bootssteg aus ihrem Mann zu, der Punkt 14 Uhr auf der Brücke seines Powercats stand, um die zwei 250-PS-Dieselmotoren zu starten. Hillary liebte diesen 13 Meter langen Katamaran, der auch bei rauem Seegang relativ sanft über die karibischen Wellen glitt. Zwei Schlafkajüten, zwei Waschräume und eine voll ausgestattete Kombüse boten alle nur erdenklichen Annehmlichkeiten für ihre Tagesausflüge. Aber auch größere Distanzen ließen sich mit der Laguna bequem bewältigen. Bei heftigen Regengüssen kam Greg unter Deck, um die Jacht von der Kajüte aus zu steuern, ohne dabei nass zu werden. So hatten die Darnells schon einige Nachbarinseln mit der Laguna besucht, meist in Begleitung von Gregs Geschäftspartnern.

Hillary und Sonja hüpften eine nach der anderen auf das geräumige Achterdeck, während Greg die Stufen von der Brücke herabstieg.

»Sonja, das ist mein Mann, Greg.« Hillary stellte ihre Tasche auf der weißen Ledersitzbank ab.

Greg schüttelte Sonjas Hand. »Willkommen an Bord, Sonja. Fühl dich ganz wie zu Hause.«

Sonja schluckte. Von wegen wie zu Hause, dachte sie, beeindruckt von der Luxusausstattung.

Hillary schien es eilig zu haben. »Los, Greg. Lass uns ablegen. Es ist so herrliches Wetter heute. Ich mache die Leinen los. Fahren wir zur Cades Bay?«, sprudelte sie vor lauter guter Laune förmlich über.

»Ist ja gut, Liebling. Willst du uns vorher nicht noch einen Drink anbieten?« Greg amüsierte sich sichtlich über seine überdrehte Frau.

»Ja, klar, sorry. Champagner für dich, Sonja?«

»Gern.« Sonja entging nicht, dass Greg sie von oben bis unten musterte. Er war ein eindrucksvoller Mann um die 50. Obwohl er etwas kleiner als Sonja und ein wenig untersetzt war, wirkte er mächtig auf sie. Aber das konnte auch an seiner schmucken Jacht liegen. Oder an der Art, wie er Hillary behandelte. Sonjas sensible Antennen hatten trotz seiner freundlichen Worte gleich wahrgenommen, dass er für gewöhnlich den Ton angab, auch wenn Hillary das zu ignorieren schien.

»Wir warten noch auf Jeff«, sagte Greg. »Er ist von der Klinik unterwegs hierher und müsste gleich da sein. Hast du Jeff schon kennengelernt, Sonja?«, fragte er und nahm das Champagnerglas entgegen, das ihm Hillary reichte.

»Nein, bisher noch nicht.« Sonja warf Hillary einen fragenden Blick zu.

»Jeff ist Arzt im Stanton Hospital. Ein guter Freund von Greg, der …«, setzte Hillary zur Erklärung an.

Greg fiel ihr ins Wort. »Er ist Chefarzt der Klinik und mein bester Freund auf der Insel. Ich bin sicher, ihr werdet euch mögen, Sonja. Meinst du nicht, Liebling?«

»Ja, sicher. Jeff wird dir bestimmt gefallen. Lasst uns jetzt endlich anstoßen. Auf gute Freundschaft!« Hillary hob ihr Glas.

Der eisgekühlte Champagner prickelte Sonjas Kehle hinunter. So lässt es sich leben, dachte sie und blinzelte in die Sonne. Auf einmal stand er vor ihr: Dr. Jeffrey Geller. Braun gebrannt, breitschultrig, weißes T-Shirt, ausgewaschene Jeans. Sonja wäre bei seinem Anblick fast am Jahrgangschampagner erstickt.

Jeff reagierte sofort. Er zog die hustende Sonja von der Sitzbank hoch, beugte ihren Oberkörper leicht nach vorn und klopfte ihr fachkundig zwischen die Schulterblätter. Während sie nach Luft rang, dachte sie nur, welch peinlichen Eindruck sie auf ihn machen musste.

»Und wessen junges Leben durfte ich soeben retten?« Jeff reichte Sonja ein blütenweißes Handtuch mit eingesticktem blauem Laguna-Schriftzug.

»Das ist Sonja. Meine Freundin aus München. Sonja, geht's wieder?«, fragte Hillary besorgt.

»Besser«, röchelte Sonja und wischte sich Tränen aus den Augenwinkeln. »Danke. Du bist Jeff, nehme ich an.«

»Jawohl. Ich bin Jeff. Doktor Jeffrey Geller. Sehr erfreut«, antwortete er und hielt Sonjas Hand einen Augenblick zu lange fest.

»Ist ja schon gut, Doktor Jeffrey Geller. Möchtest du auch ein Glas Roederer Cristal?« Hillary winkte mit der Flasche.

»Ich weiß nicht. Scheint ein gefährlicher Jahrgang zu sein«, meinte Jeff, noch immer Sonja anlächelnd.

»Du oder der Champagner?«, fragte Hillary mit süffisantem Grinsen und schenkte ihm ein Glas ein.

»Witzig, Hillary. Wirklich witzig«, antwortete Jeff.

Bei Sonja und Greg löste Hillarys Kommentar herzliches Lachen aus, in das Jeff schließlich einstimmte.

»Eins zu null für Hillary«, sagte Greg und stieg zur Brücke hinauf.

»Du könntest die Leinen losmachen und die Fender einholen, Jeff«, schlug Hillary vor.

»Aye, aye, Käpten. Bin schon unterwegs. Vorsichtig trinken, meine Damen.«

»Was für ein Glück, dass wir dich haben, Doc!«, rief Hillary ihm hinterher.

Sonja fragte sich, woher ihr plötzlicher Sarkasmus kam. Ob zwischen den beiden etwas lief? »Zankt ihr euch öfter so?«, flüsterte sie ihrer Freundin zu.

»Na ja … Mich nervt seine Art. Jeff hält sich für unwiderstehlich.« Hillary rollte mit den Augen.

Ist er ja auch, dachte Sonja. Aber, das behielt sie lieber für sich. Zumindest so lange, bis sie herausgefunden hatte, was tatsächlich zwischen Hillary und dem, im wahrsten Sinn des Wortes, atemberaubenden Jeff lief.

Hillary zündete sich eine Zigarette an. »Nimm dich bloß in Acht vor ihm. Er vögelt alles, was nicht bei drei auf der Palme ist«, warnte sie Sonja.

Die hätte sich beinahe schon wieder am Champagner verschluckt, diesmal allerdings vor Lachen.

Die Laguna legte ab und fuhr langsam aus der Marina, vorbei an den schmucken Segelschiffen und den luxuriösen Motorjachten der Superreichen. Die meisten waren noch um einiges größer und teurer als die Jacht der Darnells. Viele von ihnen hatten Pooldecks, eine wartete sogar mit Bord-Hubschrauber auf.

Jeff leistete Greg auf der Brücke Gesellschaft, während die beiden Frauen in ihren Bikinis auf dem Sonnendeck am Bug saßen. Hillary kommentierte eifrig gestikulierend jedes Detail, das an ihnen vorbeizog. Sonja war beeindruckt von der Schönheit der Insel, von der sie bisher viel zu wenig gesehen hatte. Die kilometerlangen palmengesäumten, beinahe weißen Sandstrände wurden immer wieder von kleinen, heimeligen Buchten unterbrochen, die teilweise nur vom Meer aus erreichbar waren. Dahinter erstreckten sich die bewaldeten Hügel der Insel in sattem Grün. Hillary zeigte zum Horizont. »Dort drüben ist die Nachbarinsel Montserrat. Siehst du den Rauch, der aus dem Vulkan aufsteigt?«

»Ich dachte, das ist eine Regenwolke«, sagte Sonja.

»Nein. Das ist Soufrière Hills. Mitte der 1990er-Jahre ist der Vulkan mehrmals ausgebrochen. Fast die ganze Insel wurde damals verwüstet. Zwei Drittel der Bevölkerung sind geflohen. Die meisten nach Antigua. Beim letzten Vulkanausbruch im Sommer 2003 haben wir selbst miterlebt, wie der Wind die Asche bis zu uns herüberwehte. Der widerliche schwarze Staub war überall. Tagelang.«

»Und jetzt gibt der Vulkan Ruhe?«, fragte Sonja interessiert.

»Na ja. Du siehst ja, wie es da drüben qualmt. Keine Ahnung. Ich hoffe, er gibt Ruhe. Mittlerweile sind ja auch wieder viele Montserratianer in ihre Heimat zurückgekehrt«, erklärte Hillary.

»Mont-se-rra-tia-ner«, wiederholte Sonja. »Damit kannst du beim Fernsehquiz glatt eine Million Euro gewinnen.«

»Was soll ich mit ’ner läppischen Million? Weißt du was? Ich schenke sie dir«, schlug Hillary vor.

»Oh, danke. Ich kann sie sehr gut gebrauchen. Meine vergleichsweise bescheidenen Ersparnisse werden nicht ewig reichen«, erwiderte Sonja amüsiert.

»Da mach dir mal keine Sorgen. Mir fällt schon was ein.«

»Und was, bitte?«

»Lass mich nur machen. Du wirst schon sehen.« Hillary streckte sich auf dem Sonnendeck aus.

Die weitere Bootsfahrt genossen die beiden schweigend. Der Wind blies ihnen um die Ohren, die Sonne wärmte ihre Haut. Irgendwann nickte Sonja ein.

7

Sonja erwachte, als die Laguna ihr Ausflugsziel erreichte. Der palmengesäumte Traumstrand der Cades Bay lag direkt vor ihnen. Greg nahm Fahrt zurück. Jeff kam aufs Bugdeck, um Hillary mit dem Anker zu helfen, der unter lautem Rattern der schweren Kette im glasklaren Wasser versank.

»Kommst du, Sonja?«, fragte Hillary.

Sonja begleitete sie zum Heck, wo unter dem aufklappbaren Teakholzboden eine chromglänzende Leiter aufbewahrt wurde. Mit gekonnten Handgriffen befestigte Hillary die Einstiegshilfe. Elegant sprang sie kopfüber ins Wasser, um die Leiter mit einer Leine am Boot festzubinden. Sonja, die von Jachten keinen blassen Schimmer hatte, bewunderte, dass in jedem noch so kleinen Winkel der Laguna ein praktisches Detail verborgen lag.

»Sonja, kannst du bitte mal die Taucherbrillen aus der Badetasche holen? Gib mir die rote, du kannst die schwarze nehmen! Bloß nicht die blaue, die gehört Greg! Da ist er sehr eigen!«, rief Hillary aus dem Wasser.

Sonja beugte sich über die Leiter und reichte ihr die beiden Tauchermasken mit den Schnorcheln. Dann hechtete auch sie mit einem Kopfsprung ins Meer.

Gemeinsam schnorchelten die Frauen langsam weg vom Boot, durch riesige Schwärme winziger Fische hindurch, die im gebrochenen Sonnenlicht silbern und türkisfarben glitzerten. Sonja staunte, wie sauber das Wasser war. Selbst von der Oberfläche aus konnte sie jeden Seegrashalm am Meeresgrund in etwa drei Meter Tiefe deutlich erkennen. Auf dem sandigen Boden entdeckte sie einen dunkelroten Seestern. Hillary hatte ihn auch gesehen. Sie tauchte hinab, nahm ihn behutsam in die Hand und hob ihn aus dem Wasser.

»Los, fass ihn mal an. Keine Angst. Der beißt schon nicht«, sagte sie und legte Sonja den pochenden Körper vorsichtig auf die Handfläche.

»Der ist ja ganz weich und zart auf der Unterseite. Hey, ich kann seinen Herzschlag spüren.«

»Habt ihr ein neues Haustier?«, erkundigte sich Jeff, der sich den beiden unbemerkt von hinten genähert hatte.

»Da, nimm mal Jeff. Du kannst seinen Puls fühlen.« Sonja streckte ihm das fremdartige Lebewesen entgegen.

»Nein, danke. Ich bin nicht im Dienst«, antwortete Jeff und brachte Sonja damit zum Lachen.

»Gib her. Ich bring den Kleinen wieder nach Hause«, sagte Hillary forsch und tauchte samt Seestern unter.

»Ich glaub, ich muss raus aus dem Wasser. Mir wird langsam kalt«, gestand Sonja.

»Na dann, wer als Erster auf der Laguna ist, gewinnt«, schlug Jeff vor.

»Gewinnt was?«, fragte Sonja.

Jeff überlegte kurz. »Wie wär's mit einem Abendessen?«

»Dann streng dich mal an«, rief Sonja und kraulte los, als wäre der Teufel hinter ihr her. In gewisser Weise war er das auch. Aber das wusste sie noch nicht. Genauso wenig wusste Jeff, dass Sonja in ihrer Jugend eine erfolgreiche Leistungsschwimmerin gewesen war. Obwohl er selbst ein geübter Schwimmer mit guter Kondition war, hatte er alle Mühe ihr zu folgen, und schaffte es nicht annähernd, sie auf den 50 Metern bis zum Boot einzuholen. Sonja kletterte bereits lachend die Leiter hoch, als Jeff das Heck der Laguna erreichte. Prustend und schnaufend kroch er an Bord, wo er sich fallen ließ und nach Luft schnappte wie ein Fisch an Land. Greg hatte den Wettkampf von der Brücke aus beobachtet und gesellte sich zu ihnen.

»Er übertreibt, Sonja. Jetzt tu nicht so, als hättest du sie absichtlich gewinnen lassen, Jeff. Du bist der schlechteste Verlierer, den ich kenne. Steh zu deiner Niederlage, Mann. Sonst ist dein Bier gestrichen«, stichelte Greg.

»Okay, okay. Du hast gewonnen, Schönheit. Alle Achtung. Das hätte ich dir nicht zugetraut«, meinte Jeff kleinlaut wie ein Junge, der beim Schummeln erwischt worden war.

Sonja lächelte ihn an. »Du bist nicht der Erste, der mich unterschätzt.«

Im selben Moment stieg Hillary die Leiter hoch. »Super, Sonja. Ich hab's genau gesehen, du hast Jeff besiegt. Bravo!« Hillary klatschte ihr Beifall.

Jeff warf ihr einen genervten Blick zu, während er sich abtrocknete. Die beiden Frauen verzogen sich aufs Sonnendeck, um ihre ausgekühlten Körper in der Nachmittagssonne trocknen zu lassen.

Hillary hatte die Augen geschlossen und ihr hübsches Gesicht der Sonne zugewandt. »Sag mal, was hältst du davon, wenn du in unser Gästehaus ziehen würdest?«, fragte sie Sonja aus heiterem Himmel.

Sonja sah sie verblüfft an. »Wie? Welches Gästehaus? Ich soll bei euch einziehen?«

Hillary öffnete die Augen. »Ja. Warum denn nicht? Wir haben ein Gästehaus gleich neben unserer Villa. Separater Eingang, eigene Terrasse mit Meerblick, Badezimmer,

Küche, alles, was das Herz begehrt. Nur den Pool müsstest du mit uns teilen.«

»Das muss ich mir noch überlegen.«

»Was gibt es denn da zu überlegen?«

»Na, ob ich den Pool mit euch teilen will.«

Hillary schüttelte lachend den Kopf und redete weiter auf Sonja ein. »Im Ernst, das Haus steht leer. Du brauchst nur deine Koffer zu packen und einzuziehen. Freie Logis natürlich. Also, was meinst du?«

»Bist du sicher? Was sagt Greg dazu?«

»Ach, dem ist doch eh alles egal außer seinem blöden Casino. Ich rede heute Abend mit ihm.« Hillary schien von ihrer Idee begeistert und ließ nicht locker. »Also, was ist jetzt? Komm schon, sag Ja«, drängte sie Sonja.

»Na ja, ich denke schon. Ja. Wenn du es wirklich möchtest«, stimmte Sonja schließlich zu.

»Klar möchte ich. Hätte ich dich sonst gefragt, Süße? Los, holen wir uns ein Glas Champagner. Endlich wieder ein Grund zum Feiern.« Hillary sprang auf, reichte der Freundin die Hand und zog sie hoch. Sonja trottete ein wenig verwirrt hinter ihr her.

»Ach, da sind ja die Damen. Sollen wir dann ablegen?«, fragte Greg, der es sich mit seinem Freund und einem kühlen Wadadli am Achterdeck bequem gemacht hatte.

»Wir trinken noch ein Gläschen Champagner, wenn es dir recht ist«, antwortete Hillary und verschwand in der Kajüte.

»Aber sicher. Setz dich zu uns, Sonja.« Greg deutete auf den freien Platz neben sich.

»Ich zieh mich nur rasch um«, antwortete Sonja und folgte der Freundin ins Innere der Jacht. Hillary streifte sich gerade ihre pinkfarbene, mit bunten Swarovski-

Steinen besetzte Tunika über. »Soll ich dir was zum Anziehen leihen? Es könnte ein wenig kühl werden auf der Rückfahrt. Wenn die Sonne erst mal untergegangen ist …«

»Nein, danke, Hilly. Ich hab meinen Sweater und Bermudas dabei.«

»Du kannst da drinnen duschen und dich dort hinten in der Kabine umziehen, wenn du möchtest. Ich kümmere mich inzwischen um die Snacks, damit wir nicht gleich sturzbetrunken sind.«

8

Als Sonja aufs Deck zurückkehrte, hatte Hillary groß aufgetischt. Frische Garnelen, kleine, würzige Fleischbällchen, leckere Dips und knuspriges Baguette warteten auf die fröhliche Runde.

»Wo hast du das denn jetzt hergezaubert?«, fragte Sonja erstaunt. Beim Anblick der liebevoll angerichteten Köstlichkeiten bemerkte sie, wie hungrig sie vom Schnorcheln und Schwimmen geworden war.

»Das hat Charly alles vorbereitet. Ich musste es nur noch aus dem Kühlschrank nehmen«, gestand Hillary.

»Charly?«

»Ach, den kennst du ja noch gar nicht. Er war schon weg, als wir heute aufs Boot kamen. Charly kümmert sich um die Laguna, reinigt sie vom Salzwasser und hält sie in Schuss. Und er besorgt den Proviant für unsere Ausflüge«, erklärte Hillary und versenkte einen Jumbo-Shrimp in cremiger Knoblauchsauce. »Mmh, köstlich. Ein Hoch auf Charly«, schwärmte sie und hob schon wieder ihr Glas.

»Auf Charly«, antworteten die anderen im Chor.

Den wahrlich kitschigen Sonnenuntergang, den sie auf der Rückfahrt zur Deep Bay erlebten, kommentierte Hillary für die Freundin. »Sieh genau hin, Sonja. Kurz bevor das letzte Stück der Sonne im Meer verschwindet, kannst du ihn manchmal sehen, den Green Flash.«

Jeff, der zwischen den beiden Frauen saß, mischte sich ein. »Ein kurzes grünes Aufblitzen der allerletzten Sonnenstrahlen«, erklärte er. »Wenn zwei Verliebte zusammen einen Green Flash beobachten, soll das Glück bringen.«

Gebannt starrten sie auf das spektakuläre Naturschauspiel. Die Sonne versank in einem leuchtenden, tiefen Orange im Ozean. Der Horizont war wolkenfrei, die Luft klar. Und tatsächlich. Da war er! Der legendäre Green Flash, auf den die meisten Karibikbesucher vergeblich warteten.

»Habt ihr ihn gesehen?«, fragte Hillary aufgeregt und drückte Jeff einen Freudenkuss auf die Wange.

Jeff nahm Sonjas Hand und küsste sie behutsam. Dann

beugte er sich langsam zu ihrem Ohr. »Nur damit kein falscher Eindruck entsteht«, flüsterte er.

Sonja wusste nicht recht, was sie davon halten sollte. Außerdem war sie ein bisschen angeheitert. »Wo hast du das denn gelernt? Ein altmodischer Handkuss, ausgerechnet von einem Amerikaner?«, fragte sie und zog ihre Hand zurück.

»Na ja, Schönheit. Man kommt herum in der Welt. Du weißt schon, Ärztekongresse, Empfänge, Dinners, das Übliche. Ich war übrigens auch schon in München.«

»Schau an, schau an. Ein Mann von Welt, unser Doc«, ätzte Hillary und zündete sich eine Zigarette an. Da war er wieder. Dieser Sarkasmus, den Sonja zwar ganz witzig, aber auch ein wenig merkwürdig fand. Vor allem, weil er sich ausschließlich gegen Jeff richtete. Ob er wirklich so ein Weiberheld war, wie Hillary behauptete, fragte sich Sonja und musterte ihn von der Seite. Er hatte alles, worauf Frauen stehen. Und er wusste es. Aber auch der größte Herzensbrecher war nicht davor gefeit, sich zu verlieben. Sonja beschloss, ihre Theorie zu überprüfen. Immerhin hatten sie zusammen einen Green Flash gesehen.

»Wann möchtest du denn deinen Gewinn einlösen?«, fragte Jeff, als er sich von Sonja in der Marina verabschiedete.

»Nächste Woche, vielleicht? Ich ruf dich an. Hillary hat ja sicher deine Nummer.«

»Ja, natürlich. Bis dann. Ich freue mich darauf.« Jeff drehte sich um und verschwand auf dem spärlich beleuchteten Parkplatz.

Greg setzte Sonja rechtzeitig zum Abendessen vor ihrem Hotel ab. Sie bedankte sich für den schönen Nachmittag, ehe sie aus dem Fond des schwarzen Jaguars kletterte.

»Nichts zu danken, Sonja. Es war sehr nett, dass du dabei warst. Wir sehen uns«, sagte Greg.

Hillary stieg mit Sonja aus dem Wagen aus und küsste sie auf beide Wangen. »Also, Süße, ich rede noch heute Abend mit Greg. Wegen dem Gästehaus. Ich ruf dich morgen an. Schlaf gut, und träum was Schönes. Bye-bye«, sagte Hillary und setzte sich wieder ins Auto.

»Danke, Hillary! Es war toll! Du bist toll! Gute Nacht!«, rief Sonja ihr hinterher.

9

Der Rettungswagen raste mit Blaulicht und Sirene über den ausgewaschenen, löchrigen Asphalt der All Saints Road. Immer wieder bremste Henry das Fahrzeug sachte ab, um es geschickt über die kaum sichtbaren Schwellen zu manövrieren, die schon so manchem Touristen Kreuzschmerzen oder gar eine Beule am Kopf beschert hatten. Auf der Insel gab es kaum Hinweisschilder oder Wegweiser. Ortsunkundigen Autofahrern blieb daher nichts anderes übrig, als sich auf die spartanischen Straßenkarten des Fremdenverkehrsverbandes und den eigenen Orientierungssinn zu verlassen, was vor allem nachts auf den unbeleuchteten Straßen der Insel häufig zu nervenaufreibenden Irrfahrten führte. Die Verkehrsbehörde hatte zwar Anfang der 1990er-Jahre versucht das Problem mit den fehlenden Hinweisschildern in den Griff zu bekommen, hatte aber nicht mit den geschäftstüchtigen Taxifahrern gerechnet. Still und heimlich hatten diese die aufgestellten Orientierungshilfen wieder verschwinden lassen. Neue Schilder waren angebracht worden, doch auch die hatten sich über Nacht in Luft aufgelöst. Das Spielchen war ein paarmal hin und her gegangen, bis die Behörde das Projekt aus Kostengründen aufgegeben hatte. Die Taxifahrer hatten auf diese Weise verhindert, dass ihre ausländischen Kunden scharenweise zu den internationalen Leihwagenvermietern überliefen, wie sie es anfangs befürchtet hatten.

Als sich Sam über die Notfallpatientin beugte, wusste er sofort, dass sie sein nächstes Opfer sein würde. Die Tochter und zwei Enkelkinder der alten Dame hatten sie bewusstlos auf dem Boden ihrer Küche vorgefunden, als sie vom Einkaufen zurückgekehrt waren. Sam fühlte ihren schwachen, unregelmäßigen Puls, reinigte Mund und Rachen und setzte den Tubus für die Beatmung mit reinem Sauerstoff. Dann hängte er die Patientin ans EKG und legte die venösen Zugänge für die Natriumchloridlösung und das Atropin, das gleich durch ihren Körper fließen würde. Niemand würde die Überdosis bemerken, weil keiner danach suchte. Alte Frauen starben nun mal an Herzinfarkt. Wer sollte da Verdacht schöpfen? Doch Sam war gar nicht wohl dabei, als er der verzweifelten Tochter und ihren beiden schluchzenden Kindern versprach, dass die Ärzte des Stanton Hospitals alles tun würden, um die betagte Dame zu retten.

Während Henry am Lenkrad Platz nahm, kletterte Sam zur Patientin in den Fond, schloss die Türen hinter sich und wählte Jeffs Nummer.

»Hi, Sam. Neue Lieferung?«, fragte Jeff.

»Ja, Doktor Geller. Wir haben hier eine Herzpatientin, 68 Jahre. Henry verständigt gerade die Notaufnahme. In 20 Minuten sind wir da.«

»Okay. Ich bin zur Stelle für den Fall, dass es ein Problem gibt.«

»Glaub ich nicht. Zu viel Atropin.«

»Gute Wahl, Sam. Das wird niemandem auffallen. Was ist mit den Angehörigen?«

»Die Tochter bringt noch rasch ihre Kinder wo unter. Danach kommt sie ins Krankenhaus.«

»Okay. Ich kümmere mich um sie. Danke, Sam. Bis gleich.«

Sam seufzte. Ein Scheißjob war das. Aber hatte er eine Wahl? Die arme Frau neben ihm gab kein Lebenszeichen mehr von sich. Wenigstens musste sie nicht lange leiden, dachte er und beschloss den heutigen Tag mit einer anständigen Flasche Cavalier-Rum zu beenden. Fast wünschte er sich das Kokain zurück, mit dem er sich stets stark und überlegen gefühlt hatte, bis es ihn als Dealer für sechs Jahre hinter Gitter gebracht hatte. Alleine der Gedanke an das verrottete Gefängnis und seine gewalttätigen Mitinsassen hinderte Sam daran, das Zeug jemals wieder anzurühren. Außerdem hatte er es Nekisha versprochen, seiner wunderbaren Cousine. Sie war immer für ihn da, hatte einen der besten Anwälte der Insel bezahlt und ihn fast jede Woche im Knast besucht. Er musste einfach clean bleiben. Das war er ihr schuldig.

Als die Patientin in die Notaufnahme eingeliefert wurde, konnte nichts mehr für sie getan werden. Wenig später traf die Tochter ein, und Dr. Jeffrey Geller war wie immer zur Stelle. Einmal mehr fand er die passenden Worte, die der Hinterbliebenen Trost spendeten und ihr gleichzeitig das Gefühl gaben, das einzig Richtige zu tun. Ja, der Leichnam sollte der Medizin zur Verfügung gestellt werden, wie es der nette, einfühlsame Chefarzt vorgeschlagen hatte. Das gab dem plötzlichen Tod der geliebten Mutter wenigstens einen Sinn.

Kaum hatte die Trauernde Jeffs Büro verlassen, klingelte sein Handy.

»Ich bin's, Sonja. Störe ich dich bei der Arbeit?« Sonja glaubte, er müsse ihren Herzschlag hören können. So aufgeregt war sie schon lange nicht mehr gewesen.

»Hallo, Schönheit. Was für eine nette Überraschung. Geht's dir gut?«

»Ja, danke. Ähm … ja, sogar sehr gut«, stammelte sie wie ein verliebter Teenager.

»Fein. Sag mal, was hältst du von Freitagabend?«

»Freitag? Ja, Freitag passt gut.«

»Dann hole ich dich um 19 Uhr vom Hotel ab«, schlug Jeff vor.

»19 Uhr geht in Ordnung. Aber nicht vom Hotel. Ich ziehe übermorgen ins Gästehaus der Darnells«, verkündete Sonja.

»Was? Na, das ist ja ein Ding.«

»Das ist toll, nicht wahr? Es war Hillarys Idee.«

»Und der gute alte Greg hat sicher nichts dagegen, einen so bezaubernden Gast bei sich aufzunehmen.« Jeff schmunzelte.

»Anscheinend nicht. Hillary meinte, er war sofort einverstanden. Ich finde das jedenfalls sehr großzügig von ihm.«

»Ja, ja. So ist er, unser Greg. Großzügig bis in den Tod.«

»Wie meinst du das?«

»Ach, nur so eine Redewendung. Ich muss Schluss machen, Schönheit. Ein Touristenknie wartet auf mich. Wasserski-Unfall. Also, bis Freitag um 19 Uhr.« Jeff beendete das Gespräch. Das lief ja bestens. Schnell noch ein Kreuzband geflickt und dann ab in die Marina, dachte er beschwingt. Seine funkelnagelneue Sunseeker wartete bereits auf ihn. Und Nekisha, die sein Spielzeug mit ihm einweihen würde. Erst gestern war die Endless Joy endlich in Jolly Harbour eingetroffen. Er hatte sie am Nachmittag übernommen und war sofort zu einer Testfahrt aufgebrochen. Die zwei 400-PS-starken Dieselmotoren hatten das zigarrenförmige Sportboot in kürzester Zeit auf 60 Knoten katapultiert. Jeff liebte es volle Kraft voraus über die Wellen zu rasen. Es fühlte sich fast an wie guter Sex. Noch ein paar Stunden, dann würde er beides nacheinander genießen.

10

Als der Chefarzt die Klinik verließ, wartete Nekisha bereits auf ihn. Ihr groß gewachsener, gertenschlanker Körper lehnte lässig an einer Kokosnusspalme neben seinem Land Rover.

»Hallo, Schönheit. Können wir?«, fragte er, als das Funksignal der Fernbedienung die Schlösser mit einem satten Klicken aufspringen ließ.

Nekisha glitt geschmeidig auf den Beifahrersitz. In der Klinik gab es Gerüchte, dass zwischen ihnen etwas lief. Doch die hätte es wahrscheinlich auch gegeben, wenn nichts Wahres an der Geschichte gewesen wäre. Außergewöhnlich schöne und kluge Frauen wie Nekisha lernten normalerweise sehr früh damit klarzukommen, dass sie den Neid ihrer meist nicht so attraktiven, weniger intelligenten Zeitgenossen anzogen. Nekisha war an Unterstellungen und Getuschel gewöhnt. Und diesmal stimmten die Gerüchte sogar. »Von mir aus kann es losgehen. Ich habe allerdings keinen Bikini dabei«, meinte sie neckisch.

»Den wirst du auch nicht brauchen, Schönheit.«

Der restliche Nachmittag verlief genauso befriedigend, wie Jeff es erwartet hatte. Kaum hatten sie den Hafen hinter sich gelassen, schob er den Gashebel nach oben, und die Endless Joy ging ab wie eine Rakete. Nekisha stand neben ihm im Cockpit und johlte vor Begeisterung. Ihre steifen Brustwarzen drückten sich durch den hauchdünnen Stoff ihres orange-gelben Chiffon-Tops.

Jeff wollte nicht länger warten. Das hier war einfach alles viel zu geil. Er hielt das Boot an, stellte sich hinter Nekisha und löste die Bänder in ihrem zarten, schokoladenbraunen Nacken. Das rückenfreie Oberteil glitt hinab bis zu ihren sanft geschwungenen Hüften. Mit einer Hand schob er den engen Rock hoch, mit der anderen streifte er seine Shorts ab. Dann zog er Nekisha, die ihm ihr pralles Hinterteil erwartungsvoll entgegenstreckte, den Slip aus und nahm sie von hinten. Er war hart wie schon lange nicht. Nekisha schien ihm so warm und feucht zu sein wie noch nie. Ihr heftiges Stöhnen wurde unter seinen festen Stößen immer lauter, was ihn nur noch härter werden ließ. Als sie schließlich mit einem kehligen Schrei kam, wollte Jeff sich nicht länger beherrschen. Jetzt ging er ab wie eine Rakete, während die Endless Joy sanft auf den Wellen schaukelte.

11

»Wie? Nur zwei Koffer? Das ist alles?«, fragte Hillary ungläubig.

»Na, und diese Riesentasche? Mehr Sommerkleidung hab ich nicht. Wozu auch? So viele heiße Tage gibt's bei uns zu Hause ja nicht. Leider«, antwortete Sonja, die gerade ihre Sporttasche im Kofferraum von Gregs Jaguar verstaute.

»Aber hier gibt es jede Menge Sommer. Ich denke, wir müssen demnächst mal shoppen gehen.« Hillary warf den Kofferraumdeckel schwungvoll zu. Ein paar angeheiterte Touristen standen vor dem Hotel und versuchten die beiden attraktiven Frauen mit einfältigen Sprüchen anzumachen.

»Vertschüsst euch, Jungs. Uns könnt ihr euch im Leben nicht leisten«, meinte Hillary arrogant.

»Los, Hilly. Bloß weg von diesen Ballermännern. Ich kann ihr besoffenes Gelaber nicht mehr hören.«

»Was has-t d'n gegn Aloholll? Du bischt ja vielleicht ein Schnob«, lallte Hillary übermütig und schielte Sonja an.

»Weiß Greg eigentlich, dass du betrunken mit seinem Auto fährst?«, ging Sonja auf ihre Blödelei ein.

»Nix weiß der von mir. Gar nix. Hihi.« Hillary ließ die Fahrertür ins Schloss fallen.

Sonja schnallte sich an. »Armer Greg«, meinte sie lächelnd.

»Wieso arm? Der ist doch schtinkreich, der Alteee«, scherzte Hillary und stieg aufs Gaspedal.

»An dir ist wirklich eine Schauspielerin verloren gegangen.«

»Ach ja, meinst du? Dann solltest du mich erst einmal singen hören«, sagte sie und schmetterte los.

Viereinhalb Minuten später hatte Hillary Whitney Houstons Welthit »I will always love you« beendet, und Sonja liefen Tränen über die Wangen.

»Oh mein Gott, Sonja. War ich so schlecht?« Hillary bremste den Jaguar gerade noch rechtzeitig vor einer Bodenschwelle ab.

»Ganz im Gegenteil«, sagte Sonja, »es war so schön. Richtig ergreifend. Und es hat mich an meinen Exfreund erinnert.« Sie wischte ihre Tränen mit dem Handrücken ab.

»Tut mir leid. Ich wollte dich nicht traurig machen.«

»Ist schon gut, Hillary. Du singst wirklich wunderschön. Ich hatte ja keine Ahnung.« Sonja war von der kräftigen Stimme ihrer Freundin überwältigt. Sie hatte sich seit jeher gewünscht, selbst so singen zu können. Und sie hätte alles dafür gegeben, um die Menschen mit ihrem Gesang zu berühren.

»Danke, Sonja. Ich bin leider ein bisschen eingerostet. Du hättest mich damals in Las Vegas hören sollen. Als ich noch im Mirage aufgetreten bin.«

»Du bist im Mirage aufgetreten? Ehrlich? Ich bin beeindruckt.«

»Das war Greg auch. Er hat mich fast vom Fleck weg geheiratet. Und aus war's mit meiner Karriere.«

»Hat er denn von dir verlangt, dass du mit dem Singen aufhörst?«

»Nein. Aber er wollte nicht in Vegas leben. Die Casinos haben ihn nervös gemacht. Ulkig, nicht? Jetzt betreibt er selbst eines im Internet.«

»Aber wieso hast du dann bloß aufgehört zu singen?«

»Als ich mit Greg nach London gegangen bin, habe ich versucht, dort in der Musikbranche Fuß zu fassen. Aber das hat nicht geklappt. Andere Welt, anderer Markt. Die Engländer konnten mit mir nicht viel anfangen. Und ich, ehrlich gesagt, auch nicht mit ihnen.«

»Schade um dein Talent.«

»Nun ja, es gehört wesentlich mehr als nur Talent dazu, um die ganz große Karriere als Künstlerin zu machen. Aber ist schon okay. Mir geht es doch gut als verwöhnte Millionärsgattin. Und ab und zu singe ich noch für unsere Gäste.«

»Ich finde es trotzdem sehr schade, dass du deine Karriere aufgegeben hast.«

»Ach ja? Gleich wirst du deine Meinung ändern. Wir sind fast da«, sagte Hillary und bog in die steile Privatstraße, die auf den Hügel der Darnells führte. Links und rechts war nichts als dichter, tropischer Wald.

»Gut, dass es hier kein Glatteis gibt. Die ist ja richtig steil, die Straße«, sagte Sonja.

»Glatteis? Spinnst du? Holareduljö!«, jodelte Hillary lautstark los.

»Verarsch mich nur, du Luxuspüppchen.« Sonja staunte nicht schlecht, als sie das großzügige Anwesen erreichten, das in einer Lichtung hoch oben auf dem dicht bewaldeten Hügel thronte. Der Jaguar passierte ein geöffnetes schmiedeeisernes Tor, um schließlich vor dem zweistöckigen Gästehaus anzuhalten, das um einiges kleiner als das benachbarte Haupthaus rechts davon war. Beide Villen waren im karibischen Stil erbaut. Auf soliden Fundamenten aus Natursteinen saßen ab einer Höhe von etwa 1,20 Metern die breiten Latten der Holzfassaden.

Das Gästehaus war in einem hellen Vanilleton gestrichen, und das Haupthaus strahlte in einem dunkleren, sonnigen Gelb. Rund um die beiden Wohneinheiten mit separaten Eingängen wuchsen Palmen, Bananenstauden und Sträucher, die in leuchtenden Farben blühten. An den Seitenwänden der Garage, rechts neben dem Haupthaus, rankten sich die Blüten von üppigen Bougainvilleas empor, sodass die eigentliche Funktion des Gebäudes erst auf den zweiten Blick zu erkennen war.

Sonja hatte zwar ein angemessenes Domizil erwartet, aber was sie hier sah, verschlug ihr die Sprache. Trotz der imposanten Größe des Grundstücks und der Bauwerke fand sie eine heimelige Idylle vor, in der sie sich auf Anhieb wohlfühlte. Alles schien wie zufällig gewachsen, nichts wirkte gewollt oder gar protzig, wie sie insgeheim befürchtet hatte. Kolibris und Schmetterlinge schwirrten geschäftig von Blüte zu Blüte, die Palmwedel ratterten im Wind, und die Vögel zwitscherten fröhlich vor sich hin.

»Sonja! Los, komm schon!«, rief Hillary, die bereits aus dem Wagen gestiegen war und nun ans Fenster der Beifahrertür klopfte.

»Das ist ja traumhaft«, sagte Sonja und öffnete die Wagentür.

Hillary hob den Kofferraumdeckel hoch. »Ja? Gefällt es dir? Das Beste kommt noch, hinter den beiden Häusern.«

»Wieso? Was ist dort hinten?« Neugierig griff Sonja nach ihrer Reisetasche.

»Ach, da ist ja Wayne. Er wird dir mit dem Gepäck helfen. Wayne! Kannst du bitte mal herkommen?«, rief Hillary dem jungen Mann zu, der gerade im Grünstreifen zwischen den beiden Häusern beschäftigt war. Langsam lehnte er seinen Rechen an eine Palme und trottete zu ihnen herüber.

»Wayne, das ist Ms Sonja. Sonja, das ist Wayne, unser Gärtner«, machte Hillary sie bekannt.

»Guten Tag, Ms Sonja.« Der schüchterne Wayne wischte seine rechte Hand an der kurzen Cargohose ab und reichte sie Sonja. Die wunderte sich über den kraftlosen Händedruck des jungen Mannes, der so stattlich gebaut war.

»Trägst du bitte die Koffer ins Gästehaus, Wayne? Am besten bringst du sie gleich hinauf zum Kleiderschrank«, meinte Hillary freundlich, aber bestimmt.

Mühelos hievte der Gärtner die zwei schweren Gepäckstücke aus dem Kofferraum, während Sonja ihre Reisetasche schulterte. Sie folgten Hillary zur massiven Eingangstür, die aus demselben Holz gefertigt war wie die geschlossenen Fensterläden und Rahmen.

»Ich habe das Haus heute noch mal putzen lassen. Hoffentlich ist alles fertig geworden«, erklärte Hillary und betrat das Gebäude.

Sonja war gespannt, was sie erwarten würde. Der große loftartige Raum, der über zwei Etagen bis in den offenen Dachstuhl reichte, lag im Dämmerlicht. Linker Hand befand sich eine großzügige Küche, die durch eine Bar vom Essplatz getrennt war. Rechts führte eine Treppe auf die Galerie im oberen Stockwerk, wo Sonja drei Zimmertüren ausmachen konnte. Nachdem Hillary die Fensterläden nach außen geklappt und die Terrassentür zur Seite geschoben hatte, konnte Sonja die Einrichtung im Tageslicht betrachten. Helle Farben, schnörkellose Formen und edle Materialien ließen ihr Designerherz höher schlagen.

»Komm mal her!«, rief Hillary von draußen.

Sonja folgte ihr auf die Terrasse. Die Aussicht auf das türkisfarbene Meer der Deep Bay mit dem dunkelblauen Streifen am Horizont war schier überwältigend. Auch die liebevolle Gestaltung der großen Panoramaterrasse aus Teakholz konnte sich sehen lassen. Die linke Seite war von Palmen flankiert, rechts lag der Garten, der die beiden Häuser voneinander trennte. Es gab einen dunklen Holztisch mit passenden Stühlen für sechs Personen und zwei runde Liegen aus Kunststoffgeflecht mit Faltdächern, die zum Chillen einluden. Vor der Balustrade reihten sich Tontöpfe mit jungen Palmen, kleinen Limettenbäumchen und blühenden Oleandersträuchern aneinander, die gerade mal so hoch waren, dass sie den Panoramablick nicht verdeckten. Hillary lotste Sonja ans rechte Ende der Terrasse zu den Treppenstufen, die ins Gestein gehauen worden waren. Diese führten am Felsen entlang zur zweiten, noch größeren Terrasse hinab, die über die gesamte Breite der beiden Villen reichte. Dort unten prangte ein 15 Meter langer Swimmingpool, an dessen Längsseiten acht geflochtene Liegen mit weißen Leinenkissen auf Sonnenanbeter warteten. Auf der rechten Seite standen zwölf passende Stühle um einen soliden, langen Holztisch gruppiert, daneben eine große Anrichte und eine Outdoor-Küche mit Grillstation aus Edelstahl. Hinter einer gemütlichen Sitzgruppe auf der linken Seite der Terrasse im Schatten dreier kräftig gewachsener Palmen führte die Felsentreppe weiter hinab. »Von hier aus gelangt man zu einer kleinen Bucht. Die kannst du ansonsten nur vom Meer aus erreichen«, erklärte Hillary der Freundin.

»Das ist ja der pure Wahnsinn, Hillary. Du kannst dich wirklich glücklich schätzen, hier zu wohnen.«

»Du ab sofort auch, Süße.«

12

Sonja war erst mal platt von der eindrucksvollen Führung über das traumhafte Anwesen der Darnells. Den restlichen Nachmittag verbrachte sie damit, ihre Sachen in der noblen Unterkunft zu verstauen und das blitzblanke Marmorbadezimmer im ersten Stock mit einer erfrischenden Dusche einzuweihen. Um 17.30 Uhr, rechtzeitig vor Sonnenuntergang, war sie mit Hillary und Greg auf der unteren Terrasse verabredet, um auf ihren Einzug anzustoßen und den Tag bei einem gemeinsamen Abendessen ausklingen zu lassen. Niemals hätte Sonja sich träumen lassen, dass sie so viel Glück haben würde. In kürzester Zeit hatte sie eine neue Freundin und mit Jeff vielleicht sogar eine neue Liebe gefunden. Seit ihrer Ankunft in Antigua hatte sie kaum an zu Hause oder an Stephan gedacht. Schon gar nicht an irgendwelche Zukunftspläne, wie sie es ursprünglich vorgehabt hatte. Wahrscheinlich war es ohnehin besser, die Dinge einfach auf sich zukommen zu lassen und den Moment zu genießen. Mit der Erbschaft ihres Vaters würde sie jedenfalls noch eine Zeit lang auf der Insel bleiben können. Wie gut, dass sie die 70.000 Euro bisher nicht angerührt hatte, dachte sie und freute sich auf ihr neues Leben.

»Gut siehst du aus«, sagte Hillary, als Sonja die große Terrasse betrat.

»Danke. Du auch. Was für ein tolles Kleid.«

»Gefällt es dir? Ist aus der neuen Boutique in St. John's. War gar nicht mal teuer.« Hillary drehte sich schwungvoll im Kreis. Dabei stieß sie mit der Hüfte gegen den Weinkühler, der auf einem gebürsteten Stahlständer neben dem Tisch stand und nun bedrohlich wankte. »Ups«, stieß sie hervor und konnte mit einem Handgriff gerade noch verhindern, dass der Weinkühler samt Flasche zu Boden krachte. »Typisch für mich. Ich bin so ungeschickt«, erklärte sie und rückte ihn wieder an seinen ursprünglichen Platz.

»Das kann ich bestätigten. Sie stößt mindestens einmal am Tag gegen was auch immer, wirft etwas um oder stolpert«, sagte Greg, der gerade die Treppe zur Terrasse herabstieg. »Herzlich willkommen in unserer bescheidenen Hütte. Hast du dich schon ein wenig eingelebt?«, begrüßte er Sonja und küsste sie freundschaftlich auf beide Wangen.

»Danke, Greg. Ich fühl mich richtig wohl hier. Wie könnte es auch anders sein? Ein prächtiges Domizil habt ihr.«

»Das finde ich auch. Wir haben uns auf Anhieb in dieses Anwesen verliebt. Also habe ich es gekauft und komplett renovieren lassen. Hat mich noch mal zehn Millionen Dollar gekostet, nur der Umbau und die Einrichtung. Aber es hat sich gelohnt.«

Sonja schluckte. Sie fand es ein wenig peinlich, dass Greg ganz offen über solch schwindelerregende Summen sprach. Das war so gar nicht britisches Understatement.

»Das ist doch völlig egal, wie viel du dafür bezahlt hast«, fauchte Hillary ihn prompt an, als hätte sie Sonjas Gedanken gelesen. »Erzähl nur jedem, wie viel Geld du hast. Dann wird sich mit Sicherheit eines Tages jemand finden, der mich entführt. Aber das ist dir wahrscheinlich auch egal«, schimpfte sie.

»Wie bitte? Sonja ist doch nicht jeder. Ich dachte, sie ist deine Freundin«, konterte Greg.

»Natürlich ist sie meine Freundin. Aber hier geht es ums Prinzip.«

»Seit wann hast du Prinzipien? Das ist mir völlig neu.«

»Bitte seid friedlich«, ging Sonja dazwischen. »Es ist doch so ein schöner Abend.«

»Ich bin friedlich«, grummelte Greg, »trotzdem hast du recht. Es tut mir leid, Sonja.«

Sonja überlegte, warum er sich bei ihr anstatt bei seiner Frau entschuldigte, behielt die Frage jedoch für sich, um die Stimmung nicht noch weiter anzuheizen.

»Kannst du bitte die Weinflasche öffnen, Schatz?«, fragte Hillary, als hätte die Szene eben nicht stattgefunden.

Sonja war irritiert. Dass Hillary so schnell zurückstecken würde, hatte sie nicht erwartet. Ob der plötzliche Sinneswandel daher rührte, dass Hillary vom Geld ihres Mannes abhängig war?

Greg hingegen war eingeschnappt und drehte den Öffner schweigend in den Korken der eisgekühlten Flasche, die einen ausgezeichneten chilenischen Chardonnay beinhaltete.

Er füllte drei Gläser und erhob dann seines. »Auf dein Wohl, Sonja.«

»Schön, dass du bei uns bist«, fügte Hillary lächelnd hinzu.

»Vielen Dank, ihr Lieben. Auf gute Freundschaft und Nachbarschaft«, sagte Sonja und ließ ihr Glas gegen die ihrer Gastgeber klirren.

Greg rauchte eine dicke kubanische Zigarre an. Sonja knipste ein Foto nach dem anderen. Hillary mit Greg, Hillary ohne Greg, Greg ohne Hillary, den Pool, die Sitzgruppe, den Esstisch und natürlich den Sonnenuntergang. Es musste einfach alles festgehalten werden. Außerdem plante sie eine Überraschung für die beiden, und dafür brauchte sie ein ganz bestimmtes Bild, das sie nach ihrer kleinen Fotosession im Kasten hatte.

Nachdem die Sonne untergegangen war, heizte Greg den Holzkohlengrill an und legte saftige Steaks und marinierte Hähnchenschenkel auf den Rost. Hillary servierte eine große Schüssel mit knackigem Salat und allerlei würzige Saucen.

Nach dem vorzüglichen Essen glaubte Sonja, sie müsse aus ihrer Leinenhose platzen. Greg entschuldigte sich wenig später, er habe noch zu arbeiten, und zog sich zurück. Hillary öffnete die dritte Flasche Wein und die beiden Frauen tranken auf die laue, sternenklare Nacht, die vom rhythmischen Quaken der Baumfrösche lautstark untermalt wurde. Irgendwann griff Sonja zu Hillarys Zigaretten und zündete sich eine an. »Das muss jetzt einfach sein«, entschuldigte sie sich für ihre Schwäche. »Ich habe lange genug darauf verzichtet. Ist ja nur eine«, fuhr sie fort und inhalierte genussvoll den sehnlichst vermissten Rauch.

»Ich habe vollstes Verständnis und schweige wie ein Grab«, sagte Hillary und lehnte sich zufrieden zurück. »Sag, Sonja. Wie findest du Jeff eigentlich?«

»Na ja … Er sieht verdammt gut aus und ist ziemlich charmant. Und sehr sexy.«

»Außerdem ist er ein hervorragender Arzt«, lobte ihn Hillary.

»Was? Und das aus deinem Mund? Ich dachte, du kannst ihn nicht ausstehen.«

»Das stimmt nicht. Ich mag Jeff. Aber, wie gesagt, es stört mich, dass er jede Frau anbaggert.«

»Vielleicht flirtet er bloß gern. Es muss ja nicht immer gleich was dahinterstecken.«

»Pah. Da kennst du Jeff aber nicht.« Hillary verschränkte die Arme vor der Brust.

»Hillary? Bist du etwa eifersüchtig?«

»Unsinn. Warum denn?«

»Sicher nicht? Sei ehrlich.«

»Sicher nicht. Ich schwöre es. Ihr habt meinen Segen.«

»Das beruhigt mich. Im Ernst, Hillary. Ich würde die Finger von ihm lassen, wenn du ein Problem damit hättest.«

»Aber nein. Nur zu. Fordere dein Glück ruhig heraus. Und sag nachher ja nicht, ich hätte dich nicht gewarnt.«

»Wir treffen uns Freitagabend.«

»Na, das geht ja flott.«

»Wir gehen doch nur Abendessen.« Sonja bemühte sich möglichst gleichgültig zu wirken. Hillary musste nicht wissen, dass sie Schmetterlinge im Bauch hatte, sobald sie an Jeff dachte.

»Sonja, ich bin müde, lass uns das Zeug hinaufbringen und schlafen gehen.« Hillary gähnte und drückte ihre Zigarette im vollen Aschenbecher aus.

»Okay. Ich bin auch ziemlich fertig. War ein aufregender Tag heute. Danke noch mal, dass ich bei euch wohnen darf, Hilly. Das ist echt der Hammer hier.«

»Ach, Schätzchen, ich bin doch froh, endlich nette Gesellschaft zu haben. Du siehst ja, Greg ist ständig am Arbeiten. Und das ist auch gut so.« Hillary grinste, während sie die schmutzigen Teller auf einem Tablett stapelte. »Wenigstens verdient er so viel Kohle, dass nicht einmal ich es schaffe, alles auszugeben. Apropos, wir könnten morgen nach St. John's einkaufen fahren.«

»Gute Idee. Ich muss ja auch noch meinen Kühlschrank füllen.«

»Brauchst du Wasser oder irgendetwas anderes bis morgen früh?«

»Nein, danke. Es ist eine volle Gallone Wasser im Kühlschrank. Das reicht bis morgen.« Sonja half Hillary, die Reste des Abendessens auf die obere Terrasse vor dem Haupthaus zu tragen.

»Stell einfach alles auf dem Tisch ab. Ich kümmere mich darum. Also, wir sehen uns morgen beim Frühstück hier auf der Terrasse. Ist halb neun okay für dich?«

Sonja nickte.

»Dann zeige ich dir auch noch unser Haus, bevor wir in die Stadt fahren.«

Sonja gähnte. »Schlaf gut, Hillary«, sagte sie.

»Du auch, Süße. Gute Nacht.« Hillary küsste Sonja auf die Wangen. »Geh einfach durch den Garten bis zur Eingangstür. Den Schlüssel hast du?«

»Ja klar. Also dann, gute Nacht.«

Sonja winkte ihrer neuen Freundin noch einmal zu, bevor sie hinter den dichten mannshohen Bananenstauden verschwand.

13

Am Morgen wurde Sonja von lautem Meckern geweckt. Benommen rieb sie sich die Augen und wusste im ersten Moment nicht, wo sie war. Sie hatte so tief und fest geschlafen wie schon lange nicht mehr, was entweder am vielen Chardonnay oder am bequemen Boxspringbett lag. Oder an beidem. Ihr Blick schweifte durch das dämmrige Schlafzimmer. Ein Lächeln huschte über ihr zerknautschtes Gesicht. Wie spät war es eigentlich? Die Armbanduhr, die sie vergangene Nacht auf der Glasplatte des lederbezogenen Nachttischchens abgelegt hatte, zeigte 6.31 Uhr. Mein Gott! Es war noch viel zu früh zum Aufstehen. Woher kam bloß dieses verdammte Gemecker? Sie streckte sich, gähnte und verließ das Bett, um dem Geräusch auf die Spur zu kommen. Mit Schwung öffnete sie den linken Fensterladen. Den anderen hatte sie gar nicht erst geschlossen. Sie hasste es, in absoluter Dunkelheit zu schlafen. Ihr erster Blick fiel auf das Meer, das im fahlen Licht des Morgengrauens tiefblau gefärbt zu sein schien. In einiger Entfernung schaukelte ein kleines, hellgrün gestrichenes Holzboot, auf dem ein Fischer seiner Arbeit nachging. Sonja stützte sich auf die Fensterbank und lauschte gebannt in alle Richtungen. Das Geräusch kam von links. Aber da war nur der Wald und weit und breit kein Tier zu erkennen. Also streifte sie ein langes T-Shirt über, ging nach unten auf die Terrasse und beugte sich über die Balustrade. Und tatsächlich: Da stand eine kleine Ziege im steilen Felsenhang, genau zwischen der unteren und oberen Terrasse und meckerte lauthals vor sich hin. Ein paar Meter weiter zupfte das Muttertier seelenruhig an dem spärlichen Grün, das zwischen dem kargen Gestein wuchs. Sonja stieg hinunter zur großen Terrasse, zwängte sich durch die Palmen hinter der Sitzgruppe und lockte das Zicklein zu sich. Langsam, aber sehr geschickt stieg das Tier herab und blieb direkt vor ihr stehen. Sonja streckte vorsichtig ihre Hand aus, und das Zicklein leckte sie mit seiner rauen Zunge ab. Sonjas Lachen machte die große Ziege auf sie aufmerksam. Sie drehte sich um, sah ihren zutraulichen Nachwuchs und meckerte los.

»Du brauchst doch nicht zu schimpfen. Ich tu ihm nichts«, sagte Sonja und streichelte dem Kleinen über den Kopf. »Du bist ja so süß.«

»Mäh! Mäh!«, rief die Alte aufgeregt und machte ihrem Jungen damit klar, dass es auf der Stelle herzukommen hatte. Es drehte sich prompt um und hopste geschickt den steilen Felsen zu seiner Mutter hoch.

Sonja beschloss, ein paar Bahnen im Pool zu schwimmen, um ihren angeschlagenen Kreislauf in die Gänge zu bringen. Immerhin war sie gestern Nacht so beschwipst gewesen, dass sie eine Zigarette geraucht hatte, wie sie sich mit schlechtem Gewissen erinnerte.

Nachdem sie eine halbe Stunde zügig auf und ab gekrault war und anschließend ausgiebig geduscht hatte, fühlte sie sich frisch und munter genug, um den Tag zu beginnen. Bis zum Frühstück blieb ihr noch eine gute halbe Stunde Zeit, die sie für ihr Geschenk an die Darnells nutzen wollte. Also holte sie die Speicherkarte aus ihrer Kamera, fuhr ihr Powerbook hoch und lud die Fotos von gestern Abend herunter. Sie fand einen brauchbaren Schnappschuss von Hillary und Greg, der als Vorlage für das Bild dienen sollte, das sie für die beiden malen wollte. Sonja dachte dabei an ein Pop-Art-Gemälde, aber sie wollte noch abwarten, bis sie wusste, wie das Haus ihrer neuen Freunde eingerichtet war, bevor sie sich für eine Stilrichtung entschied. Sie schloss den mitgebrachten tragbaren Drucker an und gab den Befehl, das ausgewählte Foto auszudrucken.

Pünktlich um halb neun betrat sie die Terrasse der Darnells. Hillary saß bereits mit einem Kaffee und der amerikanischen Ausgabe der Vogue unter der weißen Markise. Auf dem Tisch warteten frische Brötchen, Pink Grapefruitsaft und eine in Scheiben geschnittene Schwarze Ananas, die Nationalfrucht der Insel. Das saftige, süße Obst mit seinen dunklen Einkerbungen in der Schale war schlanker als alle anderen Ananassorten und wuchs ausschließlich auf Antigua.

»Guten Morgen, Hilly«, begrüßte Sonja die Freundin.

Hillary blickte von ihrem Magazin hoch und strahlte sie an. »Guten Morgen, Süße. Hast du gut geschlafen? Möchtest du Kaffee?«

»Ja, danke. Und ja, bitte.« Sonja ließ sich auf den Stuhl neben Hillary fallen, damit auch sie die Aussicht aufs Meer genießen konnte.

»Frühstück kommt sofort, Mylady.« Hillary sprang von ihrem Stuhl hoch und verschwand ins Haus.

»Kann ich dir helfen?«, rief ihr Sonja hinterher.

»Nicht nötig, Süße. Ich gebe nur schnell Colette Bescheid. Bin gleich wieder bei dir«, drang es aus dem Haus. Sonja schenkte sich Saft ein und kippte ihn in einem

Zug hinunter, ehe Hillary mit einer Tasse Kaffee zurückkehrte.

»Zucker und Milch stehen schon da. Bitte schön«, sagte Hillary.

»Danke dir. Den kann ich nach dem gestrigen Abend gut gebrauchen.« Sonja goss Milch in das heiße, schwarze Getränk.

»Ah, Colette. Stell das Frühstück einfach hier hin. Danke. Das ist Ms Sonja, meine Freundin aus Deutschland. Sie wohnt bei uns im Gästehaus. Aber das weißt du ja schon.«

»Guten Tag, Ms Sonja«, sagte die Haushälterin und stellte zwei Teller mit frisch gebratenem Rührei, Butter auf Eis, saftigem Schinken und Schweizer Schnittkäse auf den Frühstückstisch.

»Danke schön, Colette. Freut mich, dich kennenzulernen. Das sieht ja köstlich aus.« Sonja lächelte die Einheimische an.

»Brauchen Sie noch etwas, Ms Darnell?«, fragte Colette die Hausherrin.

»Nein, du kannst jetzt die Wäsche aufhängen«, sagte Hillary und wandte sich wieder Sonja zu. »Lass es dir schmecken.«

»Guten Appetit. Wo ist eigentlich Greg?«, erkundigte sich Sonja.

»Ach, der hat einen Termin mit Anthony, seinem Anwalt. Am Golfplatz.« Hillary verdrehte die Augen.

»Darf ich daraus schließen, dass du keine besonders leidenschaftliche Golferin bist?«

»Ich? Golferin? Niemals. Wie langweilig. Da spiele ich lieber Tennis, geh joggen oder in den Fitnessraum.«

»Tennis? Joggen? Echt? Was hältst du davon, wenn wir

beide mal ein Match spielen oder ein paar Runden gemeinsam laufen?«, fragte Sonja begeistert.

»Jederzeit. Aber heute ist erst mal Shopping angesagt.«

»Könnten wir irgendwo Farbe und Pinsel kaufen?«

»Willst du das Gästehaus umgestalten? Gefällt es dir nicht?«

»Unsinn«, sagte Sonja, »ich will nicht die Wände streichen, sondern Bilder malen. Es gibt hier so viele zauberhafte Motive.«

»Du malst? Du meinst, so richtige Kunst?«

»Na ja, ich versuche es zumindest.«

»Toll! Was malst du denn für Bilder?«

»Ich zeig sie dir bei Gelegenheit. Hab sie auf meinem Powerbook gespeichert.«

»Die muss ich unbedingt sehen. Vielleicht ist ja eines dabei, das in unser Haus passt.«

»Ja, vielleicht.« Sonja wechselte eilig das Thema. »Du wirst nicht glauben, was mir heute Morgen passiert ist«, sagte sie und erzählte der Freundin von der netten morgendlichen Begegnung mit dem Zicklein und dessen Mutter.

Nach dem Frühstück führte Hillary Sonja durch ihre Villa, die noch um einiges größer als das Gästehaus war, jedoch die Handschrift desselben Innenarchitekten trug. Im Erdgeschoss lag das Wohnzimmer mit einem Steinway-Flügel, der Essplatz, in dunklem Holz gehalten, die offene, elfenbeinfarbene Hochglanzküche mit deutschen Edelstahlgeräten und eine Extratoilette. Im Unterschied zu Sonjas Unterkunft gab es hier auch noch Gregs Büro, einen Fitnessraum mit angeschlossenem Badezimmer und einen Wirtschaftsraum, in dem Colette gerade mit der Wäsche beschäftigt war. Im oberen Stockwerk befanden sich zwei große Schlafzimmer, dazu zwei reichlich gefüllte begehbare Kleiderschränke und zwei Bäder, beide mit feinstem Carrara-Marmor ausgestattet. Ein weiterer Raum diente als gut sortierte Bibliothek und Kino, in dem mehr als 1.500 Satellitenprogramme empfangen und ähnlich viele Spielfilme über einen Beamer vorgeführt werden konnten.

Hillary drückte einen Schalter an der Wand, und die riesige Kinoleinwand senkte sich langsam ab. Mittlerweile hatte sich Sonja fast daran gewöhnt, dass Geld hier keine Rolle spielte, und nahm den ihr präsentierten Luxus schon wesentlich gelassener hin als noch tags zuvor. Außerdem beschäftigte sie sich während der Hausführung mit der unauffälligen Suche nach einem geeigneten Platz für ihr geplantes Gastgeschenk. Eine Wand im Wohnzimmer schien ihr der perfekte Rahmen für das Pop-Art-Bild zu sein, das sie am Wochenende malen wollte.

14

Hillary holte den Jeep aus der Garage, während Sonja wieder einmal auf der falschen Seite wartete. An den Linksverkehr und die rechtsgesteuerten Fahrzeuge hatte sie sich noch nicht gewöhnt. Nach zehnminütiger Fahrt erreichten sie St. John's und steckten mitten im bunten Treiben der Market Street, durch die der Verkehr nur äußerst stockend vorankam.

»Was ist denn das für ein Chaos?«, staunte Sonja über die vielen hupenden Busse, die auf dem Parkplatz zu ihrer Linken kreuz und quer standen. Dazwischen schrien sich ein paar Männer an, Frauen zwängten sich mit ihren Einkäufen durch. Kinder in adretten Uniformen, die die jeweilige Schulzugehörigkeit verrieten, plapperten laut durcheinander.

»Das ist der Busbahnhof. Von hier fahren die Busse in alle Teile der Insel. Das kostet zwar nicht viel Geld, aber umso mehr Mut. Vor allem die jüngeren Busfahrer kennen nur Vollgas oder Vollbremsung und nehmen immer viel zu viele Passagiere mit. Steig lieber gar nicht erst ein. Es sei denn, du möchtest Jeff im Krankenhaus besuchen«, warnte Hillary und fuhr langsam los. Nach kaum zwei Metern musste sie wieder anhalten.

»Ich treffe Jeff lieber zum Abendessen. Was ist das dort vorne, hinter den Bussen?«

»Wo?«

»Dort drüben, diese Buden.«

»Das ist der Fischmarkt. Und in dem weißen Haus dahinter ist der Fleischmarkt. Möchtest du vorbeischauen?«

»Die tropischen Fische würden mich interessieren.«

»Die werden um diese Uhrzeit schon ausverkauft sein. Wir sollten lieber ein anderes Mal früher herkommen. Dann ist das Angebot wesentlich größer. Außerdem könnten wir auch gleich frisches Obst und Gemüse in der Markthalle kaufen. An der sind wir gerade vorbeigefahren. Da, rechts hinter uns, das große offene Gebäude«, erklärte Hillary und ließ den Wagen ein paar Meter rollen.

Sonja deutete auf das Schild, neben dem sie zu stehen gekommen waren. »Das ist ja witzig. Schau mal, Hillary, zehn Regeln für ein gesundes Leben.«

»Wie bitte? Das Schild habe ich noch nie bemerkt. Lies mal vor.«

»1. Trinke Wasser. 2. Atme tief. 3. Schlafe friedlich. 4. Iss nahrhaft.«

»Den Punkt haben die dort drüben jedenfalls befolgt«, unterbrach Hillary und deutete auf drei ältere, wohlgenährte Einheimische, die den Jeep soeben gemächlichen Schrittes zu Fuß überholten. »Fünftens?«

»5. Sei aktiv. 6. Schenke und empfange Liebe.«

»Ach, darum gibt es hier so viele Kinder«, kommentierte Hillary trocken.

»Hast du was gegen Kinder?«

»Nein. Solange es nicht meine sind. Schnell, lies die letzten Regeln. Ich muss weiterfahren«, sagte Hillary. Der klapprige Kia hinter ihnen hupte wie verrückt und steckte damit die anderen Autofahrer an.

»7. Zeig dich versöhnlich! 8. Sei dankbar! 9. Lerne zu akzeptieren! 10. Entwickle eine Beziehung zu Gott!«, ratterte Sonja die letzten Regeln lautstark herunter, um das Hupkonzert zu übertönen. Das Auto bewegte sich im Schneckentempo ein Stück vorwärts. Die Meute hinter ihnen hörte endlich zu hupen auf.

»Alkohol, Zigaretten und Sex sind demnach erlaubt«, stellte Hillary fest. »Da macht das gesunde Leben doch Spaß.«

Nach weiteren fünf Minuten bogen sie nach links in die Redcliffe Street ein. Hillary parkte vor einem der windschiefen, karibischen Holzhäuser, die alle in kräftigen Farben gestrichen und maximal zwei Etagen hoch waren. Die Bestimmungen in Antigua verboten es, höher als eine Palme zu bauen, was die Errichtung von Wohnsilos oder Hotelbettenburgen erfolgreich verhindert hatte. Das Einzige, was hier mehrere Stockwerke hoch in den Himmel ragte, waren die drei mächtigen Kreuzfahrtschiffe, die an diesem Tag etwa 100 Meter weiter die Straße hinunter im Hafen von St. John's lagen.

Sonja und Hillary betraten ein kleines Kaufhaus, das von Pomade über Reisigbesen bis hin zu bonbonfarbenen Hüten alles feilbot, was das Herz der Einheimischen begehrte. Und sogar Künstler kamen hier auf ihre, wenn auch etwas überteuerte Rechnung, die durch die hohen Importzölle auf ausländische Waren verursacht wurde. Sonja kaufte zwei großformatige, auf Keilrahmen gespannte Leinwände, Acrylfarben und Pinsel in verschiedenen Stärken.

»Und was willst du malen?«, fragte Hillary, während sie die Sachen im Auto verstauten.

»Weiß ich noch nicht so genau«, flunkerte Sonja.

»Komm, lass uns zu dem neuen brasilianischen Schuhladen im Heritage Quay gehen. Der ist eine echte Bereicherung für die Insel«, schwärmte Hillary und führte Sonja durch den Hof des malerischen Redcliffe Quay zum Einkaufszentrum am Hafen. Eine Horde amerikanischer Kreuzfahrttouristen stand vor einem Podium, auf dem eine Steelband »Yesterday« von den Beatles intonierte.

»John Lennon dreht sich gerade im Grab um!«, brüllte Hillary, um den ohrenbetäubenden Lärm der Steeldrums, Trommeln aus alten Ölfässern, zu übertönen.

»Was? Ich kann dich nicht verstehen!«, schrie Sonja und flüchtete hinter Hillary in den nächstliegenden Gang des Einkaufszentrums, wo die Lautstärke der Musik um einiges erträglicher war.

Hillary blieb vor dem Fenster eines Juweliers stehen und blickte auf die funkelnden Smaragde in der Auslage. »Edelsteine kannst du hier getrost einkaufen. Auch Designer-Schmuck und Luxusuhren. Ist alles garantiert echt«, versicherte Hillary.

»Ich denke, das sprengt mein Budget.«

»Du wirst es nicht glauben, aber Schmuck und Steine sind hier wirklich günstig. Und Zigaretten. Erstens kaufst du zollfrei ein, zweitens profitierst du vom aktuell niedrigen Dollarkurs.«

»Na, wenn das so ist, gönne ich mir doch gleich dieses fette Collier, dazu die passenden Ohrringe und das Armband da. Und die goldene Rolex dort hinten packen Sie mir bitte auch gleich mit ein«, scherzte Sonja und zeigte auf die protzigsten Exemplare in der Auslage, die auf reiche, aber geschmacksverirrte Touristinnen warteten.

»Das ist jetzt aber nicht dein Ernst?«, fragte Hillary. Da sie offenbar jeglichen Bezug zum Budget von Normalverdienern verloren hatte, schien sie tatsächlich zu befürchten, dass Sonja sich diese Scheußlichkeiten kaufen könnte.

»Spinnst du? Selbst wenn ich mir diesen Schmuck leisten könnte, wäre das bestimmt nicht mein Stil.«

»Da bin ich aber heilfroh.«

Ein bisschen weltfremd war sie schon, diese verwöhnte Göre, dachte Sonja. Vielleicht wurde man zwangsläufig so, wenn man alles haben konnte, was für Geld zu kaufen war. Aber Hillary war auch großzügig und prahlte nicht mit ihrem Reichtum. Jedenfalls nicht absichtlich. Und sie behandelte Sonja als ebenbürtige Freundin, obwohl sie ihr finanziell nicht annähernd das Wasser reichen konnte. Wäre es anders gewesen, hätte Sonja niemals zugestimmt, bei ihr zu wohnen.

»Komm, Süße, lass uns zu dem Schuhladen hochgehen«, schlug Hillary vor und hakte sich bei der Freundin unter. Eine Viertelstunde später besaß sie dasselbe Riemchensandalettenmodell in drei verschiedenen Farben, in Rosémetallic, Silber und Gold. Auch Sonja hatte ein Paar schwarze Sommersandaletten aus handschuhweichem Rauleder gefunden. Hillary holte sich noch eine Stange Zigaretten im Duty-free-Shop, bevor sie zurück zum Auto schlenderten.

»Geschafft. Auf nach Jolly Harbour.« Hillary startete den Motor.

»In den Supermarkt?«

»Ja. Außerdem will ich noch eine Freundin besuchen. Jill hat ein nettes Lokal in der Marina. Wir könnten dort eine Kleinigkeit essen und was trinken.«

»Gute Idee. Ich bin am Verdursten.«

Aus der Hauptstadt fuhren sie in Richtung Süden. Auf einigen Grasflächen neben der Straße weideten Kühe, Ziegen und Schafe, wobei die beiden Letzteren sich nur durch ihre Ohren unterschieden. Bei den Ziegen standen sie in die Höhe, bei den Schafen hingen sie herab. Sonst konnte Sonja keinen Unterschied feststellen. Immer wieder passierte es, dass herrenlose Hunde mitten auf der Straße stehen blieben und sich erst dann in Bewegung setzten, wenn ihnen der Jeep schon bedrohlich nahe gekommen war.

»Achtung, ein Hund!«, schrie Sonja jedes Mal, bis Hillary ihr entnervt erklärte, dass die Straßenköter an den Verkehr gewöhnt seien, weil die wenigsten Einheimischen für sie bremsten. »Wären sie nicht schnell genug, würden sie längst nicht mehr leben.«

»Ich hab's verstanden. Ich bin eine miserable Beifahrerin und halte ab sofort meine überängstliche Klappe«, versprach Sonja.

Hillary deutete zu einem Esel, der am Straßenrand seine Männlichkeit in voller Pracht zur Schau stellte. »Sieh dir lieber den da an.«

»Der ist ja riesig. Unglaublich«, staunte Sonja.

»Du solltest mal die Männer hier sehen.«

»Hast du etwa schon mal …? Willst du damit sagen, dass …?«

»Gar nichts sage ich. Nicht ohne meinen Anwalt.« Hillary grinste frech.

»Du hast es ja faustdick hinter den Ohren.«

»Wieso denn hinter den Ohren?«, fragte Hillary, und die beiden Freundinnen lachten los.

Sonja war froh, dass Hillary so gar nichts von einer prüden Amerikanerin hatte. Ohnehin hätte sie dieses Vorurteil längst begraben müssen, spätestens seit »Sex and the City«, ihrer Lieblingsserie.

15

Sonja und Hillary hatten in Jills italienischem Lokal, direkt in der Jolly Harbour Marina, einen Tisch besetzt. Von hier aus konnte man die Boote, die ein- und ausfuhren, und das Treiben auf den Docks und den Jachten beobachten. Sonja hörte das dumpfe, rhythmische Ploppen von Tennisbällen, gefolgt von einem strengen Kommando. »Durchziehen! Wo ist deine Schulter?«

»Hey, da ist ja ein Tennisplatz«, stellte sie erfreut fest.

»Genauer gesagt sind es vier Courts. Gleich hinter dem Swimmingpool«, erklärte Hillary, die bereits die Speisekarte überflog. Eine rotblond gelockte Frau trat an ihren Tisch und begrüßte sie freundlich. Hillary blickte auf und lächelte ihre Freundin Jill an.

»Hi, Jilly. Wie geht's dir? Dachte, ich schau mal bei dir rein. Das ist meine Freundin Sonja aus Deutschland. Sonja, das ist Jill.«

»Nett dich kennenzulernen«, sagte Jill.

»Freut mich sehr«, erwiderte Sonja und schüttelte die hagere Hand der sommersprossigen Frau.

»Alles in Ordnung bei euch?«, erkundigte sich Jill.

»Ja, alles bestens. Wir waren in St. John's shoppen.«

»Ich tippe mal auf das neue Schuhgeschäft. Hillary ist dort vom ersten Tag an Stammkundin. Ein Wunder, dass sie überhaupt noch Schuhe in ihrer Größe haben.« Jill zwinkerte Sonja zu.

»Ich habe mir süße Riemchensandaletten gekauft. Mit

Ringen dran und schillernden Pailletten«, schwärmte Hillary.

»Oje. Sprich nicht weiter. Welche Farbe?«, fragte Jill.

»Gold, Silber und Rosé.«

»Alle drei also … Ich weiß genau, welche du meinst. Ich habe mir gestern die Goldenen gekauft.«

»Im Ernst?«, fragte Hillary.

»Ja. Soll ich sie dir zeigen? Ich hab sie noch im Büro liegen.«

»Nein. Ich glaube es dir auch so.« Hillary klang enttäuscht. »Sie sind ja auch wirklich zauberhaft. Aber zieh sie bloß nicht an, wenn du zu unserer Silvesterparty kommst.«

Jill schüttelte den Kopf und grinste. »Niemals würde ich dich so blamieren … Wollt ihr zwei was essen?«

»Eine Kleinigkeit. Weißt du schon, was du möchtest, Sonja?«, fragte Hillary.

»Ich nehme einen Caesar Salad und ein stilles Wasser bitte«, antwortete Sonja.

Hillary bestellte Carpaccio vom Rind, dazu eine Cola light und reichte Jill die Speisekarten.

»Kommt sofort«, sagte Jill und ging zur großen ovalen Bar, die sich vom Zentrum der überdachten Terrasse bis ans hintere Ende erstreckte, dort, wo versteckt von Sträuchern der Pool und die Tennisplätze lagen.

»Nette Person«, fand Sonja.

»Ja, Jill ist okay. Nicht so ätzend wie all die anderen Weiber hier.«

»Wen meinst du?«

»Na, diese Tanten, die mit Gregs Freunden verheiratet sind. Sie machen auf superfein und überfreundlich, aber hinter meinem Rücken tuscheln sie über mich.«

»Kann dir doch egal sein. Und jetzt bin ja ich da.« Sonja lächelte ihre Freundin an.

»Ja. Das ist schön«, sagte Hillary, während es in Sonjas Handtasche piepste.

Sonja kramte ihr Handy hervor und sah, dass die SMS von Stephan war. Seit ihrer Trennung hatte er sich nicht bei ihr gemeldet. Ihr Blick verfinsterte sich.

»Ist was passiert?« Hillary zündete sich eine Zigarette an.

»Weiß ich nicht. Hab's noch nicht gelesen. Ist von meinem Ex«, antwortete Sonja, die plötzlich ein flaues Gefühl im Magen hatte.

»Na los. Lies schon«, drängte Hillary.

»Vielleicht sollte ich die Nachricht lieber ungelesen löschen.«

»Wieso? Bist du denn gar nicht neugierig?«

»Schon. Aber was bringt es mir, sie zu lesen? Außer einem schlechten Gewissen.«

»Aber warum denn? Wahrscheinlich verzehrt er sich nach dir. Das ist doch ein tolles Gefühl. Los, sei nicht so feige«, ließ Hillary nicht locker.

»So einfach ist das nicht. Außerdem sind es immer noch meine Gefühle.«

»Ich wusste nicht, dass dir das so unter die Haut geht«, entschuldigte sich Hillary und streichelte flüchtig über Sonjas Hand.

»Schon gut. Ich lese sie ja.«

»Hi, Sonne! Du fehlst mir immer noch. Ich bin für dich da. Nur, damit du es weißt. In Liebe, S.«

»Und? Schlimm?«, fragte Hillary, nachdem die Kellnerin ihre Getränke serviert hatte.

»Irgendwie schon. Stephan ist so ein lieber, zuverlässiger Typ. Manchmal verstehe ich selbst nicht, warum er mir nicht reichte. Wonach suche ich eigentlich?« Sonja seufzte.

»Nach der wahren Liebe? Immerwährender Leidenschaft?«

»Als ob ich daran glauben würde.«

»Nicht? Ich schon. Ich denke, die gibt es«, sagte Hillary im Brustton der Überzeugung.

»Und warum hast du dann Greg geheiratet? Oh, entschuldige bitte. Das geht mich nichts an.«

»Schon gut. Du bist meine Freundin. Weißt du, am Anfang hielt ich ihn tatsächlich für meine große Liebe. Er wusste genau, dass er nur mich wollte, und tat alles, um mich zu erobern. Das hat mir geschmeichelt. Er schien nicht den geringsten Zweifel daran zu haben, dass ich die Richtige für ihn bin. Und ich dachte, wenn er sich so sicher ist, dann reicht seine Überzeugung vielleicht für uns beide.«

»Wenn es nur so einfach wäre.«

»Das war es. Bis zur Hochzeit … Nach unserer Hochzeitsreise hörte er schlagartig auf, sich um mich zu bemühen. Aber genau das war es gewesen, was ihn für mich so besonders machte und was mir später so sehr fehlte. Seine Aufmerksamkeit und Zielstrebigkeit. Diese Sicherheit, das zu bekommen, was er wollte. So einem starken, selbstbewussten Mann war ich nie zuvor begegnet. Und dann war da auch noch das viele Geld, das mich beeindruckte. Na ja, wenigstens diese Zuwendung ist mir geblieben. Alles andere investiert er heute lieber in seine Geschäfte.«

Die Kellnerin servierte das Essen. »Bitte, lass uns das Thema wechseln. Dieser ganze Beziehungskram verdirbt mir den Appetit«, sagte Sonja.

»Du hast recht. Genießen wir lieber diesen schönen Tag.«

16

Nach dem Mittagessen besuchten sie den Supermarkt, der an 365 Tagen im Jahr geöffnet war, um selbst die hungrigste Schiffscrew und den verwöhntesten Bootseigner zu versorgen. Sonja musste grinsen, als sie die Arbeiter in ihren Daunenanoraks sah, die Nachschub für die riesigen Tiefkühltruhen aus dem Kühlhaus brachten. Dicke Winterkleidung war in Deutschland um diese Jahreszeit ein selbstverständlicher Anblick, hier jedoch wirkte sie absurd. Dabei hatte Sonja selbst schon Gänsehaut, da es im Supermarkt deutlich kühler als draußen war. Sie staunte über die große Auswahl in den Regalen und Vitrinen, die mit feinsten Köstlichkeiten aus aller Welt gefüllt waren. Fruchtsäfte aus Florida, japanische und chinesische Spezialitäten, die es zu Hause nur in ausgewählten Asia-Shops gab, Gewürzmischungen aus Indien, frischen kanadischen Lachs und französische Pasteten. In der Vinothek türmten sich die Weinflaschen aus Chile, Südafrika, Kalifornien und aus den berühmtesten Anbauregionen Europas. Auch die Champagnerregale bogen sich unter der Last der vielen teuren Tropfen, die von den renommiertesten Weingütern stammten.

Als Sonja und Hillary ihre Einkaufswagen Richtung Kasse schoben, kam ihnen eine blasse, müde wirkende Frau entgegen.

»Hallo, Erika«, begrüßte Hillary sie. »Du arbeitest zu viel. Der Laden läuft doch eh wie geschmiert«, sagte sie.

»Was glaubst du, was hier los ist, wenn ich mich nicht um alles kümmere?«, meinte die Frau erschöpft und nickte Sonja zur Begrüßung zu.

»Dann hätten wir alle nichts zu essen und zu trinken. Pass auf dich auf, Erika. Und vergiss nicht, meinen Champagner für die Feiertage zu reservieren.« Hillary klopfte der Frau freundschaftlich auf die Schulter.

»Keine Sorge. Ich kümmere mich darum. Mach's gut, Hillary«, antwortete Erika und verschwand hinter dem Schokoladenregal.

Während Sonja ihre Einkäufe auf das Kassenband legte und die Kassiererin die Waren im Schneckentempo über den Scanner zog, erzählte Hillary, dass Erika als eine der Ersten vor fast 15 Jahren aus der Schweiz hierhergezogen war. Damals hatte die riesige, dem Sumpfland mühsam abgerungene Anlage mit ihrer Marina, den Hunderten noch unbewohnten Reihenhäusern und den künstlichen Wasserstraßen an eine Geisterstadt erinnert. Im Laufe der Jahre waren immer mehr Gäste aus den USA und Europa gekommen, die sich hier ein Haus für ihren Lebensabend oder Timeshare-Anteile für die Ferien gekauft hatten. Auch in der Segler- und Motorjachtgemeinde hatte sich Jolly Harbour mit der Zeit einen Namen als sicherer Hafen mit allen Annehmlichkeiten gemacht. Heute war die weitläufige Anlage mit ihrem tropisch-maritimen Flair eines der wichtigsten Zentren der Insel, was nicht zuletzt auch der fleißigen Pionierin aus der Schweiz zu verdanken war. Erika hatte den kleinen, schlecht sortierten Laden, dem ständig die Grundnahrungsmittel ausgegangen waren, mit großem persönlichem Einsatz in einen hochmodernen, florierenden Supermarkt verwandelt.

»Alle Achtung. Eine tüchtige Frau«, sagte Sonja.

»Tüchtig, ja. Aber was bringt ihr das? Sie lebt im Paradies und hat nichts davon«, sagte Hillary.

»Vielleicht ist der Supermarkt ja ihr Paradies, das sie sich selbst geschaffen hat«, meinte Sonja nachdenklich.

»Schönes Paradies. Ich friere mir hier den Arsch ab«, beschwerte sich Hillary und schaffte es mit ihrer unbekümmerten Art die grüblerische Sonja aufzuheitern.

Die Kassiererin und eine weitere Angestellte halfen den beiden Frauen in aller Seelenruhe ihre Einkäufe in Plastiktüten zu packen, während sich hinter ihnen eine lange Warteschlange bildete. Das Warten schien auf Antigua niemanden zu stören. Selbst die gestressten Besucher aus den hektischen Industrieländern gewöhnten sich meist rasch an das chaotische, aber gemütliche Treiben auf der Insel. Auch Sonja hatte bemerkt, dass sie in den letzten Tagen um einiges ruhiger und gelassener geworden war. Sogar ihr sonst recht zügiger Schritt hatte sich dem langsameren Tempo angepasst. Wie wunderschön es hier doch war, dachte sie, als sie aus der Kälte des Supermarkts wieder hinaus in den wärmenden Sonnenschein traten.

17

Sonja war nervös. Auf dem Boden ihres begehbaren Kleiderschranks häuften sich die Klamotten. Das rückenfreie kleine Schwarze schien ihr zu elegant, das beige Leinenkleid mit dem schmalen Gürtel zu sportlich. Eine Hose fürs erste Date mit Jeff? Nein, das ging gar nicht. Ihr Outfit sollte sexy sein, aber trotzdem edel wirken. Wie ihre schulterlangen brünetten Locken, die sie apart hochgesteckt hatte, und das dezente Make-up, das ihre braunen Augen zum Strahlen brachte. Ein Rock also. Verdammt! Es war schon 18.30 Uhr. Jeff würde in einer halben Stunde an ihrer Tür klingeln. Und sie hatte nichts anzuziehen. Vielleicht sollte sie Hillary nach einem Kleid fragen, überlegte Sonja kurz. Ihre Freundin war zwar fast zehn Zentimeter kleiner als sie, aber ebenso gertenschlank. Nur Hillarys Brüste waren um einiges größer. Dafür hatte einer der besten Schönheitschirurgen von Los Angeles gesorgt. Nein, es war zu spät, um noch hinüberzugehen. Sonja musste etwas Passendes im eigenen Schrank finden.

Sieben Minuten vor sieben stand sie endlich fertig angezogen im Bad und legte noch etwas Lipgloss auf. Einigermaßen zufrieden blickte sie in den Spiegel. Der hellgraue transparente Tüllrock mit den Strasssteinchen am gleichfarbigen Unterrock endete eine Handbreit über dem Knie. Dazu trug sie ein hauchdünnes schwarzes Top mit Spaghettiträgern, in das silberne Glitzerfäden eingestrickt waren, darüber eine Weste aus demselben leichten Material. Ihre gepflegten Füße steckten in den neuen schwarzen Sandaletten, die mit dünnen Lederbändern an den schmalen Fesseln festgebunden waren. Wirklich bequem fand Sonja die High Heels zwar nicht, dafür aber umso eleganter. Und sexy, weil sie ihre Beine noch länger erscheinen ließen. Zwei Minuten nach sieben stöckelte sie aufgeregt zur Eingangstür, an der es eben geklingelt hatte, bereit, diese zu öffnen.

»Du siehst bezaubernd aus«, meinte Jeff und streckte ihr eine weiße Orchidee entgegen.

Sonja küsste ihn auf beide Wangen. »Die ist ja hübsch. Wie lieb von dir. Komm herein, Jeff. Möchtest du was zu trinken?«, fragte sie und stellte die Orchidee auf der Küchenbar ab.

»Jetzt nicht. Ich muss ja noch fahren.« Jeff sah in seinem lässigen hellen Sommeranzug, unter dem ein schlichtes weißes T-Shirt hervorblitzte, einfach umwerfend aus, fand Sonja. Und er roch unbeschreiblich gut. Sein angenehm sauberer, männlicher Duft war ihr schon bei ihrer ersten Begegnung aufgefallen und hatte sie sofort magisch angezogen. Komisch. Bei Stephan hatte sie nie darauf geachtet. Sie konnte sich gar nicht mehr erinnern, wie er roch, obwohl sie so lange mit ihm zusammen gewesen war.

Jeff fuhr mit Sonja ins »Simon's«, ein zauberhaftes Lokal, das terrassenförmig auf einem Hügel über dem Meer lag. Die wenigen Treppen, die vom Strand hinaufführten, waren mit Ölfackeln beleuchtet und endeten bei einem Stehpult, an dem die Empfangsdame sie freundlich begrüßte. »Doktor Geller. Schön, dass Sie uns wieder einmal die Ehre geben. Folgen Sie mir bitte. Ihr Tisch ist schon fertig.«

»Danke, Sharona. Kommst du, Sonja?«

Sharona geleitete das attraktive Paar zu einem der hübsch gedeckten weißen Holztische, in deren Tischplatten bunte gläserne Mosaiksteinchen eingelassen waren. Sie zündete ein Windlicht an und reichte ihnen die Speisekarten. Die beiden saßen direkt neben der Balustrade auf der untersten der drei fensterlosen Terrassen, die alle mit demselben weiß gestrichenen Holz überdacht waren. Auf der Rückseite der obersten Ebene ragten die Pflanzen des angrenzenden Waldes ein Stück weit ins romantisch beleuchtete Restaurant herein.

»Gefällt es dir hier?«, erkundigte sich Jeff.

»Es ist traumhaft. Ich liebe das Geräusch der Brandung.«

»Ich dachte mir schon, dass du das Restaurant mögen wirst. Die Küche ist großartig, das Ambiente völlig ungezwungen. Das Lokal gehört einem Freund von mir, Simon. Genau wie das kleine Hotel oberhalb.«

»Da ist ein Hotel?«

»Es befindet sich direkt über uns am Hügel. Wir sind bloß zu nah dran, um es von hier aus sehen zu können. Es ist ein kleines Schmuckkästchen mit nur acht Bungalows. Sehr exklusiv«, meinte Jeff.

»Was möchten Sie trinken?«, fragte die blonde Kellnerin mit einem entzückenden französischen Akzent.

»Ah, Cathérine. Bonsoir«, grüßte Jeff. »Möchtest du ein Glas Champagner, Sonja?«

»Gerne.« Nicht nur ans Champagnertrinken konnte sich Sonja gut und gerne gewöhnen.

»Moët & Chandon?«, fragte Cathérine.

»Zwei Gläser bitte. Und die Weinkarte«, orderte Jeff und wandte sich wieder an Sonja. »Was hältst du von frischem, heimischen Hummer? Der ist wirklich ausgezeichnet hier. Nicht so zart wie der Maine Lobster, aber trotzdem sehr lecker.«

Sonja dachte unweigerlich an die Szene in Pretty Woman, in der Julia Roberts bei ihrem Date mit Richard Gere mit den Schnecken kämpfte, von denen eine schließlich durch die Luft flog und auf einem fremden Teller landete.

Jeff bemerkte ihren skeptischen Blick. »Keine Sorge. Die Hummer kommen halbiert auf den Teller, und das Fleisch liegt ausgelöst im Panzer. Scheren wie die Maine-Lobster haben die keine. Alles ganz easy.«

»Dann nehme ich gern einen.«

»Reis dazu oder lieber Kartoffel?«

»Am liebsten Salat.«

»Okay. Möchtest du eine Vorspeise?«, fragte Jeff weiter.

»Salat reicht mir.«

»Gut. Ich nehme die Kürbiscremesuppe mit Ingwer«, beschloss Jeff, klappte die Speisekarte zu und die Weinkarte auf, die Cathérine inzwischen gebracht hatte. »Mal sehen. Was hältst du von einem 2002er Napa Valley Fumé Blanc von Mondavi?«

»Wenn er trocken ist ...« Sonja kannte sich zwar mit Weinen recht gut aus, doch beschränkte sich ihr Wissen hauptsächlich auf europäische Tropfen.

»Das ist ein trockener Sauvignon Blanc mit einer Nuance von Zitronenmelisse. Passt hervorragend zum Hummer«, erklärte ihr Jeff.

Er gefällt mir immer besser, dachte Sonja, die Amerikaner bisher nur als kulinarische Banausen mit mangelhaften Tischmanieren erlebt hatte. Sie musste endlich mit diesem Klischeedenken aufhören, nahm sie sich vor. »Bestellst du mir bitte auch ein stilles Wasser, Jeff?«, fragte sie lächelnd.

»Selbstverständlich, Schönheit. Alles, was du möchtest.« Jeff sah ihr in die Augen.

Sonja wurde heiß, obwohl sie die abendliche Brise eben noch als angenehm kühl empfunden hatte.

Das Essen und der Wein schmeckten hervorragend. Jeff war wie erwartet charmant und erzählte amüsante Geschichten aus seinem Leben. Vor allem aus jener Zeit, als er von seiner Heimatstadt Philadelphia nach Antigua gezogen war, um hier zu arbeiten.

»Wieso hat es dich ausgerechnet hierher verschlagen?«, wollte Sonja wissen.

»Reiner Zufall. Ich habe vor fünf Jahren Urlaub in Antigua gemacht und den damaligen Klinikchef kennengelernt. Peter Lang, ein netter, fähiger Chirurg aus Köln. Wir hatten viel Spaß miteinander. Irgendwann ließ ich fallen, dass sein Job genau der richtige für mich wäre. Und nachdem er tatsächlich vorhatte, nach Deutschland zurückzukehren, hat er mir versprochen, mich als neuen Chefarzt vorzuschlagen. Tja, das tat er dann auch. Ich habe mich offiziell für seinen Posten beworben – et voilà, hier bin ich.«

»Und warum wolltest du aus Philadelphia fort?«

»Die Klinik war nichts mehr für mich. Ich war Oberarzt in der Unfallchirurgie, aber es gab einfach kein Weiterkommen mehr. Die alten Platzhirsche wollten einen jungen Arzt wie mich nicht hochkommen lassen, obwohl ich mir damals den Arsch aufgerissen habe.«

»Verstehe. Das kenne ich gut. Ich dachte immer, es liegt daran, dass ich eine Frau bin. Wenigstens hast du durch diese Ignoranten deinen Traumjob gefunden.«

»Na ja, das Stanton Hospital ist natürlich nicht mit US-amerikanischen oder europäischen Standards zu vergleichen. Aber man lernt zu improvisieren. Und es funktioniert viel besser, als ich dachte. Das Leben hier macht natürlich auch deutlich mehr Spaß. Und wem habe ich zu verdanken, dass du nach Antigua gekommen bist?«

»Dem Internet. Na ja, ich habe mich von meinem Lebensgefährten getrennt und meinen Job als Artdirektorin gekündigt. Es war alles so festgefahren. Ich wollte einfach nur noch weg. Außerdem hatte ich schon lange diesen Traum, einen ganzen Winter ohne Schnee und Kälte in der Karibik zu verbringen. Und ich wollte in Ruhe darüber nachdenken, was ich mit dem Rest meines Lebens anfangen soll. Ich hab die Schnauze voll von der Werbung. Es muss schließlich noch etwas anderes geben, als sich für den angeblich falschen Grünton zu rechtfertigen, nur weil ein ignoranter Kunde nicht versteht, dass dieselbe Farbe auf Zeitungspapier eben ein wenig anders aussieht als auf weißem Hochglanzpapier. Vor allem, nachdem er den Andruck am Originalzeitungspapier freigegeben hat«, meinte sie aufgebracht.

Jeff lächelte amüsiert. »Du kannst ja richtig leidenschaftlich sein«, meinte er. »Erzähl weiter.«

»Entschuldige bitte. Über manches rege ich mich halt noch immer auf.«

»Ich verstehe das schon. Aber warum ausgerechnet Antigua?«

»Zufall. Ich habe im Internet nach Restplätzen gesucht. Zuerst habe ich nur Flüge in die Dominikanische Republik gefunden, doch dort wollte ich nicht hin. Ist bestimmt auch eine schöne Insel, aber für meinen Geschmack viel zu viele Touristen. Schließlich bin ich auf Antigua und Jamaika gestoßen. Und weil mir Jamaika als allein reisende Frau zu gefährlich erschien, habe ich mich für Antigua entschieden.«

»Damit hast du eine gute Wahl getroffen. Die Kriminalität hier ist vergleichsweise gering, was wahrscheinlich an den ziemlich drastischen Strafen liegt, die man verurteilten Verbrechern hier aufbrummt. Das Gefängnis soll besonders elend und verrottet sein. Ratten und Kakerlaken sind dort noch das geringste Übel.«

»Igitt! Davon stand aber nichts im Reiseführer.«

Jeff lachte über Sonjas angewiderten Gesichtsausdruck. »Ich freue mich jedenfalls, dass du hier gelandet bist. Lass uns darauf anstoßen, Schönheit«, meinte er und hob sein Glas. Ihre Weingläser trafen sich, genau wie ihre Blicke.

»Ausgezeichneter Wein«, lobte Sonja seine Wahl. »Überhaupt ist es ein wunderschöner Abend.«

»Das freut mich. Und er ist noch nicht zu Ende.« Jeff griff nach ihrer Hand und streichelte zärtlich darüber.

Sonja wünschte sich, dass dieser Abend niemals endete.

»Sag mal, hast du Lust Taufpatin zu werden?«, unterbrach Jeff ihre Gedanken.

»Wie bitte? Taufpatin? Von welchem Kind?«

Jeff brach unvermittelt in Gelächter aus. »Doch kein Kind«, antwortete er. »Mein neues Boot.«

Jetzt musste Sonja ebenfalls herzlich lachen. »Wie soll das Baby denn heißen?«

Jeff überkam der nächste Lachanfall, in den Sonja einstimmte. Sie konnte sich nicht erinnern, wann sie das letzte Mal derart albern gewesen war. Ein herrliches Gefühl, auch wenn ihre Wangen bereits schmerzten, die Tränen übers Gesicht liefen, und die Bauchmuskeln sich langsam verkrampften.

Die Gäste an den Nachbartischen schmunzelten.

»Bitte, lass uns gehen. Ich kann nicht mehr«, japste Sonja nach Luft und trocknete ihre Tränen mit der Stoffserviette ab.

»Ich muss nur noch zahlen. Cathérine, die Rechnung bitte!«, rief Jeff der Kellnerin immer noch kichernd zu.

Die beiden verließen das »Simon's« Arm in Arm. Fast hätte man meinen können, sie würden sich gegenseitig stützen wie zwei Betrunkene. Dabei hatten sie nicht einmal die Weinflasche restlos geleert.

Unten am Parkplatz war ihr Lachen verebbt. Wenige Schritte vor seinem Auto blieb Jeff plötzlich stehen, um Sonja sanft zu sich heranzuziehen.

Er blickte in ihre Augen. »Na, geht's wieder, Schönheit?«

Sonja nickte und hob ihren Kopf. Jeff wischte ihr zärtlich eine Träne von der Wange. Los, küss mich schon, dachte sie. Aber Jeff tat nichts dergleichen.

Er griff in seine Hosentasche und holte den Autoschlüssel heraus. Die Schlösser des Wagens sprangen klickend auf, und Jeff öffnete ihr galant die Beifahrertür.

18

»Hallo, Jeff. Wie geht es Ihnen? Alles in Ordnung, hoffe ich.«

Der Dekan saß an seinem massiven Schreibtisch im Kolonialstil, auf dem sich die Anmeldungsunterlagen der neuen Studenten fürs kommende Semester stapelten, und telefonierte. Er war hochzufrieden. Vor allem mit sich selbst. Die Universität hatte sich unter seiner Leitung hervorragend entwickelt und würde im nächsten Jahr um satte 22 Prozent mehr Absolventen in die Kliniken dieser Welt entlassen als noch im Vorjahr. Die Leichen, die ihm Dr. Geller in den vergangenen Monaten beschafft hatte, waren zwar nur ein kleines Rädchen im tadellos laufenden Getriebe seiner Optimierungsmaßnahmen, aber Dr. Sidney Watt wusste gerade dieses Detail besonders zu schätzen. Er hielt rein gar nichts von den virtuellen Alternativen, die das Computerzeitalter dem Medizinstudium bescherte. Seine Studenten sollten das Handwerk an echten Körpern erlernen und die genaue Lage aller Organe unter realistischen Bedingungen selbst entdecken. Nur so würden sie, über das theoretische Wissen hinaus, das richtige Gefühl für die menschliche Anatomie entwickeln, das sie schlussendlich zu besseren Ärzten machte.

»Sidney, mein Lieber. Danke der Nachfrage. Alles läuft bestens. Was kann ich für Sie tun?«, erkundigte sich Jeff und hoffte, der Dekan würde nicht nach den Papieren fragen, die die Herkunft und den ordnungsgemäßen Transport der Leichen bestätigten. Bisher hatte der Professor keinerlei Interesse an solchen Nebensächlichkeiten gezeigt. Sollte er eines Tages darauf bestehen, würde Jeff zu Plan B, den er sich für alle Fälle zurechtgelegt hatte, übergehen müssen. Keine schöne Sache zwar, doch im Notfall würde er wohl oder übel davon Gebrauch machen müssen.

»Ich wollte Sie fragen, ob Sie bei unserer Weihnachtsgala eine kleine Rede für die Sponsoren und die anwesenden Familien der Studenten halten können. Schaffen Sie das bis Freitagmittag? Die Rede vorzubereiten, meine ich«, fragte Professor Watt.

»Uff. Das wird schon ein bisschen knapp. Heute ist Montag. An welchen Inhalt hatten Sie denn gedacht, Sid?«

»Na ja, etwas über die Logistik der Leichenbeschaffung, dachte ich.«

Jeff wurde unruhig. Was für eine bescheuerte Idee! »Es wäre mir selbstverständlich eine Ehre, Professor«, log er. »Möglicherweise ist dieses Thema aber ein bisschen zu trocken für eine Weihnachtsgala. Der feierliche Anlass verdient doch etwas emotionalere Inhalte. Was halten Sie davon, wenn ich den ethisch-moralischen Hintergrund von Körperspenden ein wenig beleuchte? Eine Art Dankesrede an die Verstorbenen und deren Hinterbliebene, die durch ihre Großzügigkeit und Weitsichtigkeit die medizinische Forschung unterstützen. Und die damit gleichzeitig die Ausbildung vieler junger, talentierter Frauen und Männer sichern, die eines Tages zahlreiche Menschenleben retten werden. So was in diese Richtung wäre vielleicht passender, meinen Sie nicht, Sidney?«

»Das klingt ganz wunderbar. Kommt sicher gut an. Aber achten Sie bitte darauf, dass Ihre Rede nicht länger als zehn Minuten dauert. Die Generalprobe ist am Freitag um die Mittagszeit. Meine Sekretärin gibt Ihnen noch den genauen Termin durch. Bis dann, Jeff.«

Jeff atmete tief durch und lehnte sich erleichtert in seinem Bürostuhl zurück. Er wollte eine Rede vorbereiten, die sogar dem selbstherrlichen Dekan Tränen der Rührung entlocken würde. Vielleicht sollte er Sonja zu dieser Veranstaltung einladen. Sie war nicht nur herzeigbar, ihre Anwesenheit würde auch die Gerüchte um seine Affäre mit Nekisha vorübergehend verstummen lassen. Nicht, dass sie ihn sonderlich störten, aber schließlich hatte er einen Ruf zu verteidigen. Alle sollten wissen, dass er sich von keiner Frau festnageln ließ, nicht einmal von einem besonders heißen Exemplar wie Nekisha. Er würde Sonja mit seiner rührseligen Wortspende tief beeindrucken, da war er sich sicher. Am Samstag hatte er sie angerufen und die Schiffstaufe, die sie für Sonntag geplant hatten, verschoben. In der Klinik war Not am Mann gewesen, weil einer seiner fähigsten Ärzte plötzlich ausgefallen war. Wieso hatte dieser Idiot auch unbedingt in einem billigen einheimischen Fischlokal essen müssen? Sonja hatte ein wenig enttäuscht geklungen, aber Verständnis für seinen Beruf gezeigt. Sie war flexibel genug, um auf die Termine eines viel beschäftigten Arztes Rücksicht zu nehmen. Das gefiel ihm. Überhaupt gefiel sie ihm. Obwohl sie vielleicht ein bisschen zu intelligent für seine Zwecke war. Er würde sehr vorsichtig sein müssen, damit sie seinen Plan nicht früher durchschaute, als ihm lieb war.

Das Klingeln des Mobiltelefons riss Jeff aus seinen Gedanken. »Sam, na endlich. Was ist los mit dir? Ich habe seit Tagen nichts von dir gehört. Geschweige denn eine Lieferung erhalten«, beschwerte er sich.

»Tut mir leid, Doktor Geller. Ich hatte einfach keine Gelegenheit. Zu gefährlich«, antwortete Sam.

»Schon gut. Es ist mir lieber, du gehst kein unnötiges Risiko ein. Hast du was für mich?«

»Eine junge Frau. Sie wurde von ihrem betrunkenen Freund schwer misshandelt.«

»Schrecklich, wie manche Männer mit ihren Frauen umgehen. Wann bist du hier?«

»In etwa 40 Minuten.«

»Okay, Sam. Dann erlöse sie von ihren Qualen. Ich erwarte dich in der Notaufnahme.«

»Bis dann, Doc.« Sam wandte sich dem Opfer zu. Sie musste ein hübsches Ding gewesen sein, bevor ihr Gesicht zu Brei geschlagen worden war. Ihre Augen waren zugeschwollen und schillerten in dunklem Violett. Ihr Nasenbein war gebrochen. Sam hatte ihre stark blutende Kopfwunde mit einem Druckverband versorgt. Sie wimmerte erbärmlich vor sich hin und versuchte mit letzter Kraft ihren geprügelten Körper zu krümmen. Doch Sam hatte sie bereits auf der Trage im Rettungswagen festgeschnallt und dafür gesorgt, dass ein starkes schmerzstillendes Medikament in ihre Venen floss. Zu viel davon würde sie umbringen, ohne Verdacht zu erregen.

Sams Herz raste, seine Ohren dröhnten, und plötzlich wurde es ganz still in seinem Kopf. Selbst das Sirenengeheul war auf einmal verstummt. Er hörte nichts mehr, auch nicht die eigene Stimme. Das einzige Geräusch, das noch in sein Gehirn vordrang, war dieses unerträgliche, hilflose Wimmern der Patientin. Bis auch das schlagartig verschwunden war. Sam geriet in Panik. Er entfernte die Infusionsflasche mit dem Fentanyl und verabreichte ihr stattdessen Naloxon, das die Wirkung der Droge aufheben würde. Dann legte er der Frau die Beatmungsmaske an und fühlte ihren Puls. »Bitte, bleib bei mir«, flehte er sie an, obwohl er die eigenen Worte nicht hören konnte. Und dann waren die ersehnten Töne wieder da, wenn auch gedämpft durch die Sauerstoffmaske. Dieses schreckliche, leidvolle Wimmern klang für Sam wie die schönste Melodie, die er jemals vernommen hatte. »Ja, du schaffst es. Gott sei Dank.« Sam entspannte sich zunehmend, und langsam kehrten auch all die anderen Geräusche zu ihm zurück.

Als der Rettungswagen endlich vor der Klinik anhielt, sprang er hinaus, rannte nach vorn und schrie seinen Fahrer durchs offene Fenster an: »Los, raus mit dir! Hilf mir mit der Trage! Wir müssen uns beeilen!«

Henry blickte ihn erstaunt an. So eilig hatte es sein Kollege noch nie gehabt. »Ja, ja. Ich komme schon.«

»Du sollst dich verdammt noch mal beeilen!«, rief Sam.

Der dicke Henry folgte ihm schnaufend. Sobald die Räder der Trage den Boden berührt hatten, riss Sam sie an sich und schob sie im Laufschritt in die Notaufnahme, wo Jeff wie angekündigt auf ihn wartete.

»Ich kümmere mich um sie!«, rief der Chefarzt. Als er feststellte, dass die Patientin noch lebte, warf er Sam einen funkelnden Blick zu. »Was soll das?«, flüsterte er.

»Tut mir leid, Doc. Ich konnte einfach nicht …«

»Wir reden später darüber«, schnitt ihm Jeff das Wort ab. »Doktor Jacobs, übernehmen Sie die Patientin!«, befahl er Nekisha, die gerade mit einer Krankenschwester und der Krankenhaustrage herbeirannte, um die Verletzte für die Untersuchung umzubetten.

Dann drehte er sich wortlos um und verschwand im Aufzug.

19

Nekisha erkannte sofort, dass mit Sam etwas nicht stimmte. Er sah blass aus. Seine Lippen waren blutleer, und ihm stand der Schweiß auf der Stirn. »Alles in Ordnung mit dir?« Sie hoffte, dass er nicht rückfällig geworden war wie viele der Drogensüchtigen, die sie in der Klinik behandelt hatten. Sam hatte ihr geschworen, clean zu bleiben, aber das musste nicht viel bedeuten. Auch wenn es in seinem Fall keine körperlichen Entzugserscheinungen gegeben hatte, so konnte man doch nicht sicher sein, wer stärker war: Sams Wille oder das Kokain.

»Es geht schon, Nekisha. Nur eine kleine Kreislaufschwäche. Ich hab jetzt ohnehin Dienstschluss, fahre nach Hause und leg mich ein bisschen hin. Die Frau wird doch durchkommen, oder?«, fragte er besorgt.

»Das kann ich noch nicht beurteilen. Hör zu, ich kümmere mich um sie. Wenn ich hier fertig bin, komme ich zu dir.«

»Okay«, antwortete er gedankenverloren. Dann schob er die Trage durch die Halle zurück zum Rettungswagen.

Henry übergab das Einsatzfahrzeug an die nächste Schicht und begleitete seinen Kollegen zur Hauptstraße. Drei Minuten später stiegen sie in einen fast vollbesetzten Bus. Die beiden Männer hatten sich gerade auf zwei aufklappbaren Notsitzen niedergelassen, als Sams Handy klingelte.

»Was ist in dich gefahren, Sam? Wir hatten eine Abmachung!«, brüllte Jeff ins Telefon.

»Ich kann jetzt nicht reden. Ich rufe Sie gleich zurück, sobald ich zu Hause bin.«

»Halte dich besser an unsere Regeln. Sonst bist du deinen Job los und wanderst zurück in den Knast«, drohte Jeff unmissverständlich.

Sams Magen krampfte sich zusammen. Henry tippte ihm von hinten auf die Schulter. »Hey, Kumpel. Alles okay mit dir?«

»Ja. Mir ist nur ein bisschen übel.«

»Das wird schon wieder.«

»Ja, Henry. Das wird schon wieder. Wir sehen uns morgen zur Spätschicht«, sagte Sam und rief dem Fahrer »Bus stop!« zu. Auf sein Kommando hielt der Bus am Straßenrand an, und Sam stieg aus. Er bog in einen schmalen, unbefestigten Weg und ging die rund 60 Meter bis zu einer windschiefen Holzhütte mit einer kleinen, hübschen Veranda. Nekisha, die nur ein paar Häuser weiter am Ende des Weges wohnte, hatte sie nach seiner Entlassung aus dem Gefängnis für ihn angemietet. Gemeinsam hatten sie die abgeblätterte Farbe der verwitterten Holzplanken abgeschliffen, sie hellblau gestrichen und die Innenwände weiß angemalt. Sie hatte ihm sogar beim Putzen und Einrichten geholfen, damit er sich hier wohlfühlen konnte. Für Sam war die bescheidene Hütte nach all den Jahren in einer dreckigen, feuchten Zelle das reinste Paradies. Es gab einen Wohn- und Schlafraum, in dem eine Kochnische untergebracht war, und ein kleines Badezimmer mit einer Dusche, einem Waschbecken und einer Toilette.

Er würde ein wenig auf dem Sofa entspannen und dabei ein Kricketspiel im Fernsehen ansehen, dann Jeff anrufen und ihm verkünden, dass er niemals wieder für ihn töten würde. Doch zuerst musste er sich ein bisschen ausruhen.

»Hallo, Doktor Geller. Es tut mir leid«, murmelte Sam nach seinem Nickerchen ins Telefon.

»Das hoffe ich. Hör zu, Sam: Wenn du noch einmal versagst, weißt du, was dir blüht.«

»Ja, aber …«

»Es gibt kein Aber«, fiel ihm Jeff ins Wort. »Du hast Blut an deinen Händen. Was glaubst du, wie schnell du wieder hinter Gittern sitzt? Und diesmal lebenslänglich. Da kann dir dann auch deine kleine, geile Cousine nicht mehr helfen. Sie ist richtig heiß, weißt du das? Sie kann gar nicht genug kriegen von mir. Du solltest mal sehen, wie sie abgeht. Mann, die versteht was vom Vögeln.«

»Hören Sie auf, Doktor Geller«, sagte Sam mit erstickter Stimme. Er fühlte sich wie gelähmt vor Wut. Dieser dreckige, aufgeblasene Weißkittel. Wie konnte er nur so über seine süße Cousine reden?

»Aufhören, wieso? Es macht viel zu viel Spaß, sie zu ficken.« Jeff lachte hämisch.

»Was, wenn ich der Polizei alles erzähle?«

»Du meinst, die glauben dir, dass ich dahinterstecke? Niemals, Sam. Du kannst nichts beweisen.«

»Und das Geld? Woher habe ich das Geld?«

»Welches Geld?«, fragte Jeff scheinheilig. »Du hältst schön brav die Klappe und tust, was ich dir sage. Glaube mir, das ist deine einzige Chance. Haben wir uns verstanden?«

»Ich denke schon«, gab Sam kleinlaut nach.

»Gut. Ich gebe dir drei Tage Zeit. Dann lieferst du. Spätestens. Mach's gut, Sam. Ach ja, grüß Nekisha von mir, falls du sie siehst. Aber wenn du das Maul aufmachst, bist du dran«, drohte Jeff.

Sam knallte den Hörer auf die Gabel und seine Fäuste in die Rückenkissen des braunen Cordsofas, das ihm eine Nachbarin umsonst überlassen hatte. Am liebsten hätte er diesen Geller eiskalt abgeknallt. Ganz ruhig, Sam. Du musst nachdenken und einen Ausweg finden, sagte er sich und sank erschöpft in die Kissen.

20

Nekisha hatte die übel zugerichtete Patientin untersucht, ihre Kopfwunde genäht und all die anderen, zum Glück harmlosen Blessuren versorgt. Die junge Frau hatte keine inneren Verletzungen erlitten und würde nur noch diese Nacht zur Beobachtung in der Klinik bleiben müssen. Den besorgten Eltern fiel ein Stein vom Herzen, als die Ärztin ihnen verkündete, dass ihre Tochter wieder ganz gesund und so hübsch wie zuvor werden würde. Nekisha verließ das Krankenhaus mit einem guten Gefühl. Zumindest, was ihre Patientin betraf. Sam hingegen machte ihr Sorgen.

Als sie seine Wohnung betrat, lag er noch immer auf der Couch und starrte an die Decke.

»Sam? Geht es dir besser?« Nekisha stellte eine Plastiktüte mit Einkäufen am Küchenschrank ab.

»Geht so«, murmelte Sam, ohne seinen Blick von der Decke zu nehmen.

»Möchtest du auch ein Bier?« Nekisha öffnete eine Flasche Wadadli von dem eisgekühlten Sechserpack, den sie mitgebracht hatte.

»Ja, bitte«, antwortete Sam, noch immer gedanklich abwesend.

Nekisha löste den Kronkorken der zweiten Flasche, stellte sie auf den Couchtisch und setzte sich in den orange-braun gestreiften Ohrensessel. Sie nippte an ihrem Bier und sah den grübelnden Sam an. »Trinken musst du schon selbst«, versuchte sie ihn aufzumuntern.

»Was? Ach so, ja. Danke.«

»Was ist los mit dir? Hast du wieder gekokst?«

»Nein.«

»Sei ehrlich! Du kannst es mir sagen.«

»Ich hab dir aber nichts zu sagen.«

»Schau mich an, Sam. Ich rede mit dir«, sagte Nekisha deutlich strenger.

Sam setzte sich auf, nahm einen Schluck von seinem Bier und blickte seiner Cousine in die Augen. »Ich nehme keine Drogen, Nekisha. Ehrlich nicht.«

»Was ist denn dann mit dir los? So rede doch mit mir. Weinst du etwa, Sam? Kann ich dir helfen?« Nekisha beugte sich nach vorn und wollte nach seiner Hand greifen.

»Lass mich in Ruhe! Du Schlampe!«, brüllte Sam und stieß ihre Hand von sich.

»Bist du jetzt völlig durchgeknallt? Wieso beschimpfst du mich? Was habe ich dir getan?«

»Willst du das wirklich wissen? Ja? Willst du? Okay! Du fickst mit diesem Monster! Wie kannst du nur?«

»Was ist los? Mit wem ficke ich? Und was geht dich das überhaupt an?«

»Es geht mich sogar sehr viel an. Du bist der einzige Mensch, der mir etwas bedeutet. Du fickst mit dem Teufel höchstpersönlich. Ich habe Angst um dich. Er ist gefährlich. Lebensgefährlich. Nekisha, glaube mir bitte!«

»Du meinst doch nicht Jeff? Doktor Geller?«

Sam hatte sich aufgesetzt. »Ja natürlich! Wen denn sonst? Er ist ein skrupelloses Monster! So glaub es mir doch endlich!«, schrie er und sprang vom Sofa auf.

Nekisha folgte ihm in die Kochnische und stellte sich ihm in den Weg. »Wovon sprichst du, bitte? Wieso ist Jeff ein Monster?« Sie verschränkte die Arme vor ihrer Brust.

Sam wischte sich die Tränen ab. »Komm, setzen wir uns wieder hin«, sagte er leise und trottete zurück zum Sofa.

Wenig später saß Nekisha regungslos im Ohrensessel und lauschte wie betäubt seiner unglaublichen Geschichte. Anfangs hatte sie noch gedacht, er wäre eifersüchtig und würde sie bloß auf den Arm nehmen. Aber jetzt spürte sie, dass er ehrlich verzweifelt war. Das war nicht gespielt. Niemand würde so etwas erfinden. Schon gar nicht Sam, den sie seit ihrer frühen Kindheit kannte. Oder war er doch wieder auf Drogen? Nein, sie konnte keinerlei Anzeichen von Kokainkonsum an ihm ausmachen.

»Verdammte Scheiße«, sagte sie, als er endlich fertig erzählt hatte. »Das ist doch total verrückt. Wie konntest du dich nur auf so etwas einlassen? Du weißt doch, dass du dafür bis ans Ende deiner Tage sitzt. Abgesehen davon hast du unschuldige Menschen getötet.«

»Das ist mir alles bewusst, Nekisha. Und ich bin bereit, für immer in den Knast zu wandern. Aber ich gehe nicht ohne diesen Geller. Ich werde mit dem größten Vergnügen dabei zusehen, wie sie ihm dort seinen weißen Arsch aufreißen!«

»Sam, bitte. Beruhige dich. Lass uns lieber nachdenken. Wir müssen eine Lösung finden. Und du musst vor allen Dingen aufhören, Patienten umzubringen.«

»Das habe ich heute schon getan. Sie wird doch überleben, oder?«

Nekisha nickte. »Sie wird morgen entlassen. Dass du sie verschont hast, ist immerhin ein Anfang. Aber wie willst du dich ein für alle Mal aus der Affäre ziehen?«

»Ich mache das einfach nicht mehr. Ich bringe niemanden mehr um. Geller kann mich nicht dazu zwingen«, sagte Sam trotzig wie ein kleiner Junge.

Nekisha hätte über ihn geschmunzelt, wäre die Lage nicht so ernst gewesen. »Und wenn er seine Drohung wahr macht, dich anzeigt, dir alles in die Schuhe schiebt? Du hast keine Beweise gegen ihn. Niemand wird dir glauben. Er ist Chefarzt und du bist ein Exknacki«, gab sie zu bedenken.

»Das weiß ich. Aber ich glaube nicht, dass er mich anzeigen wird. Damit bringt er sich doch selbst in Gefahr.«

Nekisha überlegte eine Weile. »Verlassen würde ich mich nicht darauf«, sagte sie schließlich.

»Soll ich mich freiwillig stellen?«, schlug Sam vor.

»Bloß das nicht! Dann kommt er womöglich davon. Wir müssen Beweise finden. Schreib alles auf, was dir einfällt. Jede Kleinigkeit zu jedem der Notfälle mit tödlichem Ausgang. Bei denen du nachgeholfen hast, meine ich. Ich werde mich in seinem Büro umsehen und jede freie Minute an seine Fersen heften. Solange, bis ich beweisen kann, dass er hinter diesen Verbrechen steckt.«

»Willst du den Dekan einweihen? Er hat angeblich keine Ahnung, woher seine Leichen stammen, behauptet dieses Geller-Schwein jedenfalls.«

»Nein. Ich kann den Dekan nicht einschätzen, ich kenne ihn kaum. Warte mal, ich werde versuchen, ihm auf der Weihnachtsgala auf den Zahn zu fühlen. Dann werden wir weitersehen.«

»Ich kann nicht glauben, dass du mir schon wieder hilfst. Womit habe ich dich bloß verdient, Nekisha?«

»Ob ich dir diesmal aus dem Schlamassel helfen kann, weiß ich nicht. Aber ich versuche es. Ich werde jetzt nach Hause gehen und in Ruhe über alles nachdenken. Vielleicht kommt mir doch noch eine Idee, wie wir deinen Kopf aus der Schlinge ziehen können.«

»Das musst du gar nicht. Genau dort gehört er nämlich hin«, sagte Sam traurig.

»Hör auf, Kleiner. Wir schaffen das schon irgendwie. Ich ruf dich am Abend noch mal an. Bis später.« Nekisha küsste ihn auf seine glühend heiße Wange und stand auf, um ihre Einkaufstüte zu holen.

Sam blickte ihr mit müden Augen nach. »Danke, Nekisha. Ich danke dir.« Kaum war Nekisha durch die Tür verschwunden, holte Sam den Cavalier-Rum aus dem Schrank und nahm einen großen Schluck. Und dann noch einen. Und noch weitere. Bis die Flasche leer war. Er wollte vergessen. Einfach nur alles vergessen.

21

Das Wochenende hatte Sonja fast ausschließlich unter der Markise ihrer Terrasse verbracht, um das Bild für die Darnells zu malen. Die beiden waren in Begleitung von Gregs Anwalt Anthony und dessen Frau Sheila mit der Laguna nach Barbuda, auf die kleinere und ruhigere Schwesterinsel Antiguas, gefahren. Hillary war gar nicht begeistert gewesen. Sie konnte Anthony nicht leiden, der in ihren Augen ein widerlicher Snob war. Noch mehr hasste sie die farblose, schlecht angezogene Sheila, die sie für eine langweilige, falsche Schlange hielt. Doch Greg hatte darauf bestanden, dass sie den Wochenendausflug mitmachte. Er wollte mit dem Anwalt ein paar rechtliche Angelegenheiten besprechen, die sein Casino betrafen. Und Hillary sollte inzwischen Sheila bei Laune halten. Ob es ihr nun gefiel oder nicht. Das war wohl das Mindeste, was seine Frau für ihn tun konnte, während er sich um die Geschäfte kümmerte, die ihr luxuriöses Leben finanzierten. Hillary hatte Sonja angefleht, sie zu begleiten, um die drohende Langeweile abzuwenden. Doch Sonja war hartnäckig geblieben. Sie wollte die Abwesenheit der Darnells dazu nutzen, das Bild für sie zu malen. Außerdem hatte Jeff sie für Sonntag zur Schiffstaufe eingeladen. Kurz nachdem Hillary schmollend an Bord der Laguna gegangen war, hatte Jeff Sonja angerufen und ihr Date auf Montag verschoben. Sie war ein wenig enttäuscht gewesen, weil sie es kaum erwarten konnte, ihn endlich wiederzusehen. Ihr erster gemeinsamer Abend im »Simon's« hatte ihre Gefühle für ihn noch verstärkt. Wann immer sie an ihn dachte, spürte sie ein körperliches Verlangen, das ihr bisher fremd gewesen war.

Sonja hatte sich also in die Arbeit gestürzt und betrachtete nun kritisch das fertige Acryl-Gemälde. Es war vielleicht ein wenig kitschig, aber sie war überzeugt, dass es zumindest Hillary gefallen würde. Bei Greg war sie nicht so sicher, da die Farben kräftiger und leuchtender ausgefallen waren, als sie es ursprünglich vorgehabt hatte. Schlussendlich waren es aber die Farben der Karibik, die sie auf Gregs und Hillarys Familienporträt verewigt hatte. Sonja trat einige Schritte zurück und kniff noch einmal die Augen zusammen, um zu überprüfen, ob sie das Paar auch wirklich getroffen hatte. Dann entschied sie sich, das Bild, so wie es war, den Darnells als kleines Dankeschön für ihre großzügige Gastfreundlichkeit zu überreichen.

22

Beim Frühstück präsentierte Sonja ihr Geschenk. »Guten Morgen, ihr Lieben«, begrüßte sie ihre Gastgeber und stellte das Bild verkehrt herum auf einen freien Stuhl, sodass der Keilrahmen von hinten zu sehen war.

»Guten Morgen, Sonja«, antwortete Greg und blickte kurz von seiner Zeitung hoch.

»Hallo, Süße!« Hillary beäugte neugierig die Rückseite der Leinwand. »Hast du am Wochenende gemalt?«

»Sieht so aus«, antwortete Sonja geheimnisvoll.

Jetzt wurde auch Greg aufmerksam. »Du malst? Das wusste ich ja gar nicht. Lass sehen.« Er legte die Zeitung beiseite und blickte über den goldenen Rand seiner Lesebrille.

Was, wenn sie es scheußlich finden?, dachte Sonja nun doch nervös.

»Greg interessiert sich sehr für Kunst. Er besitzt in London eine beachtliche Sammlung von Werken zeitgenössischer Künstler. Das meiste hängt in der Tate Gallery als Leihgabe«, erklärte Hillary.

Auch das noch! Sonja fühlte, wie ihre Knie weich wurden. Hätte sie vorher gewusst, dass Greg ein Kunstkenner war, hätte sie niemals zu Farbe und Pinsel gegriffen. Aber jetzt war es zu spät. Sie würde diese Peinlichkeit ertragen müssen.

»Komm, Sonja. Zeig schon her«, forderte Hillary sie auf.

»Ich weiß nicht. Na gut …« Sonja atmete tief durch. »Es war als Dankeschön für euch gedacht. Ich wusste ja nicht, dass du ein Kunstexperte bist.«

»Aber, Sonja. Ich bin doch kein Experte, noch dazu selbst völlig untalentiert. Ich habe bloß eine gute Nase für aufstrebende Künstler. Und einen Instinkt für lohnende Investitionen«, meinte Greg aufmunternd.

»Ihr müsst es nicht aufhängen, wenn es euch nicht gefällt«, sagte Sonja kleinlaut und drehte das Acrylbild schweren Herzens um.

»Wow! Das ist großartig!«, rief Hillary entzückt und sprang auf, um das Kunstwerk aus der Nähe zu betrachten. »Du hast mich richtig gut getroffen. Greg natürlich auch. Das ist so lieb von dir! Dafür kannst du die nächsten 20 Jahre kostenfrei bei uns wohnen. Danke schön, Süße!«, meinte sie begeistert und fiel Sonja um den Hals.

Sonja war der Freundin unendlich dankbar, dass sie mit ihrer überschwänglichen Art die unangenehme Situation fürs Erste gerettet hatte. Blieb zu hoffen, dass Greg so höflich war und auf ein vernichtendes Urteil verzichtete. Noch schwieg er.

Erst als die Frauen nebeneinander Platz genommen hatten, stand er auf, rückte das Gemälde ins Licht, trat ein paar Schritte zurück und betrachtete es noch ausgiebiger. Er neigte den Kopf ein wenig zur Seite, kratzte sich am Kinn und kniff die Augen zusammen, genau wie Sonja es vor nicht einmal einer halben Stunde getan hatte. Am liebsten wäre sie aufgestanden und hätte mit dem blöden Ding unterm Arm das Weite gesucht. Hillary hatte aufgehört zu plappern und beobachtete ebenfalls gespannt ihren Mann, der das Werk noch immer schweigend betrachtete.

»Sonja«, unterbrach er die Stille schließlich.

Bitte, sag nichts, flehte die insgeheim. »Ja?«, hauchte sie völlig verunsichert.

»Das Bild ist gut«, sagte Greg.

»Wie bitte?« Sonja meinte sich verhört zu haben.

»Das ist sogar sehr gut. Du hast Talent. Es gefällt mir«, stellte er fest.

»Ehrlich?«, fragte Sonja ungläubig.

»Soweit ich die Qualität eines Gemäldes beurteilen kann, ja. Mir gefällt es, wie gesagt. Und es passt hervorragend in unser Wohnzimmer, über den mittleren Teil der Sitzlandschaft.«

»Genau dort hatte ich es mir auch vorgestellt.« Sonja konnte nicht fassen, was Greg da eben von sich gegeben hatte.

»Dann wird es auch dort hingehängt«, entschied er und setzte sich wieder an den Tisch. »Danke, Sonja. Das ist ein ganz besonderes, sehr persönliches Geschenk. Du hast uns damit eine große Freude bereitet.«

»Ja, das hast du wirklich, Süße«, stimmte Hillary ihm zu und drückte Sonjas Hand.

»Ich bin so froh, dass es euch gefällt.« Sonja war ehrlich erleichtert und strahlte bis über beide Ohren.

»Wo hast du malen gelernt?«, wollte Greg wissen.

»Ich habe an der Kunstakademie in Wien Grafikdesign studiert und immer schon gerne gemalt«, gestand Sonja und strich Butter auf ihr Brötchen. »Ich war in der Agentur die einzige Grafikerin, die Scribbles oder Storyboards zeichnen konnte. Das hat mir auch am meisten Spaß gemacht.«

»Hast du deine Bilder schon einmal ausgestellt?«, erkundigte sich Greg.

Sonja schüttelte den Kopf. »Ich fand sie nie gut genug.«

»Unsinn!«, widersprach Hillary. »Das hier ist einfach Weltklasse! Du zeigst uns doch auch den Rest deiner Bilder? Sie hat alle auf ihrem Laptop gespeichert«, erklärte sie Greg.

»Schön. Dann lass sie uns doch bei nächster Gelegenheit mal ansehen. Du bist Grafikdesignerin?« Greg schaute Sonja interessiert an.

»Wusstest du das gar nicht?«, fragte Hillary.

»Sonst hätte ich ja wohl kaum gefragt.« Er warf seiner Frau einen genervten Blick zu, der sie bis auf Weiteres zum Schweigen brachte. Dann wandte er sich wieder Sonja zu. »Hättest du Lust, eine Kampagne für mich zu entwickeln? Für mein Internetcasino, meine ich.«

»Ich soll …? Ja, warum nicht? Ausgesprochen gerne«, antwortete Sonja überrascht.

»Großartig. Können wir morgen früh mit dem Briefing anfangen?«

»Morgen ist Dienstag, richtig?«, fragte Sonja.

Hillary nickte.

»Wann soll ich bei dir sein?«, erkundigte sich Sonja.

»Komm doch gleich nach dem Frühstück in mein Büro. Sagen wir, um 9.30 Uhr. Dann erzähle ich dir alles, was du wissen musst.«

»Ich bin um halb zehn bei dir. Am besten bringe ich mein Powerbook mit und zeige dir, was ich in den letzten Jahren so alles gemacht habe.«

»Einverstanden. Dann reden wir auch über dein Honorar. Sollst ja auch was davon haben«, sagte Greg und reichte ihr die Hand, um ihre Zusammenarbeit zu besiegeln.

»Ich freue mich, Greg.«

»Gut. Also bis morgen.« Greg stand auf, nahm das Kunstwerk und ging damit ins Haus.

Hillary zündete sich eine Zigarette an und nippte an ihrem Milchkaffee.

»Meinst du, es gefällt ihm wirklich?«, fragte Sonja.

»Aber sicher. Greg meint, was er sagt. Es ist der ehrlichste und direkteste Mensch, den ich kenne. Manchmal etwas zu direkt für meinen Geschmack. Überlege dir gut, ob du wirklich für ihn arbeiten möchtest«, warnte Hillary.

»Na klar. Das Geld kann ich gut gebrauchen. Außerdem handelt es sich doch nur um ein Projekt, keine fixe Anstellung, wie ich das verstanden habe. Im Übrigen mag ich es, wenn ich weiß, woran ich bei jemandem bin. Ich komme schon klar mit Greg. Mach dir keine Sorgen.«

»Wenn du meinst …«

»Wie war übrigens euer Wochenende auf Barbuda?«, fragte Sonja.

»Erinnere mich bitte nicht daran. Sterbenslangweilig, wie ich es erwartet hatte. Diese Sheila ist die reinste Schlaftablette.« Hillary gähnte beim bloßen Gedanken an die Anwaltsfrau. »Und wie war eure Schiffstaufe?«, fragte sie neugierig zurück.

»Die ist leider ins Wasser gefallen«, sagte Sonja.

»Wie? War das Wetter hier schlecht?«

»Nein. Jeff musste in die Klinik. Ein Kollege ist krank geworden, und er musste für ihn einspringen.«

»Ach so. Dann hättest du ja eigentlich mit uns kommen können.«

»Hätte ich. Aber so ist wenigstens euer Bild fertig geworden. Und die Schiffstaufe mit Jeff wird heute Nachmittag nachgeholt.«

»Du bist richtig verliebt in ihn, nicht wahr?«

»Vielleicht ein bisschen.« Sonja lächelte verlegen.

»Hat er es also wieder einmal geschafft.« Hillary starrte ins Leere.

»Lass das, Hillary! Jeff ist wirklich nett. Er ist nicht so, wie du denkst«, verteidigte Sonja ihn.

»Schon gut. Wirst du zum Abendessen wieder da sein?«

»Ich weiß noch nicht.«

»Nur damit ich Colette Bescheid geben kann. Sie wird heute Abend für uns kochen.«

»Ihr müsst nicht auf mich warten. Ich werde schon nicht verhungern.«

Den Vormittag verbrachte Sonja am Pool. Hillary war ungewöhnlich wortkarg, als sie sich endlich zu ihr gesellte. Sonja las ein paar Seiten von dem Roman, den sie am Londoner Gatwick Flughafen noch rasch gekauft hatte. Sie musste jeden Absatz dreimal lesen, weil ihre Gedanken immer wieder zu Jeff abschweiften. Schließlich klappte sie das Buch zu, verabschiedete sich von der Freundin, um sich für ihre Verabredung fertig zu machen.

Pünktlich um halb zwei stand Jeff vor ihrer Tür. Sonja drückte ihm ein zaghaftes Küsschen auf den Mund. Seine Lippen fühlten sich weich und warm an, sein betörender Geruch strömte in ihre Nase.

»Hallo, Schönheit! Du siehst blendend aus. Bist braun geworden. Steht dir sehr gut.«

»Danke, Jeff. Wollen wir gleich fahren?«

»Wenn du fertig bist.«

»Von mir aus kann es losgehen.«

Jeff nahm Sonja bei der Hand und ließ sie in seinen dunkel verglasten Land Rover einsteigen. »Hattest du denn ein schönes Wochenende?«, erkundigte er sich, nachdem er den Wagen gestartet hatte.

»Ja, danke. Ein bisschen einsam vielleicht.«

»Einsam? Hast du mich vermisst?«

»Ja. Nein. Vielleicht ein bisschen«, stammelte Sonja.

Jeff lachte. »Du bist entzückend«, meinte er.

Sonja räusperte sich verlegen und blickte aus dem Fenster. Schon wieder führte sie sich wie ein bescheuerter Teenager auf. »Ich war das ganze Wochenende allein zu Hause«, setzte sie zur Erklärung an. »Hillary und Greg waren auf Barbuda mit seinem Anwalt und dessen Frau.«

»Oh mein Gott! Sei froh, dass dir das erspart geblieben ist. Barbuda ist zauberhaft. Aber diese Gibbs …«, sagte Jeff.

»So etwas Ähnliches hat Hillary auch gesagt.«

»Kein Wunder. Anthony ist zwar ein Spitzenanwalt, aber ein aufgeblasener englischer Gockel und Sheila eine langweilige, unattraktive Ziege. Nicht gerade die amüsanteste Gesellschaft.«

»Da seid ihr euch ausnahmsweise mal einig, du und Hillary.«

»Ihr beiden versteht euch sehr gut, nicht wahr?«

»Ja. Hillary ist so lebhaft und offenherzig. Sie schafft es immer wieder mich zum Lachen zu bringen.«

»Und dass sie eine verwöhnte Göre ist, stört dich gar nicht?«

»Überhaupt nicht. Das amüsiert mich eher. Ich finde, sie ist eine äußerst liebenswerte Person. Und eine richtig gute Freundin.«

»Entschuldige bitte noch mal, dass ich unsere Verabredung verschieben musste.«

»Schon in Ordnung. Wir holen es ja jetzt nach.« Sonja

bemerkte erst jetzt, dass sie fast bei der Marina angekommen waren. Mit Jeff verging die Zeit wie im Flug.

»Die sieht aber richtig windschlüpfrig aus«, sagte sie, als Jeff ihr die Endless Joy stolz präsentierte. Sonja betrachtete das Sportboot ein wenig argwöhnisch.

»Gefällt dir mein Baby? Du wirst gleich sehen, wie sie abgeht. Komm zu mir, Schönheit«, sagte er, während er die dunkelblaue Abdeckplane, die das Boot vor Wind und Wetter schützte, sorgfältig zusammenfaltete.

Die Endless Joy war ein ziemliches Aufreißerteil, obwohl das keilförmige Design durchaus gelungen war, fand Sonja und zog ihre Flipflops aus. Sie stieg zu Jeff ins Boot und reichte ihm ihre Tasche, damit er diese unter der vorderen aufklappbaren Sitzbank verstauen konnte.

»Was ist mit der Taufe, Jeff? Ich dachte, man lässt eine Flasche Champagner am Bootsrumpf zerspringen?«

»Bist du verrückt? Ich zerkratze doch nicht freiwillig mein Baby. Wir machen das ganz anders.« Er nahm eine der beiden Flaschen, die er an Bord mitgebracht hatte, und schüttelte sie heftig. Dann drehte er die Agraffe auf und drückte vorsichtig den Korken hoch, der schließlich mit einem lauten Ploppen aus der Flasche fuhr, um rund 30 Meter entfernt von ihnen im Hafenwasser zu landen. Jeff hielt seinen Daumen auf den überschäumenden Flaschenhals und schüttelte weiter. Der kalte Champagner spritzte in hohem Bogen über das Boot und traf auch Sonja, die aufkreischte.

»Jeff, das ist eiskalt!« Ihr weißes Top war vorne klatschnass und damit durchsichtig geworden, was Jeff nicht verborgen blieb.

»Ziemlich kalt, ja. Das kann ich sehen«, bestätigte er und starrte grinsend auf ihre Brüste.

»Wie schön für dich«, meinte Sonja. »Das war mein einziges Shirt, das ich mithabe.«

»Aber du hast doch bestimmt einen Bikini dabei.«

Sonja nickte.

»Na, siehst du. Dann ziehst du den drunter an, falls dein T-Shirt unterwegs nicht ohnehin trocknet. So, und jetzt nimm erst einmal einen Schluck. Viel ist allerdings nicht mehr drin.« Jeff reichte Sonja die Flasche. »Auf mein neues Baby! Ich taufe dich Endless Joy!«, rief er übermütig, während Sonja mit der heftig schäumenden Kohlensäure in ihrem Mund kämpfte.

»Und auf dich, Schönheit«, fuhr er fort und nahm die Flasche wieder an sich, um den Rest in einem Zug auszutrinken.

Die Endless Joy verließ die Marina in gemächlichem Tempo und zog die Blicke zweier blutjunger Frauen an, die sich auf einem Segelboot sonnten. Kichernd winkten sie herüber. Jeff salutierte lässig zurück.

»Halt dich gut fest. Ich gebe jetzt Gas«, warnte er Sonja, die neben ihm im Cockpit Platz nahm. Das Sportboot hob beim Beschleunigen förmlich ab. Der Bug stellte sich auf, hinter den beiden röhrenden Motoren spritzte die Gischt hoch. Obwohl kein starker Seegang war, knallte die Endless Joy nach jeder kleinen Welle hart aufs Wasser, was Sonja ganz und gar nicht angenehm fand. Sie verkrallte sich in ihrem Sitz und spürte nach nicht einmal zehn Minuten, wie Übelkeit in ihr hochkroch.

»Jeff! Geht's auch langsamer?«, schrie sie so laut sie konnte, um das ohrenbetäubende Dröhnen der Motoren zu übertönen.

»Na gut! Wir sind eh gleich da!«, brüllte er und zog endlich den Gashebel zurück.

Sonja atmete erleichtert auf. Sie wusste zwar nicht, wohin sie eigentlich unterwegs waren, aber sie war froh, dass sie gleich am Ziel ankommen würden.

»Sorry. Ich dachte, du hättest Spaß daran.«

»Ein bisschen weniger Spaß tut es für mich auch. Mir ist total schlecht, Jeff.«

»Oje. Eigentlich wollte ich noch mit dir schwimmen gehen. Aber wenn dir übel ist, fahren wir lieber gleich zu OC's.«

»Ist das noch weit?«, fragte Sonja gequält.

»Nein. Gleich in der nächsten Bucht. Schaffst du das noch?«

»Muss ich wohl«, sagte sie und starrte konzentriert auf den Horizont, um ihre Übelkeit in den Griff zu bekommen. Das fehlte gerade noch, dass sie sich vor Jeff übergab. Kaum fühlte sie festen Boden unter ihren Füßen, ging es ihr schlagartig besser. Als sie in dem Strandrestaurant Platz nahmen, vor dem Jeff angelegt hatte, war ihre Übelkeit wie weggeblasen.

»Geht's wieder?«, fragte er.

»Als wäre nie etwas gewesen. Tut mir leid. Ich wollte dir nicht den Spaß verderben. Ich bin ans Boot Fahren einfach nicht gewöhnt.«

»Das macht doch nichts. Du hättest viel früher etwas sagen sollen. Dann hätte ich nicht so viel Gas gegeben.« Jeff bestellte für sie einen gegrillten Red Snapper, der für mindestens drei Personen gereicht hätte. Dazu aßen sie knuspriges Weißbrot und frischen Salat. Der französische Roséwein, der in einer dunkelblauen Schlegelflasche abgefüllt war, schmeckte Sonja besonders gut.

»Ich platze gleich«, sagte sie, als nur mehr der Fischkopf und die Gräten übrig waren.

»Du siehst aber noch ganz rank und schlank aus.« Jeff lehnte sich zufrieden im Stuhl zurück und musterte sie von oben bis unten. »Und dein T-Shirt ist auch wieder trocken«, fügte er grinsend hinzu.

»Das hatte ich total vergessen. Ist ja auch egal. Schließlich war ich früher oft genug oben ohne baden.«

»Ja, ja, ihr Europäer. Davon können wir prüden Amerikaner nur träumen.«

»Und T-Shirts nass spritzen. Das könnt ihr auch.«

»Genau, Ms Wet-T-Shirt. Wollen wir zurück aufs Boot, ein bisschen in der Sonne faulenzen?«

»Und wenn mir wieder übel wird?«

»Ich verspreche dir, ich werde ganz zahm sein.« Jeff legte seine Hand auf die ihre.

»Mir bleibt eh nichts anderes übrig, wenn ich nicht zu Fuß nach Hause laufen möchte. Ich werde dir wohl vertrauen müssen«, sagte Sonja.

»Wir fahren einfach ganz gemächlich in die nächste Bucht und ankern dort. Okay?«

»Einverstanden.«

Jeff beglich die Rechnung, und sie fuhren in eine kleine einsame Bucht, wo er den Anker im seichten Wasser versenkte. Er zog sein T-Shirt aus und setzte sich aufs Sonnendeck. Sonja kramte nach dem Bikini in ihrer Tasche.

»Den brauchst du nicht, Schönheit. Ich hab sie doch schon gesehen, deine süßen Brüste. Und sonst ist ja keiner hier. Komm schon. Leg dich zu mir.«

Da war es wieder, dieses wohlige Kribbeln in ihrem Unterleib, das sie schon Freitagnacht auf dem Parkplatz vom »Simon's« gefühlt hatte. Sonja zog ihr Shirt und den Wickelrock aus und verstaute beides unter der Bank. Dann legte sie sich in seinen Arm. Jeff streichelte über ihre dunklen Locken, während er sie aus unverschämt blauen Augen ansah. »Es ist schön mit dir, Sonja. Du bist eine tolle Frau«, flüsterte er. »Und du machst mich echt scharf. Weißt du das?«

Wenn du wüsstest, wie scharf du mich machst, dachte Sonja und hob ihren Kopf, damit er sie endlich küsste. Jeff knetete zärtlich ihre Brust und ließ seine Hand langsam die Innenseite ihres Oberschenkels hinabgleiten. Es war unglaublich, wie stark seine Berührungen sie erregten. Mit Stephan war Sex zur Routine geworden. Sonja hatte darüber ganz vergessen, wie sich Leidenschaft und Begierde anfühlten. Jede Faser ihres Körpers schien sich nach Jeff zu verzehren. Als er endlich in sie eindrang, wurde das Verlangen mit jedem seiner Stöße noch größer. Jeff war hart und ausdauernd und trieb sie geduldig bis zum Höhepunkt. Sonja schrie, als der erlösende Moment sie überwältigte.

23

»Jetzt erzähl schon. Wie war's?«, drängte Hillary beim gemeinsamen täglichen Frühstück. Sie hatte wohl bemerkt, dass Sonja nach dem gestrigen Date mit Jeff auf Wolke sieben schwebte. Kein Wunder. Ihr Dauergrinsen sprach Bände. »Auf einer Skala von eins bis geil, wie war's mit Jeff?«

Sonja sah die Freundin an und strahlte immer noch von einem Ohr zum anderen. »Ich fürchte, deine Skala reicht nicht dafür aus, was ich gestern empfunden habe. Es war einfach unbeschreiblich. So etwas habe ich noch nie erlebt«, erzählte Sonja.

»Die geilste Nummer deines Lebens?«, fragte Hillary nach.

»Hillary, rede nicht so abwertend«, rügte Sonja sie. »Ich mag Jeff wirklich. Sonst wäre der Sex mit ihm nicht so überirdisch gut gewesen«, sagte sie und blickte verträumt übers Meer.

Hillary schüttelte den Kopf. »Dann ist es also um dich geschehen. Du hast dich in ihn verliebt«, sagte sie und rührte ihren Milchkaffee um.

Sonja seufzte. »Ach, Hilly. Es ist wunderschön hier. Mit dir und mit Greg. Und mit Jeff natürlich. Alles ist perfekt. Einfach traumhaft. Ich wünschte, es würde für immer so bleiben.«

»Deine unausstehlich gute Laune wird dir gleich vergehen. Mein lieber Mann wartet im Büro auf dich. Schon vergessen?«

»Nein, natürlich nicht. Ich bin verliebt. Aber ich habe nicht den Verstand verloren«, sagte Sonja.

»Und ich dachte, das wäre dasselbe.«

»Sag mal, freust du dich gar nicht für mich?«

»Doch, Süße. Und wie ...«

»Klingt ja nicht gerade überzeugend. Ich muss jetzt zu Greg. Wir sehen uns später.« Sonja griff nach ihrem Powerbook und stand auf.

»Warte noch eine Sekunde. Ich habe Jeff am 25. Dezember zu unserer kleinen privaten Weihnachtsfeier eingeladen. Mit Truthahn und allem Drum und Dran. Jill und ihr Freund Mario werden ebenfalls kommen. Du bist doch sicher auch dabei?«

»Ja, sehr gern. Ich freue mich darauf. Bis später«, antwortete Sonja und schwebte mit ihrem Laptop ins Haus.

»Guten Morgen, Ms Sonja.« Colette räumte gerade die Geschirrspülmaschine aus.

Sonja strahlte die Bedienstete an. »Hallo, Colette. Ist Greg in seinem Büro?«

»Ja, Ms Sonja. Klopfen Sie aber an. Er mag es nicht, wenn man einfach so bei ihm reinplatzt.«

»Mache ich«, antwortete Sonja und pochte kurz danach vorsichtig an die Tür des Arbeitszimmers.

Wenig später saß sie neben Greg am PC und ließ sich sein Internetcasino ausführlich erklären. Sonja interessierte sich nicht besonders für Computer- oder Internetspiele, aber sie war beeindruckt, wie anwenderfreundlich und ansprechend gestaltet sein Onlinecasino war. Es war offensichtlich kinderleicht, hier sein Geld loszuwerden. Man brauchte lediglich eine Kreditkarte, die das Spielerkonto füllte, bevor es losgehen konnte. Greg und Sonja sahen nach, wer gerade online war. Ein Klick auf die Statistikseite zeigte ihnen, wer wann gespielt hatte und wie viel er verloren oder gewonnen hatte. Sonja stand der Mund offen. Sie wusste nicht nur, wie der Mann hieß, der eben mal 13.550 US-Dollar verloren hatte, sondern auch, wo er wohnte, wann er geboren war und wann er wie oft gespielt hatte. Ihre Augen erfassten blitzschnell die Ergebnisse der letzten 24 Stunden. Sie war fassungslos, wie viel Geld Gregs Kunden verzockt hatten. »Läuft dein Geschäft immer so gut?«, fragte sie.

»Es gibt wie überall stärkere und schwächere Tage. Aber unterm Strich entwickeln sich die Umsätze stetig nach oben. Im vergangenen Jahr haben wir an die 120 Millionen Dollar umgesetzt, allerdings auch einiges ins Marketing investiert. Und das war goldrichtig. Du glaubst gar nicht, wie unmittelbar sich jede Maßnahme auf den Umsatz auswirkt. Sobald ein Mailing ausgesendet oder eine Anzeige geschaltet wurde, ist hier tags drauf die Hölle los. Selbst wenn diese Spitzen nach einigen Tagen wieder zurückgehen, so bleibt das Niveau doch deutlich höher als zuvor«, berichtete er zufrieden.

»Schau mal, Greg. Jonathan Smith aus Liverpool hat heute Geburtstag.« Sonja zeigte auf einen Spieler in der Liste.

»Tatsächlich.«

»Du könntest ihm doch eine E-Mail mit Glückwünschen schicken, wenn der Ärmste schon ausgerechnet an seinem Geburtstag verloren hat«, schlug Sonja vor.

»Cleveres Mädchen. Weißt du, was wir machen? Wir schicken ihm Glückwünsche und dazu 25 Dollar Casino-Guthaben.« Ab sofort wollte Greg Sonjas Idee zur laufenden Kundenbindung einsetzen. Er widmete sich ihren Arbeitsbeispielen und lauschte interessiert ihren Ausführungen. Sie hatte klassische Werbemittel wie Anzeigen oder Plakate, aber auch Promotions, Mailings und Webdesigns in ihrem Portfolio.

»Ausgezeichnet, Sonja. Du bist gut. Und du kannst konzeptionell denken«, sagte er schließlich. »Ich möchte, dass du als Erstes die Clubkarten für mein Casino entwirfst. Du weißt schon, diese Plastikdinger im Scheckkartenformat. Sie sollen keine wirkliche Funktion haben, außer vielleicht, dass man das Passwort hinten notieren kann. Sie sind als Reminder gedacht, der einem immer wieder einmal unterkommt. Und sie müssen besonders hochwertig aussehen.«

»Hast du dafür ein Produktionsbudget? Ich meine, kann ich zum Beispiel eine fünfte Farbe verwenden? Oder Spezialfolien?«

»Keine Einschränkungen. Die Kosten sollen deiner Kreativität nicht im Wege stehen. Du kannst dich austoben, wie es dir beliebt. Um alles andere kümmern wir uns später.«

»Umso besser. Und wann möchtest du die ersten Layouts sehen?«

»Wie lange brauchst du dafür?«

»Ich möchte zuerst ein wenig darüber nachdenken und dann an die Umsetzung gehen. Zuvor würde ich gerne ein bisschen im Internet recherchieren, um ein besseres Gefühl fürs Casinogeschäft und die Spieler zu bekommen. Kann ich deinen Internetzugang benutzen?«

»Selbstverständlich. Log dich ein, wann immer du möchtest. Hier ist das Passwort.« Er schob ein Blatt Papier zu ihr hinüber.

»Danke! Ich denke, ich kann dir die Layouts in zwei Wochen präsentieren.«

»Gut. Sind 6.000 Dollar genug als Honorar?«

Sonja schluckte. Gregs Angebot war mehr als großzügig. Das konnte sie nicht annehmen. »Das ist viel zu viel für ein paar Layouts«, protestierte sie.

»Ich weiß. Das war nur ein kleiner Test, ob du mich über den Tisch ziehen würdest«, sagte er schmunzelnd. »Du hast ihn bestanden. Damit hast du dir soeben 6.000 Dollar verdient.«

»Aber, Greg ... Das kann ich nicht annehmen.«

»Doch, das kannst du. Keine Widerrede.« Greg holte ein Kuvert aus einer Schreibtischschublade und drückte es Sonja in die Hand. »Hier, ein kleiner Vorschuss für dich. Den Rest gibt's, wenn die Karte in Produktion geht.«

»Wenn du darauf bestehst ... Danke, Greg. Das ist sehr großzügig von dir. Ich geh dann mal wieder. Du hast sicher noch genug zu tun.«

Nachdem Sonja ins Gästehaus zurückgekehrt war, griff sie zum Handy, um nachzusehen, ob Jeff angerufen hatte. Sein Geruch war noch immer in ihrer Nase, und das wohlige Gefühl im Unterleib erinnerte sie an den besten Sex ihres Lebens. Sie konnte es kaum erwarten, ihn wiederzusehen und zu spüren. Mist! Nur eine SMS. Und ausgerechnet von Stephan, stellte sie fest und öffnete die Nachricht. »Hi, Sonne! Bitte, melde dich. Nur damit ich weiß, ob es dir gut geht. In Liebe, S.«

Glaube mir, du willst gar nicht wissen, *wie* gut es mir geht, dachte Sonja und warf das Handy achtlos aufs Sofa. Anschließend verstaute sie den Vorschuss über 3.000 Dollar im Safe ihrer Villa.

24

Nekisha schlich im ersten Stock der Klinik über den Korridor, der zu Jeffs Büro führte. Der Chefarzt war gerade damit beschäftigt, einen offenen Unterschenkelbruch zu operieren. Nekisha wollte seine Abwesenheit nutzen, um sich ein wenig bei ihm umzusehen. Sie hatte keine Zeit zu verlieren. Wenn sie Sam helfen wollte, musste sie dringend etwas finden. Irgendeinen Beweis für das grausame Spiel, das Jeff mit den Notfallpatienten trieb, musste es doch geben. Nekisha hoffte, dass er seine Bürotür nicht abgeschlossen hatte. Noch einmal vergewisserte sie sich, dass niemand sie beobachtete. Dann drehte sie vorsichtig am Knauf. Die Tür war offen. Ganz schön leichtsinnig, Doktor Geller, dachte sie und huschte in Jeffs Büro.

Sein PC war eingeschaltet, aber ohne das Passwort würde sie einen Profi brauchen, um an die geschützten Dateien heranzukommen. Sie würde es wohl oder übel noch einmal mit ihm treiben müssen. Nur so konnte sie ihm vielleicht das Passwort entlocken. Männer waren doch alle gleich. War der Schwanz einmal online, war das Gehirn offline.

Nekisha beschloss, zuerst die Akten auf seinem Schreibtisch zu durchstöbern. Möglicherweise fühlte er sich so sicher, dass er gar nicht daran gedacht hatte, etwas zu verstecken. Zuzutrauen war es ihm. Während sie ein Papier nach dem anderen studierte, fiel ihr Blick immer wieder auf die Uhr, die über dem Aktenschrank hing. Noch ein paar Minuten, dann musste sie von hier verschwinden. Was war das denn? Eine Rede?

»Denn für uns, meine Damen und Herren, ist ein toter Körper nicht bloß eine leblose Hülle. Nein, er ist vielmehr ein Geschenk. Ein großzügiges Geschenk, das dem Wohle der nächsten Generation dient. Der nächsten Generation von jungen, talentierten Ärzten, die ihre Zukunft der Medizin und damit dem Wohl der gesamten Menschheit widmen. Und der nächsten Generation von Patienten, deren Hoffnung auf Heilung ...«

Blablabla ... Das war ja nicht zu fassen. Dieser Heuchler, dachte Nekisha just in dem Moment, als plötzlich die Tür aufging. Erschrocken rückte sie das Manuskript zurecht und lehnte sich in Jeffs Stuhl zurück. Ihre Arme hatte sie hinterm Kopf verschränkt und lächelte ihm ins Gesicht, als er sie bemerkte.

»Schönheit? Was machst du hier?«, fragte Jeff überrascht und zog die Tür hinter sich ins Schloss.

»Was denkst du denn, was ich hier mache?«, fragte Nekisha, so verführerisch wie sie konnte. Dabei schlug ihr Herz vor Schreck bis zum Hals.

Jeff war bei der Tür stehen geblieben. »Nichts Unanständiges, hoffe ich.«

Nekisha erhob sich und kam langsam hinter seinem Schreibtisch hervor. Währenddessen knöpfte sie ihren weißen Ärztekittel auf, unter dem sie splitterfasernackt war. Wie gut, dass sie auf Plan B vorbereitet war.

Jeff versperrte die Tür von innen und näherte sich nun dem Schreibtisch. Nekisha hatte auf dessen Kante Platz genommen. Ihre langen Beine waren gespreizt. »Willst du ein bisschen von mir naschen?«, fragte sie lasziv.

Jeff starrte auf das zarte Fleisch zwischen ihren weit geöffneten Schenkeln.

Hastig befreite er sich von seinen Klamotten. Dann ging er vor ihr auf die Knie, um ihr verlockendes Angebot anzunehmen.

Nekisha bedeckte blitzschnell ihre Scham mit der Hand. »Wie ist das Passwort, Süßer?«

Wie immer stieg er bereitwillig auf ihr amüsantes Liebesspielchen ein.

»Sesam, öffne dich«, hauchte er.

»Nein.« Nekishas Hand lag noch immer auf ihrer Scham.

»Schönheit, bitte …«

»Nein.«

»Komm schon, Nekisha.«

»Falsch.«

»Jetzt mach schon, Baby. Ich will dich lecken«, bettelte Jeff ungeduldig.

»Wie ist das Passwort? Denk nach«, hauchte sie.

»Endless Joy«, sagte Jeff.

Nekisha spreizte ihre langen, schmalen Finger, um ihm erst einmal einen Blick zu gewähren, ehe sie die Hand ganz zurückzog. Sie legte ihren Kopf in den Nacken und fühlte, wie seine gierige Zunge geschickt mit ihr spielte. Endless Joy, das könnte es sein. Nicht besonders originell, aber passend, überlegte sie, bevor die Erregung ihre Gedanken trübte.

25

Freitagvormittag fuhren Hillary und Sonja nach St. John's, um Weihnachtseinkäufe zu erledigen. Im kleinen Kaufhaus besorgten sie noch mehr Farbe und Leinwände für Sonja. Die Feiertage würde sie mit Jeff verbringen, der ursprünglich vorgehabt hatte, zu seinem Bruder und dessen Familie nach Philadelphia zu fliegen. Sonja war überglücklich, dass er wegen ihr in Antigua bleiben und mit ihr feiern wollte.

Nachdem die Freundinnen die sperrigen Keilrahmen in Hillarys Jeep verstaut hatten, trennten sie sich, damit jede ihre Geschenke ohne die andere besorgen konnte. Hillary liebte Überraschungen und machte ein großes Geheimnis daraus, was sie wem schenken wollte. Nach zwei Stunden trafen sie sich zum Lunch in einem kleinen vegetarischen Restaurant am Redcliffe Quay wieder.

»Und? Hast du alle Geschenke?«, fragte die schwer bepackte Hillary und warf einen neugierigen Blick auf Sonjas Einkaufstüten, wohl um von den aufgedruckten Logos auf deren Inhalt schließen zu können.

Sonja schob die Tüten mit dem Fuß noch weiter unter den Tisch. »Sei nicht so neugierig, Hilly. Weihnachten ist doch eh schon nächste Woche.«

Hillary seufzte. »Ich liebe Weihnachten.«

»Ich mag es eigentlich gar nicht. Aber diesmal kann ich es kaum erwarten.«

»Weil Jeff bei dir bleibt?«

»Ja. Ist das nicht total süß von ihm?«

»Meinst du, er liebt dich?«

Sonja überlegte. Jeff musste sie schon sehr gern haben. Sonst wäre er doch nicht nur wegen ihr auf der Insel geblieben. Ausgerechnet zu Weihnachten. Aber ob er sie liebte? »Ein bisschen vielleicht? Hoffe ich jedenfalls«, sagte sie schließlich.

Nach ihrem Stadtausflug brachte Hillary ihre umfangreiche Bestellliste mit den Lebensmitteln, die sie für die Feiertage benötigte, zum Supermarkt in Jolly Harbour. Erika versprach ihr, pünktlich am Vormittag des 24. Dezembers alles ins Haus liefern zu lassen.

»Was hältst du von einem Tennismatch?«, fragte Hillary auf dem Weg zurück.

»Meinst du, dafür haben wir noch Zeit? Jeff holt mich um halb sieben ab. Du weißt doch, heute ist der Galaabend an der Uni.«

»Ich weiß. Das ist doch kein Problem. Spätestens um fünf stehst du unter der Dusche.«

»Gut. Dann lass uns rasch umziehen«, meinte Sonja, als sie in die Privatstraße der Darnells abbogen.

Sonja stand nach ihrem Tennismatch, das Hillary nach nicht einmal einer Stunde beim Stand von 6:0, 3:1 für Sonja abgebrochen hatte, unter ihrer Dusche, ehe sie sich in Schale warf. Die elegante rote Abendrobe, die sie sich von Hillary für den ersten offiziellen Auftritt mit Jeff geliehen hatte, schien nur darauf gewartet zu haben, auf der Weihnachtsgala neben dem Chefarzt des Stanton Hospitals zu glänzen. Das Kleid war wie dafür geschaffen, ihn heute Abend in den größten Bankettsaal des neu errichteten Beach Resorts zu begleiten.

Kurz nach halb sieben öffnete Sonja die Tür. Jeff sah in seinem Smoking einfach umwerfend aus. Lächelnd überreichte er ihr eine prachtvolle, langstielige rote Rose.

»Danke, die ist wunderschön«, sagte Sonja.

»Gegen dich ist sie das reinste Mauerblümchen«, sagte Jeff und pfiff anerkennend durch die Zähne. Dann küsste er die Luft neben ihren Wangen, um ihr Make-up nicht zu zerstören.

»Das Kleid gehört Hillary.«

»Dir steht Rot viel besser als ihr. Du siehst aus wie ein Filmstar. Ich werde wohl der am meisten beneidete Mann des heutigen Abends sein.«

Während Sonja neben Jeff im Wagen saß, bewunderte sie die weihnachtlich geschmückten Häuser, die an ihr vorbeizogen. So viele Lichterketten und kitschige Weihnachtsfiguren auf einem Fleck hatte sie noch nie gesehen. Es funkelte und glitzerte vor jeder noch so einfachen Hütte. »Das ist ja unglaublich. Diese Lichterpracht überall«, staunte sie.

»Die haben hier großen Spaß an diesem Weihnachtskitsch. Und außerdem können sie damit einen Preis gewinnen«, erklärte Jeff.

»Wieso? Ist das ein Wettbewerb?«

»Ja. Er findet jedes Jahr statt. Und wird von Mal zu Mal schriller, weil jeder den vorherigen Gewinner übertrumpfen möchte. Und die Nachbarn sowieso.«

»Und was gibt es zu gewinnen?«

»Ein Jahr lang Gratisstrom. Das ist viel Geld für die Leute hier.«

»Aber wäre es dann nicht viel vernünftiger, auf die Weihnachtsbeleuchtung zu verzichten und so Stromkosten zu sparen?«

»Sei nicht so logisch, Sonja. Wir sind in der Karibik. Und außerdem, wo bleibt da der Spaß?«

»Auch wieder wahr. Mir gefällt es jedenfalls. Ich habe mich eh schon gefragt, wie in der Karibik überhaupt Weihnachtsstimmung aufkommen kann. Bei all dem Sonnenschein und den vielen Palmen.«

»Du meinst, du hättest lieber Schnee und Tannenbäume?«

»Ganz bestimmt nicht. Wäre ich sonst hier?«

Jeff reihte sich hinter der letzten der fünf Limousinen ein, die darauf warteten, zum Haupteingang vorgelassen zu werden. Sonja beobachtete, wie die Gäste der Gala dort aus ihren Karossen ausstiegen, um sie dem Einparkdienst des Hotels zu überlassen. Die Männer trugen alle Smokings, die Frauen hatten sich für diesen Abend besonders fein herausgeputzt.

»Scheint ja eine richtig noble Veranstaltung zu sein. Sieh nur, das Fernsehen ist auch da.« Sonja deutete auf das Kamerateam, das die Geladenen auf ihrem kurzen Weg über den roten Teppich bis zum Hoteleingang filmte. Ein älterer Herr wurde dort soeben von einer Reporterin interviewt.

»Das ist der Dekan, Professor Doktor Sidney Watt. Ganz schön eingebildet, der Gute. Aber er tut wirklich alles für seine Studenten, das muss man ihm lassen. Ich werde ihn dir später vorstellen, Schönheit. Schließlich muss ich doch ein bisschen mit dir angeben.« Jeff gab ein wenig Gas, um mit dem Land Rover ein Stückchen nachzurücken.

»Du übertreibst, Jeff. Ich habe hier schon ein paar sehr hübsche junge Damen gesehen.«

»Studentinnen, nehme ich an. Nichts für mich, dieses unreife Gemüse macht nur Bauchschmerzen«, stellte er fest und bremste das Auto an ihrem Zielpunkt ab.

Sonja löste den Sicherheitsgurt, als der Hotelboy die Wagentür für sie öffnete.

Ihr Weg zur Terrasse vor dem Bankettsaal führte sie durch eine gepflegte tropische Parkanlage, die von bunten Scheinwerfern und Fackeln festlich erleuchtet war. Sonja schätzte, dass hier bereits an die 200 Menschen versammelt waren, die bei reichlich Champagner und Fingerfood grüppchenweise im Small Talk vertieft waren.

»Ganz schön viele Gäste hier. Kennst du die alle?«, fragte sie.

»Wo denkst du hin? Außer dem Dekan, der dieses Theater veranstaltet, kenne ich nur die Ärzte aus meiner Klinik und die wichtigsten Sponsoren der Uni. Mehr nicht. Ehrlich gesagt, stehe ich auch nicht besonders auf solche Events, aber in diesem Fall musste ich wohl oder übel zusagen. Schließlich hat mich der Dekan gebeten eine Rede zu halten.«

»Du musst eine Rede halten – heute Abend?«

»Ja. Überrascht dich das etwa?«

»Nein. Aber wenn ich gleich eine Rede halten müsste, wäre ich ziemlich nervös. Vermutlich würde ich gar kein Wort herausbringen, vor so vielen Menschen. Schreckliche Vorstellung. Wie kannst du bloß so cool bleiben?«

»Warum sollte ich mich denn aufregen? Ich habe alles im Griff. Keine Sorge«, sagte Jeff und zeigte Sonja die hellblauen Kärtchen, die in der Innentasche seiner Smokingjacke steckten. »Ah, dort ist Nekisha Jacobs, eine meiner Assistenzärztinnen. Eine tüchtige Person. Ich stelle sie dir vor, komm!«

»Die sieht ja aus wie Naomi Campbell«, murmelte Sonja, als sie Jeff zum Stehtisch folgte. Dort lehnte die atemberaubend schöne Frau und unterhielt sich mit einem jüngeren, ebenfalls schwarzen Mann.

»Nekisha, hi. Ich hoffe, wir stören nicht«, sprach Jeff sie an.

»Jeff, hallo. Guten Abend. Darf ich vorstellen? Das ist Jerome Jackson. Er studiert im letzten Semester an der Uni. Jerome, das ist unser Chefarzt, Doktor Jeffrey Geller.«

»Sehr erfreut, ich habe schon viel über Sie gehört, Doktor Geller.« Der Medizinstudent reichte Jeff artig die Hand zur Begrüßung und grinste ihn dabei verlegen an.

»Ich hoffe, nur Gutes, junger Mann. Das ist Sonja Podolski aus Deutschland. Sie ist seit zwei Wochen auf der Insel.«

Nekisha schüttelte Sonja lächelnd die Hand. »Hi. Ich bin Nekisha. Freut mich sehr, Sonja«, sagte sie.

»Freut mich auch, Nekisha. Jerome, nett Sie kennenzulernen«, sagte Sonja. Während sie seine schweißnasse Hand schüttelte, musterte Jeff ihn von der Seite.

Dann wurden sie von einer Hostess abgeholt und in den Bankettsaal geleitet, zu einem der runden, festlich gedeckten Tische, direkt vor der Bühne. Sonja war überrascht, dass ihr voller Name richtig geschrieben auf einem der Platzkärtchen stand.

»Ich wusste gar nicht, dass du dir meinen Nachnamen gemerkt hast, geschweige denn, ihn richtig buchstabieren kannst«, sagte Sonja, als Jeff ihr galant den Stuhl zurechtrückte.

»Aber, Schönheit. Soweit ich mich erinnern kann, hatten wir vor drei Tagen Sex miteinander. Da sollte ich doch deinen Namen behalten können«, flüsterte er und setzte sich an ihre rechte Seite.

Wieder spürte Sonja dieses warme Kribbeln in sich aufsteigen.

26

Nekisha nahm links neben Sonja Platz. Ob Jeff einer abging, wenn er beide Gespielinnen an seinem Tisch vereinte, überlegte sie. Womöglich waren die fünf freien Stühle für weitere Affären des Chefarztes reserviert. Nein, das nun doch wieder nicht. Die Kärtchen zu ihrer Linken verrieten ihr, dass ein Kollege aus der Gynäkologie mit seiner Frau dort sitzen würde. Die anderen konnte sie zwar von hier aus nicht lesen, aber sie nahm an, dass der Tisch für Vertreter des Stanton Hospitals vorgesehen war.

Punkt 20 Uhr verdunkelte sich der voll besetzte Saal. Von gelben Lichtkegeln und dem Applaus der Gäste begleitet, betrat der Dekan das Rednerpult auf der Bühne. Er begrüßte die anwesenden Sponsoren und Vertreter des Stanton Hospitals, insbesondere den Chefarzt Dr. Jeffrey Geller. Dann hieß er seine Studenten und deren Familien herzlich willkommen, vor allem jene, die extra aus den Vereinigten Staaten angereist waren. Wenngleich ihm vermutlich wie jedem im Saal bewusst war, dass sie diesen Abend nur zum Anlass nahmen, die Feiertage in der Karibik zu verbringen. Dennoch war es eine hervorragende Gelegenheit, ihnen die Erfolge des letzten Jahres zu präsentieren. Nachdem Professor Watt 15 Minuten gesprochen hatte, kündigte er seinen geschätzten Nachredner an. Jeff betrat das Podium.

»Er macht sich gut im Smoking«, meinte Nekisha.

Sonja nickte mit stolzer Miene.

Jeff zog seine Stichwortkärtchen hervor und begann mit seiner salbungsvollen Ansprache, die die gewünschte Wirkung beim Publikum nicht verfehlte. Einige der Damen zückten gar ihre Taschentücher.

Nekisha entging nicht, dass Sonja ebenfalls mit den Tränen kämpfte, während sie Jeff ergriffen lauschte. Die Ärmste war erst zwei Wochen auf der Insel und schon in seinem Bett gelandet. Bestimmt hatte sie keine Ahnung, mit welchem Monster sie sich eingelassen hatte, überlegte Nekisha. Bis vor Kurzem hatte sie das ja selbst nicht gewusst.

Nach exakt zehn Minuten, in denen es im Saal mucksmäuschenstill gewesen war, beendete Jeff seine Rede. Er bedankte sich für die Aufmerksamkeit und ging unter tosendem Beifall zum Dekan, der bereits auf der Bühne wartete, um ihm die Hand zu schütteln.

»Herzlichen Dank, Doktor Geller, für diesen wundervollen Vortrag und Ihren beispielhaften Einsatz für das Stanton Hospital«, lobte er den Chefarzt coram publico.

Sonja empfing Jeff mit einem Kuss auf die Wange. »Du hast wunderbar gesprochen, Jeff. Ich war den Tränen nahe.«

Nekisha hätte die aparte Brünette am liebsten geschüttelt, damit sie aus ihrem fatalen Liebesrausch erwachte.

»Ich hab dir doch gesagt, ich habe alles im Griff, Schönheit«, sagte Jeff und nahm einen Schluck von seinem Chardonnay.

Noch hast du alles im Griff, du Bastard, dachte Nekisha und griff zu ihrem Rotweinglas.

Im Saal wurde es wieder heller, nachdem der Dekan seinen Gästen gedankt und noch einen schönen Abend gewünscht hatte. Danach schwärmten die Kellner in alle Richtungen aus, um Gänseleberpastete zu servieren.

Nekisha und Sonja unterhielten sich angeregt miteinander, während Jeff mit dem Internisten der Klinik zu seiner Rechten sprach. Nekisha erzählte Sonja, dass sie mit Jahreswechsel als fertige Fachärztin für Chirurgie am Stanton Hospital übernommen werden würde. Sie fand Sonja richtig nett. Viel zu nett für diesen skrupellosen Verbrecher. Sie nahm sich vor, mit ihr in Kontakt zu bleiben, um sie rechtzeitig vor Jeff warnen zu können. Irgendwie hatte sie das Gefühl, dass Sonja in großer Gefahr schwebte.

27

Rechtzeitig zum Schokoladensoufflé betrat die Band die Bühne. Der Dekan hatte »The Dukes« mit einem großzügigen Angebot von Bord der Caribbean Queen gelockt. Die vier begnadeten Musiker sorgten für mitreißende

Stimmung. Für viele Paare gab es nach dem Dessert kein Halten mehr. Auch Jeff forderte Sonja zum Tanzen auf.

Glücklich schmiegte sie sich an ihn, während sie gemeinsam zu »Lady In Red« übers Parkett schwebten.

»Ich schätze, das ist jetzt unser Lied, Schönheit. So wie du heute Abend aussiehst, könnte man meinen, Sir Eric Clapton hätte es nur für dich geschrieben«, sagte Jeff.

»Aber, Jeff. Das Lied ist doch von Chris de Burgh.«

»Egal. Wusstest du übrigens, dass er dein Nachbar ist?«

»Wer?«

»Eric Clapton. Er besitzt ein Anwesen in der Nähe der Darnells.«

»Wirklich? Hillary hat mir nur verraten, dass Giorgio Armani kürzlich sein neues Domizil am benachbarten Hügel bezogen hat.«

»Stimmt. Es ist dem der Darnells nicht unähnlich. Zwei karibische Villen, eine graue und eine sandfarbene auf einem Felsen über dem Meer. Sie wurden unter der Aufsicht von Gregs Architekten Salvatore umgebaut. Ein genialer Italiener, der schon seit Langem auf der Insel lebt.«

»Hillary hat mir erzählt, dass es in Armanis Haus eine Dusche gibt, die auf Händeklatschen reagiert. Und dass die gesamte Einrichtung in Grau gehalten ist.«

»Salvatore hat ihr die Häuser gezeigt, kurz bevor Armani sie übernommen hat. Komm, lass uns zurückgehen und was trinken.«

Kaum hatten sie wieder Platz genommen, kam der Dekan zu ihrem Tisch und fragte Jeff, ob er mit seiner eleganten Begleiterin ein Tänzchen wagen dürfe.

»Wenn Sonja es möchte … Sonja, darf ich vorstellen? Das ist Professor Doktor Sidney Watt, der ehrenwerte Dekan der Medizinuniversität. Sonja Podolski, eine Künstlerin aus Deutschland.«

Hatte Jeff sie eben als Künstlerin vorgestellt? Greg musste ihm von dem Bild erzählt haben. »Sehr angenehm, Professor Watt«, grüßte sie.

»Das Vergnügen ist ganz auf meiner Seite. Geben Sie mir die Ehre, Sonja?«

»Sehr gerne, Sidney«, antwortete Sonja und mischte sich mit dem Dekan ein weiteres Mal unter die Tanzpaare.

28

Kaum hatten Sonja und der Dekan den Tisch verlassen, wandte sich Jeff an Nekisha. »Und? Was ist mit uns, Schönheit?«

»Was soll mit uns sein?«, fragte Nekisha schnippisch.

»Willst du mit mir tanzen?«

»Reicht Sonja dir nicht?«

»Du bist doch nicht eifersüchtig?«, fragte Jeff amüsiert.

Nekisha schüttelte den Kopf.

»Ich kümmere mich doch nur ein bisschen um die Kleine, solange sie hier ist«, fuhr er fort.

»Bist du jetzt nebenbei auch noch Fremdenführer?«, fragte Nekisha.

Jeff lachte. »So etwas in der Art. Das hat jedenfalls nichts mit uns beiden zu tun. Außerdem wird sie schon bald wieder verschwunden sein. Da bin ich mir sicher. Komm, lass uns tanzen.«

Warum nicht? Nekisha erhob sich. Sonja war tatsächlich in Gefahr, davon war sie inzwischen überzeugt. Auf der Tanzfläche drehte sich nicht nur ihr Körper im Kreis. Auch ihre Gedanken kreisten immer wieder um dieselben Fragen. Wie konnte sie Jeff dazu bringen, Sam in Ruhe zu lassen? Würde es ihr gelingen, ihren Vetter vor dem Knast zu bewahren? Und was hatte dieser Bastard, der sie gerade im Takt der Rumba übers Parkett schob, mit Sonja vor?

»Sag mal, wo ist eigentlich Sam?«, unterbrach Jeff jäh ihre Gedanken.

»Sam? Der ist zu Hause. Wieso?«

»Ich habe ihn seit einigen Tagen nicht mehr gesehen.«

»Er ist krank. Ich habe ihm Bettruhe verordnet«, log Nekisha.

»Was hat er denn, der Ärmste?«

»Er hat sich ein Darmvirus eingefangen. Ich habe ihn mit Medikamenten versorgt. Nächste Woche sollte er wieder fit sein.«

»Gut. Er ist ein braver Mann, dein Vetter. Man kann sich auf ihn verlassen, nicht wahr?«

»Ja. Er ist zuverlässig«, sagte Nekisha. Die Wut schnürte ihr den Hals zu.

»Lass uns zurückgehen. Ich muss mich um Sonja kümmern. Sie vermisst mich bestimmt schon«, meinte Jeff grinsend. »Ich hätte viel mehr Lust, dich auf der Stelle zu vögeln. Aber das müssen wir leider auf ein andermal verschieben, Schönheit.«

Wage es nicht, mich jemals wieder anzurühren, dachte Nekisha und hatte alle Mühe, ihre wahren Gefühle hinter einem Lächeln zu verbergen.

Die Frau des Gynäkologen redete auf Sonja ein, als Jeff und Nekisha von der Tanzfläche zurück an den Tisch kehrten. Jeff bemerkte, dass die Rioja-Flasche leer war. Nachdem er weit und breit keinen Kellner ausmachen konnte, stand er wieder auf, um selbst für Nachschub zu sorgen.

»Lauf nicht weg. Ich bin gleich wieder bei dir, Schönheit«, sagte er zu Sonja und machte sich auf den Weg.

Nekisha nutzte die Gelegenheit. »Ich würde mich gerne mal mit dir auf einen Kaffee treffen, Sonja. Was hältst du davon?«, schlug sie vor und schob ihr die eigene Visitenkarte zu.

»Sehr gerne. Lass uns gleich nach den Feiertagen telefonieren.« Sonja kritzelte ihre Nummer auf ihr Tischkärtchen, das anschließend in Nekishas silberner Clutch verschwand.

Jeff kehrte mit einer Flasche Rioja zurück und schenkte ein, als das Licht im Saal wieder gedämpft wurde. Diesmal waren es rosa Spots, die den Dekan auf die Bühne begleiteten. Er nahm dem Leadsänger das Mikrofon ab. »Meine Damen, meine Herren! Darf ich Sie kurz um Ihre Aufmerksamkeit bitten? Ich möchte Ihnen nun den Stargast des heutigen Galaabends ankündigen. Es ist mir eine ganz besondere Ehre, Ihnen die schönste Stimme in Antigua – ach, was sage ich? – auf der ganzen Welt präsentieren zu dürfen. Meine Damen und Herren. Begrüßen Sie bitte mit mir die bezaubernde, großartige, wunderbare Hillary Darnell.«

Applaus setzte ein. Verblüfft starrte Sonja zur Bühne, wo Hillary gerade dem abgehenden Dekan hinterherlächelte. Sie sah fabelhaft aus in ihrer hautengen weißen Abendrobe mit dem tiefen Dekolleté, auf dem ein beeindruckendes Brillantcollier funkelte. Eine Mischung aus Marilyn Monroe und Grace Kelly, dachte Sonja. Der Mund stand ihr vor Überraschung noch immer offen.

»Vielen Dank, lieber Professor! Danke, meine Damen und Herren. Danke vielmals für Ihren freundlichen Applaus«, begrüßte Hillary ihr Publikum. Dann wandte sie den Kopf der Band zu und gab mit ihrem Fingerschnippen den Takt vor.

»Hast du das gewusst?«, fragte Sonja Jeff, als Hillary das erste Lied anstimmte.

»Du meinst, dass sie heute Abend hier singt? Aber sicher. Ich kenne das Veranstaltungsprogramm seit Monaten. Ehrlich gesagt war ich es sogar, der sie zu diesem Auftritt überredet hat«, antwortete Jeff.

»Warum hast du mir nichts davon erzählt?«

»Hätte ich das sollen? Ich dachte, Hillary hätte es dir längst gesagt.«

»Nein. Ich hatte keine Ahnung.« Sonja lehnte sich zurück und lauschte dem Gesang ihrer Freundin. »Sie ist der Hammer. Was für eine wunderbare Stimme«, sagte sie, als das Publikum Hillarys ersten Song beklatschte.

»Singen kann sie«, stimmte Jeff ihr zu.

»Und sie sieht zauberhaft aus.«

»Nicht halb so zauberhaft wie du, Schönheit.«

»Danke, Jeff. Aber glaube mir, du willst mich bestimmt nicht singen hören.«

»Dafür kannst du ganz andere Dinge.« Er grinste sie verwegen an.

»Schwimmen, zum Beispiel.«

»Erinnere mich bitte nicht an meine Blamage.«

»Malen.«

»Das hatte ich nicht gemeint.«

»Küssen?«

»Damit kommen wir der Sache schon näher.« Jeff nahm ihre Hand und platzierte sie auf seinem Oberschenkel.

»Pst. Ruhig jetzt. Sie singt wieder«, ermahnte ihn Sonja.

»Na gut. Wir klären das später«, flüsterte er.

Das Publikum klatschte euphorisch. Hillary gab noch eine letzte Zugabe, bevor sie die Bühne verließ. Sonja war richtig stolz auf ihre Freundin. Und auf Jeff, der zuvor auf dem Podium ebenfalls eine blendende Figur abgegeben hatte. Verliebt sah sie ihn an. »Möchtest du noch lange hier bleiben?«

»Von mir aus können wir uns unauffällig verdrücken. Ich habe ohnehin schon ein bisschen zu viel getrunken.«

»Wollen wir nicht noch Hillary in der Garderobe besuchen und ihr zu ihrem Auftritt gratulieren?«

Jeff schüttelte den Kopf. »Du siehst sie ohnehin morgen früh wieder. Soweit ich weiß, wird der Chauffeur des Dekans sie nach Hause bringen.«

»Dann lass uns verschwinden. Ich verabschiede mich nur noch rasch von Nekisha.« Sonja wandte sich ihrer Tischnachbarin zu. »Gute Nacht, Nekisha. Jeff ist so nett und bringt mich nach Hause.«

»Jetzt schon? Na, dann wünsche ich eine gute Nacht.« Nekisha schüttelte ihre Hand. »Mach's gut, Jeff. Wir sehen uns morgen in der Klinik.«

»Nein. Ich habe am Wochenende frei. Bis Montag also.«

Sonja und Jeff verabschiedeten sich auch noch von den anderen Tischnachbarn. Dann schlenderten sie Hand in Hand durch den Garten zurück zur Hotelrezeption. Jeff übergab seinen Parkschein. Wenig später wartete der Land Rover vor dem Haupteingang.

»Es war ein toller Abend, Jeff. Danke! Und deine Rede hat mich wirklich schwer beeindruckt«, sagte Sonja. Sie hatte große Lust mit ihm zu schlafen und hoffte, er würde heute Nacht bei ihr bleiben.

»Du warst eine bezaubernde Begleitung, Sonja. Du bist eine Frau zum Heiraten, weißt du das?«, sagte Jeff, als sie auf der unbeleuchteten Straße über die nächtliche Insel fuhren.

Sonja war froh, dass es im Wagen so dunkel war. Sonst hätte er die nervösen Flecken gesehen, die ihr seine Bemerkung ins Gesicht zeichnete. Was hatte er da eben gesagt? Eine Frau zum Heiraten? Wollte er ihr nach so kurzer Zeit einen Antrag machen? Wenn er sie jetzt fragte, was würde sie ihm antworten? Ja. Was sonst? Sie musste total verrückt sein. Oder einfach nur so verliebt wie nie zuvor in ihrem Leben.

»Warst du schon in English Harbour?«, fragte Jeff in die Stille.

Sonja räusperte sich. »Nein.«

»Wollen wir morgen einen Ausflug dorthin machen?«

»Sehr gern.«

»Mit der Endless Joy oder lieber mit dem Auto?«, fragte Jeff mit einem hörbaren Grinsen in der Stimme.

»Wir können gerne das Boot nehmen. Ich werde mich schon noch daran gewöhnen.«

»Woran genau willst du dich gewöhnen?« Offensichtlich spielte er auf den Sex an, den sie auf der Endless Joy gehabt hatten. »Du kannst es auch im Auto haben. Oder bei dir zu Hause«, sagte er und legte seine Hand in ihren Schoß.

»Du weißt ganz genau, dass ich meine Seekrankheit meinte«, stellte Sonja klar. Sie griff nach seiner Hand und drückte sie fester gegen den feinen Stoff ihres Abendkleides. »Ich nehme dein unmoralisches Angebot aber gerne an.«

»Ich kann es kaum erwarten, dich endlich wieder zu spüren.«

Dann ging es ihm also genau so wie ihr, dachte Sonja glücklich. Sie lehnte den Kopf an die Nackenstütze und schloss ihre Augen, um sich den kreisenden Bewegungen seiner Finger hinzugeben. »Jeff, wenn du so weitermachst, kann ich für nichts garantieren.«

»Wie schön, Baby. Lass dich gehen. Ich mag es, wenn du die Kontrolle verlierst.«

Sonja atmete immer schneller, während er geschickt mit ihr spielte. Als der Land Rover den Hügel der Darnells hochkletterte, bäumte sich ihr angespannter Körper auf. »Oh mein Gott, Jeff!«, kommentierte sie ihren Höhepunkt. Ihre Muskeln lockerten sich wieder, und sie sank zurück in den Ledersitz.

»Wir sind da, Schönheit«, flüsterte Jeff und bremste den Wagen vor dem Gästehaus ab. Mit zittrigen Händen sperrte Sonja die Eingangstür auf. Jeff schloss hinter ihnen ab. Dann hob er sie mit Schwung hoch und trug sie auf den Armen in ihr Schlafzimmer.

29

»Los, Sam. Beeil dich, mach schneller«, flüsterte Nekisha und blickte sich nervös um, während Sam versuchte, das Schloss der Bürotür zu knacken.

Endlich war das leise Klicken zu hören, das verriet, dass Sam die Mechanik überlistet hatte. Er drehte am Knauf, und die Tür sprang auf.

»Nichts wie rein. Und schließ bloß hinter dir ab«, zischte Nekisha und huschte als Erste in Jeffs Büro.

»Es geht doch nichts über eine fundierte Knastausbildung«, sagte Sam und folgte Nekishas Anweisung.

»Du kümmerst dich um den Aktenschrank. Ich versuche an seine Dateien ranzukommen«, flüsterte sie und ging direkt zum Schreibtisch. Sie fuhr Jeffs PC hoch, während Sam sich dem simplen Schloss am Schrank widmete. Nekisha tippte das Passwort ein: »Endless Joy«. »Bingo. Das war's. Wie kann man nur so dämlich sein?«, fragte sie, nun doch erstaunt. Wer hätte gedacht, dass Jeff es ihr tatsächlich so leicht machen würde?

»Das hier war auch das reinste Kinderspiel«, stellte Sam fest. Er saß vor dem offenen Schrank am Boden und blätterte in den bunten Ordnern, die sich vor ihm stapelten.

Nekisha scrollte sich durch Jeffs Dokumente. »Sam, schau dir das mal an. Hier ist eine Liste aus der Notaufnahme. Und eine Excel-Datei, in der einige Namen aus der Liste wieder auftauchen. Kannst du damit etwas anfangen?«, meinte sie aufgeregt.

Sam stand auf und blickte ihr über die Schulter, um die Namen und Adressen am Monitor zu überfliegen. »Ja. Auf dieser Liste sind genau die Notfallpatienten angeführt, die ich auf dem Gewissen habe«, bestätigte er.

»Du und Jeff«, korrigierte ihn Nekisha. »Sind das alle? Oder fehlt jemand?«

Sam zählte die Namen durch. »Das müssten alle sein. Jedenfalls bin ich für diese 14 Leichen bezahlt worden.«

Nekisha stellten sich die Nackenhaare auf, als sie erschrocken hochfuhr. Das Klingeln des Telefons drohte ihre angespannten Nerven zu zerreißen. Sie presste die Lippen fest aufeinander, bis der Anrufer endlich aufgab.

»Okay. Ich drucke die Liste aus. Hast du was gefunden?«, erkundigte sie sich, klickte ein paarmal mit der Maus und fuhr den PC herunter.

»Bisher ist mir nichts Außergewöhnliches aufgefallen.«

»Check du die Schubladen im Rollcontainer. Ich schau noch mal rasch in die Akten hinein.« Während Nekisha die Ordner am Boden überprüfte, pfiff Sam leise durch die Zähne.

»Sam, nicht so laut. Was ist denn? Hast du was gefunden?« Nekisha sah ihn erwartungsvoll an.

Sam winkte sie mit einem kleinen, querformatigen Schnellhefter zu sich. »Volltreffer. Ein Nummernkonto auf den Cayman Islands. Und rate mal, welche Überweisungen da drauf sind?«

»Zeig her«, zischte sie aufgeregt und riss ihm den Hefter aus der Hand.

»Wahnsinn. 14-mal 3.200 Dollar. Das muss das Geld sein, das er für die Leichen kassiert hat. Der Anfangssaldo ist aber auch nicht von schlechten Eltern.« Nekishas

Finger zeigte auf die allererste Buchungszeile, die einen Betrag von 801.320,86 US-Dollar auswies. »Dich hat er immer bar bezahlt?«, fragte sie.

Sam nickte.

Ausgänge wies das Konto keine auf. Außer 50.000 US-Dollar, die erst kürzlich abgebucht worden waren. Möglicherweise eine Anzahlung für die Endless Joy, überlegte Nekisha. Woher hatte Jeff die 800.000? Gab es vielleicht noch andere Quellen, von denen er Geld bezogen hatte? Außer seinen Arbeitgebern. Oder weitere Komplizen? »Lass uns die Kontoauszüge zur Sicherheit schnell fotografieren«, sagte sie.

»Mach du das«, sagte Sam. »Ich räume die Akten ein und versuche, die Schlösser wieder zu versperren. Er soll schließlich keinen Verdacht schöpfen.« Sam reichte ihr seine kleine Digitalkamera.

30

Während Nekisha ihre Nase vorsichtig aus dem Büro des Chefarztes steckte, um zu sehen, ob die Luft rein war, streichelte Sonja zärtlich über Jeffs Oberarm. Sie hatte nach der Gala eine unglaubliche Nacht mit ihm verbracht. Er schlief noch immer neben ihr. Jeff war der perfekte Liebhaber. Er wusste intuitiv, was wann zu tun war, um sie noch mehr in Ekstase zu versetzen. Irgendwann im Morgengrauen war Sonja erschöpft und glücklich eingeschlafen. Vorsichtig drehte sie sich nach ihrer Armbanduhr auf dem Nachttisch um. Schon Viertel nach zehn. Höchste Zeit, Jeff zu wecken und sich fürs Frühstück fertig zu machen. Genüsslich streckte sie sich, als er sich ihr zuwandte.

»Guten Morgen«, sagte er mit belegter Stimme.

»Guten Morgen«, antwortete Sonja und küsste ihn sanft auf die Wange. »Hast du gut geschlafen?«

»Hervorragend. Und du?«, erkundigte er sich.

»Wie ein Baby«, antwortete sie.

»Schön. Ich habe tierischen Hunger«, stellte er fest und gähnte.

»Na dann, nichts wie raus aus den Federn. Drüben gibt's sicher noch Frühstück.« Mit einem Satz sprang Sonja aus dem Bett und öffnete die Fensterläden.

Jeff drehte sich grunzend zur anderen Seite, um sich vom grellen Tageslicht abzuwenden.

»Ich bin dann mal im Bad«, sagte sie. »Was ist? Nicht

wieder einschlafen.« Sonja zog Jeff die Decke weg und versetzte ihm einen Klaps auf den Po.

»Ich komme gleich nach«, antwortete er und gähnte noch einmal ausgiebig.

Hätte Sonja nicht befürchtet, sich vor Jeff zu blamieren, hätte sie wohl laut singend unter der Dusche gestanden. So spülte sie die Seife stumm lächelnd von ihrem Körper. Sie sah Jeff ins Badezimmer kommen und an die grau getönte Glastür der Dusche klopfen.

»Darf ich?«, fragte er, während er zu ihr in die geräumige Dusche stieg.

Sonja strich sich eine nasse Haarsträhne aus der Stirn.

Jeff beugte sich zu ihr und küsste sie leidenschaftlich. Erst massierte er sanft ihre Brüste, dann glitten seine Finger über ihren Bauch, um zwischen ihre Schenkel zu gelangen. »Dreh dich um, Baby«, hauchte er ihr ins Ohr.

Sonja gehorchte und stützte sich mit beiden Händen an der Marmorwand ab, während das warme Wasser aus dem Regenduschkopf auf sie niederprasselte. Als Jeff in sie eindrang, spürte sie eine Welle der Erregung ihren Körper erfassen, die sie mit sich riss bis zum Höhepunkt. Jeffs rhythmische, gefühlvolle Stöße wurden härter und schneller, bis auch er kam. Er drehte sie herum und nahm sie in die Arme. Das warme Wasser regnete auf sie herab. »Das war sehr gut«, meinte Jeff zufrieden.

»Es ist so unbeschreiblich schön mit dir.« Sonja hätte vor Glück heulen können.

»Vielleicht sind wir ja füreinander bestimmt.«

»Oh, Jeff. Ich liebe dich.« Sonja erschrak über die eigenen Worte, obwohl sie nur der Wahrheit entsprachen. Sie hatte nicht vorgehabt, ihm nach so kurzer Zeit ihre Gefühle zu gestehen.

Jeff lächelte und küsste sie. Es war wohl in Ordnung, dass sie ihm soeben eine Liebeserklärung an den Kopf geworfen hatte. Dann drehte er den Wasserhahn ab. »Genug geduscht, Schönheit. Lass uns frühstücken gehen.«

Hillary kaute gedankenverloren an ihrem Croissant und starrte ins Leere, als die beiden die Terrasse betraten.

»Guten Morgen, Hilly«, begrüßte Sonja die Freundin.

»Ach, guten Morgen, ihr beiden. Hattet ihr eine schöne Nacht?«, fragte Hillary in einem derart süffisanten Tonfall, dass Sonja erst einmal schlucken musste.

»Guten Morgen, Hillary. Reicht es dir zu wissen, dass es richtig geil war? Oder möchtest du wissen, wie oft Sonja gekommen ist?«, meinte Jeff trocken.

Jetzt war es Hillary, die schluckte. »Schon gut, Jeff. Ich habe verstanden. Eure Affäre geht mich nichts an. Wollt ihr frühstücken?«

Jeff ließ sich auf einen Sessel fallen. »Wäre nett.«

Hillary stand beleidigt auf und verschwand im Haus.

»Warum könnt ihr beiden nicht einfach normal miteinander reden?«, fragte Sonja.

»Wahrscheinlich, weil ich mich auf ihr verwöhntes Prinzessinnengehabe nicht einlasse.«

»Pst. Sie kommt zurück«, wisperte Sonja.

»Colette bringt euch gleich das Frühstück. Da ist schon mal euer Kaffee«, sagte Hillary und stellte eine Kanne und zwei Tassen auf den Tisch.

»Danke, Hillary. War's spät bei dir gestern?«, fragte Sonja und schenkte zuerst Jeff Kaffee ein.

»Um halb zwei war ich zu Hause«, antwortete Hillary gelangweilt.

Sonja füllte nun auch ihre Kaffeetasse. »Ich war total überrascht, als du plötzlich auf der Bühne aufgetaucht bist. Wieso hast du mir nicht gesagt, dass du bei der Gala auftrittst?«

»Warum hätte ich dir das sagen sollen? Du weißt doch, ich mag Überraschungen«, antwortete Hillary, ohne die übliche Begeisterung in ihrer Stimme.

Was war heute Morgen bloß mit ihr los? War sie etwa beleidigt, weil Sonja sie vergangene Nacht nicht in der Garderobe besucht und ihr zu ihrem großartigen Auftritt gratuliert hatte? Sonjas Gedanken wurden von Colette unterbrochen, die das Frühstück servierte.

Hinter ihr trat Greg auf die Terrasse. »Guten Morgen allerseits! Was machst du hier um diese Uhrzeit, Jeff?«, fragte er und setzte sich neben seinen Freund.

Sonja war die Situation ein wenig peinlich. Sie hoffte, dass Greg es ihr nicht übel nehmen würde, dass sie mit seinem besten Freund schlief.

»Seid ihr zwei etwa …? Ich meine, du und Sonja?«

»Ja, Greg. Sonja und Jeff … Hast du es jetzt endlich auch bemerkt?«, antwortete Hillary, ehe es jemand anders tun konnte.

Greg überhörte ihren rüden Ton. Er schien sich ehrlich für Sonja und Jeff zu freuen. »Das ist ja mal eine gute Nachricht. Du hast Geschmack, Jeff. Gratuliere. Sei ja nett zu Sonja, sonst bekommst du es mit mir zu tun«, drohte er ihm scherzhaft mit dem Zeigefinger.

»Keine Sorge, Greg. Ich kann sehr nett sein.«

»Ach ja?«, fragte Hillary schnippisch.

»Ja«, schnauzte Sonja zurück. Sie hatte endgültig genug von der miesen Laune ihrer Freundin.

»Lass dir dein junges Glück nicht von den Zicken meiner verwöhnten Frau verderben«, sagte Greg, bevor Sonja etwas erwidern konnte, was ihr später womöglich leidgetan hätte.

Wütend warf Hillary ihre Serviette auf den Tisch und floh wortlos von der Terrasse.

»Was hat sie heute nur?«, fragte Sonja irritiert.

»Ach, vergiss es.« Greg seufzte. »Sie beruhigt sich schon wieder. Ihr habt sicher etwas Besseres zu tun, als euch mit ihren Launen herumzuschlagen. Es reicht ja, wenn ich das tun muss.«

»Wir sind eh gleich weg. Nach dem Frühstück zeige ich Sonja English Harbour«, erzählte Jeff.

»Schön. Es wird dir dort gefallen, Sonja. Nelson's Dockyard ist ein historisch bedeutender Ort und obendrein ein ausgesprochen idyllisches Plätzchen. Ich wünsche euch beiden Turteltauben noch einen schönen Tag. Macht's gut«, verabschiedete sich Greg und trottete zurück ins Haus.

»Bist du fertig, Schönheit? Können wir aufbrechen?«

»Nichts wie weg hier«, sagte Sonja, noch immer wütend über das Verhalten ihrer Freundin. Den restlichen Kaffee kippte sie in einem Zug hinunter.

»Du wirst dich wohl oder übel an Hillarys Launen gewöhnen müssen, wenn du ihre Freundin bleiben möchtest. Oder ihr deine Grenzen aufzeigen, so wie ich es tue«, sagte Jeff und nahm sie bei der Hand. »Komm, lass uns diesen schönen Tag genießen.«

»Du hast recht, Jeff.«

Auf der Spitze des Hügels hielt Jeff den Wagen an und zeigte hinunter auf das glitzernde Meer. »Schau mal, da unten liegt English Harbour und dahinter Nelson's Dockyard.«

»Wahnsinn«, meinte Sonja begeistert.

»Im 18. Jahrhundert diente Nelson's Dockyard der königlichen englischen Flotte als wichtiger Stützpunkt auf den Leeward Islands, der britischen Kolonie in der Karibik. Heute ist alles Nationalpark. Da vorne ist ein sehenswertes Marinemuseum und gleich dahinter ein neues französisches Lokal, in das ich dich später führen werde«, erklärte Jeff.

Sonja war beeindruckt vom Ausblick auf den malerischen Naturhafen, in dem die Segelboote ohne jede erkennbare Ordnung ankerten. Von hier oben erinnerten sie diese an vergessenes Spielzeug, das in der Sonne blitzte. Sonja schoss ein paar Fotos von dem pittoresken Panorama, ehe sie ihren Weg nach English Harbour, den Hügel wieder hinab, fortsetzten. Jeff stellte den Wagen auf dem großen Parkplatz vor der historischen Anlage von Nelson's Dockyard ab und kaufte Eintrittskarten für das Museum beim Admiral's Inn.

»Das sehen wir uns dann auf dem Rückweg an«, sagte er, »zuerst zeige ich dir alles andere.«

Sonja folgte ihm durch die Halle mit den schäbigen Touristenbuden, an denen einheimische Frauen die üblichen T-Shirts, Pareos und billigen Schmuck viel zu teuer verkauften. Noch fand sie diesen Ort nicht besonders sehenswert, aber als sie den eigentlichen Schauplatz betraten, verstand sie, warum dieses Ausflugsziel eines der bedeutendsten der Insel war.

Die alte Anlage mit der historischen Schiffswerft und den mächtigen steinernen Säulen lag direkt am ruhigen Wasser des Naturhafens. Die imposanten Kolonialbauten waren allesamt originalgetreu im Tudorstil rekonstruiert worden und vermittelten den Eindruck, als wäre die Zeit im 18. Jahrhundert stehen geblieben. In einer der Hallen wurden heute noch Segel geflickt und nautisches Zubehör angeboten, dessen Funktion ihr wohl für immer verborgen bleiben würde. In einem anderen Häuschen befand sich eine holzgetäfelte Kneipe mit einem hübschen tropischen Gastgarten, der durch eine winzige Tür in der Steinmauer erreichbar war. Sonja genoss die ungewöhnlich ruhige, entspannte Atmosphäre, die selbst die anwesenden italienischen Kinder in angemessener Stille zu respektieren schienen.

Jeff zeigte ihr die gusseisernen Kanonen, die den Engländern, allen voran Lord Horatio Nelson, zum Schutz der damaligen Zuckerinsel gedient hatten. Und er führte sie durch die Galerie, die heimische Schnitzkunst und hübsche, naive Gemälde ausstellte. Danach besuchten sie das Restaurant am Ende des Hafens, das von Madame Sophie, einer eleganten Pariserin, und ihrem charmanten Sohn Frederic betrieben wurde. Sie saßen auf der gemütlichen Veranda des Lokals im ersten Stock und blickten auf dieselben Segelschiffe, die sie vorhin schon vom Hügel aus betrachtet hatten. Sophie brachte ihnen zwei Gläser mit kaltem Chablis, dazu eine Flasche Wasser aus den französischen Alpen.

»Und du hast wirklich keinen Hunger?«, fragte Jeff.

»Nein, danke. Mir liegt das Frühstück noch im Magen.«

»Du hast doch kaum etwas gegessen. Dir liegt Hillary noch immer im Magen, stimmt's?«, fragte er.

»Ja«, gab Sonja zu. Ihr Ärger über die Freundin war noch nicht verflogen. Sie musste unbedingt heute Abend mit ihr reden, um herauszufinden, was ihr über die Leber gelaufen war. Sonja hasste es, nicht zu wissen, woran sie war. Wenn sie etwas Falsches gesagt oder getan hatte, dann sollte Hillary gefälligst damit rausrücken, damit sie sich in Zukunft danach richten konnte.

»Jetzt schmoll doch nicht, Schönheit. Auf dein Wohl.« Jeff prostete ihr lächelnd zu.

Sonja erwiderte sein Lächeln schließlich und hob ihr Glas. »Auf *unser* Wohl, mein Liebling.«

Nachdem Jeff sie durch das Museum mit seinen militärischen und nautischen Ausstellungsstücken geführt hatte, machten sie sich auf den Rückweg. »Wir fahren durch den Regenwald und über die Küstenstraße zurück. Das wird zwar eine teilweise etwas holprige Angelegenheit, aber die Landschaft ist sehenswert«, meinte Jeff.

»Okay. Gehen wir dann noch schwimmen?«

»Leider nein, Schönheit. Ich muss bis Montag noch ein paar Patientenakten durchackern. Es gibt da einen komplizierten Fall, der in die Interne verlegt wird«, meinte Jeff, nachdem sie den Parkplatz hinter sich gelassen hatte.

»Verstehe. Schade«, sagte Sonja und blickte aus dem Fenster.

»Finde ich auch. Aber wir sehen uns ja schon am Weihnachtsabend wieder. Und ich bleibe den ganzen Weihnachtstag bei dir«, versprach er.

»Bis dahin sind es aber noch ganze drei Tage ohne dich.« Sonja seufzte.

»Das hältst du schon aus. Du bist doch ein großes, starkes Mädchen, oder nicht?« Jeff legte seine Hand auf ihr Knie.

»Wenn du mich nicht gerade schwach machst, ja«, antwortete Sonja. Wenigstens würde sie in den nächsten Tagen genügend Zeit haben, um sich seinem Gemälde zu widmen, sich Gedanken über Gregs Projekt zu machen und die restlichen Weihnachtsgeschenke einzupacken. Am Straßenrand erblickte sie ein schwer beladenes Maultier, das von einem Rastaman über den Hügel hinauf zum Regenwald getrieben wurde. »Schau doch mal, die beiden dort«, sagte sie.

»Das ist Shane. Ein cooler Typ.«

»Und da, die vielen Bananenstauden! Die tragen Früchte. Können wir welche pflücken?«

»Wenn du möchtest, können wir oben an der Straße auch welche kaufen.«

Jeff hielt bei einem Stand am Straßenrand an und feilschte mit einer alten Frau, die frisch geerntete Bananen und Ananas verkaufte. Schließlich nahm er mehrere kleinere Bananen und drei schwarze Ananas für Sonja. »Für jeden Tag ohne mich gibt es eine Ananas, um dir die Wartezeit zu versüßen«, meinte er und verstaute die tropischen Früchte im Kofferraum.

»Und wer soll die vielen Bananen essen?«, fragte Sonja, als Jeff wieder losfuhr.

»Was du nicht möchtest, nehme ich mit. Für die Kinder in meiner Nachbarschaft.«

»Wo wohnst du eigentlich genau, Jeff?«, wollte Sonja wissen.

»Ganz in der Nähe von Fort James. Nördlich von St. John's, nicht weit weg von der Klinik.«

Sonja wunderte sich ein wenig, dass er sie noch nie zu sich nach Hause eingeladen hatte, aber das würde er bestimmt demnächst nachholen.

Nachdem sie den Regenwald hinter sich gelassen hatten, steuerte Jeff den Land Rover über die asphaltierte Küstenstraße entlang der Cades Bay, die in einem deutlich besseren Zustand war als die Straße zuvor. Sonja genoss es, neben ihrem Traummann zu sitzen und das herrliche Panorama über dem türkisfarbenen Ozean in sich aufzusaugen. Alles war noch viel schöner, als sie es sich jemals erträumt hatte, dachte sie glücklich. Wenn dieser Zustand nur ewig anhalten würde.

31

Endlich Weihnachten, dachte Sonja und staunte über sich selbst. Die Feiertage, an denen alle auf heile Familie machten, hatte sie noch nie leiden können. Nicht einmal als Kind. Den Tag vor dem Weihnachtsabend hatte sie stets mit ihrem Vater verbracht, was immer sehr nett gewesen war. Doch spätestens um 18 Uhr war Schluss mit lustig gewesen. Bei der Bescherung hatte er stocksteif vor dem 3,80 Meter hohen aufgeputzten Tannenbaum gestanden und jede Minute auf seine Uhr geblickt, um nur ja rechtzeitig zu Hause bei seiner neuen Familie zu sein.

Sonjas Mutter hatte sich alle Jahre wieder hinter ihrer einzigen Tochter aufgestellt und ihre langen, knallrot lackierten Fingernägel in deren Schultern verkrallt. Als ob sie Angst gehabt hätte, dass ihr die Kleine auch noch davonlaufe.

Sonja hatte artig Gedichte und Weihnachtslieder vorgetragen, während die Mutter aus reinem Selbstmitleid hinter ihrem Rücken geheult hatte. Selbst die schönsten Geschenke hatten sie nicht darüber hinwegtäuschen können, dass am Weihnachtsabend Trauerstimmung herrschte. Seit sie erwachsen war, verabscheute sie zudem die Hektik der Vorweihnachtszeit, wenn alle im matschigen, frostigen München gleichzeitig unterwegs waren, um völlig gestresst dem Konsumwahn zu frönen. Doch in Antigua war alles anders. Hier war auch im Winter Sommer, die bunten Häuser waren festlich geschmückt und die Menschen fröhlich. Am meisten freute sich Sonja, dass sie den Weihnachtsabend mit Jeff verbringen würde. Sein Porträt war rechtzeitig fertig geworden, die Farben getrocknet, das Bild signiert und in hübschem Papier verpackt, wie all die anderen Weihnachtsgeschenke, die sie morgen den Darnells, Jill und Mario überreichen würde. Das Einzige, was sie bisher vor sich hergeschoben hatte, war das obligatorische Telefongespräch mit ihrer Mutter.

Sonja graute vor den drohenden Vorwürfen, die bei ihr ein schlechtes Gewissen hervorrufen sollten, aber bloß bewirkten, dass sie sich emotional noch weiter von ihrer Mutter distanzierte. Es war jedes Mal dasselbe.

Kurz nach 14 Uhr rang sie sich endlich durch sie anzurufen. In München war es fünf Stunden später, also musste es nun wohl oder übel sein. Das Gespräch verlief wie immer eher übel als wohl.

Sonja stieß einen spitzen Wutschrei aus, als sie nach nicht einmal fünf Minuten auflegte.

»Du bist wie dein Vater«, hatte ihr die Mutter einmal mehr vorgehalten. Doch was als Beleidigung gedacht war, stimmte Sonja zuversichtlich. Hauptsache, sie würde niemals wie ihre verbitterte Mutter werden, die jedem die Schuld für ihr trauriges, einsames Leben gab, nur nicht sich selbst.

Sonja atmete tief durch und beschloss ein wenig an den Layouts für Greg weiterzuarbeiten, bevor sie sich für Jeff hübsch machen wollte. Sie waren heute Abend bei Hillary und Greg zum Essen eingeladen. Hillary hatte sich bei ihrer Freundin für ihre schlechte Laune entschuldigt. Nach dem Konzert sei sie in ein dunkles Loch gefallen, da ihr bewusst geworden war, dass ihre Karriere nun endgültig vorbei sei, hatte sie Sonja bei der Aussprache erklärt. Dann hatte sie bitterlich geweint und Greg die Schuld an ihrer Misere gegeben. Manchmal würde sie ihren Mann abgrundtief hassen, hatte sie geschluchzt.

Sonja hatte die Freundin getröstet und ihr sehr behutsam erklärt, dass sie die Verantwortung für ihr Leben und ihre Entscheidungen selbst tragen müsse. Etwas Ähnliches hatte sie vorhin auch zu ihrer Mutter gesagt, nur mit weniger sorgfältig gewählten Worten.

32

Sams Handy klingelte.

»Schon wieder Jeff?«, fragte Nekisha, die neben ihrem Vetter auf der Veranda saß.

Sam blickte aufs Display und nickte. »Und ich werde wieder nicht abheben«, sagte er trotzig.

»Musst du auch nicht. Ich habe ihm gestern erzählt, dass du krank bist und erst nach den Feiertagen wieder arbeiten kannst. Bis dahin sollte mich dieser Doktor Gates aus Philadelphia zurückgerufen haben. Vielleicht kann er uns ja weiterhelfen. Ich werde das Gefühl nicht los, dass Jeff seine Karriere in dieser renommierten Klinik in den Staaten nicht ganz freiwillig gegen den Chefarztposten in unserem Provinzkrankenhaus eingetauscht hat.«

»Und was willst du danach machen? Ich meine, nachdem Doktor Gates angerufen hat.«

»Kommt ganz darauf an, was ich über Jeff erfahre. In jedem Fall werden wir unseren Testballon starten. Du wirst Jeff ein wenig nervös machen. Ihm auf den Kopf zusagen, dass du von den Leichenlisten weißt und die Bewegungen auf seinem Cayman-Island-Konto kennst. Ich bin mittlerweile ziemlich sicher, dass es für ihn viel zu riskant ist, dich bei der Polizei zu verpfeifen. Er läuft Gefahr sich dabei selbst auszuliefern.«

»Und was machen wir mit dem Dekan?«

»Den habe ich bei der Gala ausgehorcht, nachdem Jeff und seine kleine deutsche Freundin gegangen waren.

Sie ist übrigens eine nette Person, diese Sonja. Wenn sie wüsste, mit wem sie sich da eingelassen hat …«

»Was ist mit dem Dekan?«, wiederholte Sam.

»Ich habe ihm ein paar Fragen gestellt. Er hat versucht mit klugen Worten zu kaschieren, dass er in Wahrheit keine Ahnung hat, woher seine Leichen wirklich stammen. Jedenfalls ist er wohl etwas nachdenklich geworden. Ich gehe davon aus, dass er Jeff demnächst genauer auf den Zahn fühlen wird.«

»Dieser Bastard lügt doch, wenn er das Maul aufmacht.«

»Der Dekan ist nicht dumm. Jeff weiß das. Ihm fehlen die nötigen Dokumente, um ihn zufriedenzustellen. Falls er danach fragen sollte, was ich nach meinem kleinen Interview fast annehme.«

»Ja, das könnte ihn nervös machen.«

»Vielleicht lässt er dich dann in Ruhe. Wir werden ja sehen«, meinte Nekisha nachdenklich.

»Und wenn nicht?«

»Dann wirst du bei der Polizei auspacken müssen. Im besten Fall bieten sie dir einen Deal an, weil du dich freiwillig stellst und mehrere Verbrechen aufdeckst. Damit hättest du möglicherweise eine Chance, den Knast noch zu Lebzeiten zu verlassen. Oder auch nicht.«

»Großartige Aussichten«, sagte Sam und biss sich auf die Unterlippe.

»Wir reden hier immerhin von mehreren Morden, die du begangen hast. Auch wenn du dazu genötigt wurdest.«

»Das musst du mir nicht sagen. Denkst du etwa, dass ich noch in den Spiegel schauen kann?«

»Musst du wohl. Zumindest beim Rasieren«, entgegnete Nekisha trocken.

Sam lächelte bitter. Ihr Galgenhumor war das Einzige, was ihn noch ein wenig aufheitern konnte.

33

Sonja zündete die vielen Kerzen an, die sie im Erdgeschoss des Gästehauses und auf der Galerie verteilt hatte. Jeff würde jeden Moment auftauchen, und sie wollte ihm einen möglichst stimmungsvollen Empfang bereiten. Er sollte es nicht bereuen, dass er auf Antigua geblieben war. Sie hatte ihr kleines Schwarzes und den Swarovski-Schmuck, den ihr Stephan zum 30. Geburtstag geschenkt hatte, angezogen. Erst vor einer Stunde hatte sie ihrem Exfreund eine SMS mit Weihnachtsgrüßen geschickt. Er hatte sofort geantwortet. »Endlich, Sonne! Ich bin froh, dass es dir gut geht. Hab schöne Weihnachten! In Liebe S.«

Stephan schien noch immer nicht zu akzeptieren, dass es zwischen ihnen aus und vorbei war. Doch das war einzig und allein sein Problem. Ihr Herz gehörte Jeff.

Der kam schwer bepackt zur Tür herein, während sie gerade die letzte Kerze auf der Galerie anzündete.

»Hallo? Schönheit! Bist du da?«, rief er.

»Hier oben, Liebling! Ich komme schon!«

»Wow! Das sieht ja toll aus hier. Richtig romantisch.« Jeff stellte seine Tüten im Wohnzimmer ab und ging zur Treppe, über die Sonja gerade hinunterkam.

»Du bist wunderschön«, sagte er und nahm sie in die Arme. »Hab ich dir gefehlt?«

»Und wie«, sagte sie wahrheitsgemäß. »Endlich hab ich dich wieder.«

»Soll ich uns eine Flasche Champagner aufmachen? Ist noch eiskalt.«

Sonja nickte. »In einer Stunde müssen wir allerdings drüben beim Dinner sein.«

»Habt ihr euch ausgesprochen? Hillary und du?«

»Ja. Sie hat sich bei mir entschuldigt. Es ist wieder alles gut zwischen uns.«

»Das freut mich.« Jeff ließ den Korken vorsichtig kommen und schenkte ein. »Fröhliche Weihnachten, Schönheit!«

»Fröhliche Weihnachten, Jeff!«

Eine Stunde später saßen sie mit Hillary und Greg auf dem Pooldeck. Colette servierte Garnelen auf Blattsalat.

»Hat sie denn nicht frei heute?«, fragte Sonja.

»Erst nach dem Abendessen. Sie hat morgen und übermorgen Urlaub«, sagte Hillary.

Der Fisch mit Limettensauce und kreolischem Reis schmeckte Sonja besonders gut.

Greg klärte sie auf, dass Charly den Wahoo heute selbst gefangen hatte. »Wenn er sich nicht gerade um die

Laguna kümmert, verdient er sein Geld mit Hochseefischen«, sagte er.

»Hat er denn ein eigenes Boot?«, fragte Sonja.

»Nein, das Boot gehört einem Amerikaner, der es für Ausflüge vermietet. Charly geht den Touristen beim Angeln zur Hand. Die meisten haben ja keine Ahnung vom Hochseefischen.«

»Du kennst den Bootsbesitzer übrigens, Sonja. Du weißt schon, Andy, der mit dem kleinen Bärtchen. Er war am Sonntag im The Beach«, sagte Hillary.

»Ach der. Ich erinnere mich an ihn.«

»Ihr wart im The Beach?«, fragte Jeff.

»Ja. Mit Jill. Nur wir Mädels«, sagte Hillary und grinste verschwörerisch.

»Es war sehr lustig«, bestätigte Sonja und zwinkerte der Freundin zu.

»Ich hoffe, ihr habt euch anständig benommen«, sagte Greg.

»Aber sicher«, antwortete Hillary.

»Besonders auf der Tanzfläche.« Sonja und Hillary lachten.

»Wieso? Was war denn?«, wollte Jeff wissen.

»Nichts Besonderes. Wir hatten einfach Spaß«, sagte Sonja.

»Alberne Weiber«, sagte Greg und hob sein Weinglas. »Wir werden sie wohl nie verstehen. Prost, mein Junge.«

»Cheers, Greg«, erwiderte Jeff.

Zum Espresso gönnten sich die Herren jeweils eine dicke kubanische Zigarre.

Sonja lechzte nach einer Zigarette. Ob Jeff es wohl stören würde, wenn sie eine rauchte? Schließlich paffte er selbst gerade. Sie griff zu Hillarys Zigarettenschachtel und warf der Freundin einen fragenden Blick zu. Hillary nickte unauffällig. Sonja zog eine Zigarette aus der fast vollen Packung.

»Sonja, du rauchst?«, fragte Greg entsetzt.

»Eigentlich nicht. Nur ganz, ganz selten.«

»Ich hoffe, das ist nicht Hillarys schlechtem Einfluss zu verdanken«, fuhr er fort.

Hillary richtete sich in ihrem Stuhl auf und holte Luft. Noch bevor sie etwas sagen konnte, legte Sonja die Hand beschwichtigend auf ihren Arm. »Nein, Greg. Hillary kann wirklich nichts dafür, dass ich ab und zu mal eine qualme. Überhaupt finde ich nicht, dass deine Frau einen schlechten Einfluss auf mich ausübt. Ganz im Gegenteil«, verteidigte Sonja die Freundin.

»Na gut. Das war vielleicht ein bisschen unfair von mir. Tut mir leid, Sonja«, sagte Greg.

Schon wieder entschuldigte er sich bei ihr anstatt bei seiner Frau.

»Lass gut sein, Greg. Sonja ist erwachsen. Sie weiß schon, was sie tut«, ergriff Jeff das Wort.

»Ausgerechnet du als Arzt findest es in Ordnung, dass deine Freundin raucht?«, fragte Greg.

»Jetzt mach mal keine Staatsaffäre aus einer Zigarette. Unsere fetten Dinger hier sind schließlich auch nicht gerade gesund.« Jeff deutete mit seiner Zigarre auf die seines Freundes.

»Sind wir dann endlich durch mit dem Thema?«, fragte Hillary genervt und zündete sich demonstrativ eine Zigarette an.

»Ja, lassen wir das, bitte. Immerhin ist Weihnachten«, sagte Sonja und streckte ihr Bein unterm Tisch aus, um Jeffs Fuß zu erreichen.

Der fand wohl auch, dass es an der Zeit war aufzubrechen. »Vielen Dank für das hervorragende Abendessen, Hillary. Greg, danke für die Zigarre«, sagte Jeff und stand auf.

Auch Sonja erhob sich und küsste zuerst Greg, dann Hillary auf die Wangen.

»Also, wir sehen uns morgen um halb zwölf in meiner Küche. Jill wird auch kommen, um uns zu helfen«, sagte Hillary.

»Ist es dann nicht schon viel zu spät für den Truthahn?«, fragte Sonja.

»Aber nein. Colette hat den fetten Vogel bereits heute mariniert und gefüllt. Ich muss ihn nur noch in aller Herrgottsfrüh ins Rohr schieben. Das schaffe ich schon allein. Schlaf dich ruhig aus.«

»Ganz schön dicke Luft zwischen den beiden«, bemerkte Jeff auf dem Rückweg zum Gästehaus.

»Manchmal habe ich das Gefühl, als stünden sie kurz vor einer Explosion«, sagte Sonja.

»Wie meinst du das?«

Sonja überlegte eine Weile. »Nur so ein Gefühl.«

»Mach dir keine Sorgen. Die zwei streiten sich ständig, seitdem ich sie kenne. Das ist bei denen ganz normal.«

»Wie anstrengend. Ob das noch lange gut geht?«

»Bestimmt. Greg wird Hillary niemals aufgeben. Er denkt, sie ist sein Besitz. Und sie wird nicht auf sein Geld verzichten wollen. Deshalb hat sie ihn schließlich geheiratet.«

»Ziemlich heftig, was du da sagst.«

»Heftig? Es ist die Wahrheit.«

»Ich weiß nicht. Ich glaube, dass die beiden mehr verbindet als nur sein Geld und ihre Schönheit.«

»Du meinst doch nicht Liebe?«

»O ja, Jeff. Genau die meine ich.«

»Du bist zu gut für diese Welt.«

»Unsinn. Ich bin nicht halb so gut, wie du denkst.«

»Du bist sogar sehr gut. Sehr gut für mich. Wollen wir noch ein Glas Champagner trinken?«

Sonja sperrte die Eingangstür auf. »Eines, okay. Lass uns noch ein bisschen auf der Terrasse sitzen und in den Sternenhimmel schauen.« Nirgendwo anders hatte Sonja je so viele Sterne am Nachthimmel gesehen wie in Antigua.

»Geh schon mal voraus. Ich hole unsere Drinks.«

Sonja zündete die Windlichter auf der Balustrade an, klappte das Dach der runden Liege hinunter und legte sich hin. Sie blickte zum Himmel und bedankte sich beim lieben Gott, dass sie so einem wunderbaren Mann begegnet war.

Jeff stellte die Champagnergläser auf dem Tischchen neben ihr ab. »Ich hab da was für dich, Schönheit«, sagte er und überreichte ihr ein kleines Päckchen.

»Wie? Jetzt schon? Ich dachte, ihr feiert erst morgen Weihnachten?« Sonja setzte sich überrascht auf.

»Bei dir zu Hause wird aber schon heute Abend Weihnachten gefeiert, oder nicht?«

»Daheim schon, ja. Das ist lieb von dir, Jeff. Warte, ich hole schnell dein Geschenk.«

»Das hat Zeit. Schau mal, ob es dir überhaupt gefällt.« Jeff nahm neben Sonja Platz und beobachtete, wie sie das silbrig blau schillernde Papier vorsichtig entfernte. Ihr Blick war gespannt auf die kleine königsblaue Samtschatulle in ihrer Hand gerichtet, deren Deckel sie nun langsam hochklappte. Ihr Herz schlug bis zum Hals. Der baguetteförmig geschliffene Stein auf dem weißgoldenen Ring, der ihr da entgegenfunkelte, ließ sie staunend schweigen. Ob das gar ein Brillant war? Erst als Jeff das edle Stück auf ihren rechten Mittelfinger schob, wo es genau passte, fand Sonja ihre Sprache wieder. »Du bist ja verrückt, Jeff.«

»Gefällt er dir?«

»Ob er mir gefällt? Das ist der schönste Ring, den ich jemals gesehen habe. Du weißt gar nicht, wie viel er mir bedeutet.« Sonja kletterte auf seinen Schoß und küsste ihn leidenschaftlich.

»Sieh nur, was du schon wieder anrichtest«, sagte er und drückte seinen Unterleib fester gegen ihren.

»Du wirst dich noch ein wenig gedulden müssen. Zuerst kommt jetzt nämlich dein Geschenk.« Sonja stand auf, um das Paket für ihn zu holen.

»Mach schnell, Schönheit. Ich will dich verwöhnen!«, rief er ihr hinterher.

Sonja beeilte sich, sein Geschenk aus dem Versteck im Schrank zu holen. »Merry Christmas, Darling.«

»Ziemlich groß. Was ist da drin? Ach, das ist ein Bild, nicht wahr?«

»Mach es auf. Dann weißt du es.«

Jeff riss das Papier herunter und blickte in sein eigenes Antlitz, das Sonja in poppigen Farben auf der Leinwand verewigt hatte. »Wow! Du hast wirklich Talent. Wie konntest du mich nur so genau treffen?«

»Ich habe einige Fotos von dir gemacht, neulich in Nelson's Dockyard.«

»Du hast dieses Bild in nur drei Tagen gemalt? Alle Achtung. Es bekommt einen Ehrenplatz in meinem Büro. Danke dir, Schönheit.« Jeff konnte den Blick nicht von seinem Antlitz abwenden.

»Du könntest jetzt dort weitermachen, wo wir eben aufgehört haben.« Sonja streckte sich auf der Liege aus.

Jeff lehnte das Gemälde gegen einen Stuhl und zog seine Klamotten aus. Dabei wandte er ihr den Rücken zu. Sonja schlüpfte unbemerkt aus ihrem Slip.

»Zieh dein Höschen aus«, sagte er, als er zu ihr zurückkehrte. Langsam schob sie den Rock ihres Kleides hoch und zeigte ihm, dass sie das bereits erledigt hatte.

»Braves Mädchen. Dafür wirst du auch belohnt«, versprach Jeff. Er kniete sich auf ein Kissen am Boden und steckte seinen Kopf zwischen ihre Schenkel.

34

»Vielen Dank, dass Sie mich trotz des Feiertags zurückgerufen haben, Doktor Gates«, sagte Nekisha freundlich.

»Kein Problem, Doktor Jacobs. Ich bin heute ohnehin im Dienst. Man hat mir ausgerichtet, es wäre dringend. Was kann ich also für Sie tun?«, fragte Dr. Gates vom Memorial Hospital in Philadelphia.

»Es geht um Doktor Jeffrey Geller. Möglicherweise können Sie mir weiterhelfen?«, begann Nekisha vorsichtig.

»Ach, Jeff Geller. Da bin ich aber mal gespannt. Schießen Sie los.« Dr. Gates klang neugierig.

»Ich überprüfe gerade die Personalakten unserer Ärzte. Für den Jahresbericht, den wir unseren Sponsoren vorlegen müssen. Es gibt da einen Vermerk in Doktor Gellers Akte, der sich auf ein Empfehlungsschreiben Ihrer Klinik bezieht. Doch ich kann dieses Dokument nirgends finden. Könnten Sie es vielleicht aus Ihren Aufzeichnungen heraussuchen und mir per E-Mail schicken? Sie würden mir damit einen großen Gefallen erweisen.«

»Könnte ich rein theoretisch. Aber ich brauche dafür einen offiziellen Antrag Ihrer Personalabteilung. Das Formular kann ich Ihnen gerne zukommen lassen.«

»Das ist sehr freundlich von Ihnen, verehrter Herr Kollege. Ich hatte allerdings gehofft, Sie könnten für mich eine kleine Ausnahme machen. Es ist wirklich sehr dringend, und durch die Feiertage würde sich alles nur unnötig verzögern. Ich muss meinen Bericht schon in zwei Tagen übermitteln.«

Dr. Gates schwieg eine Weile, die Nekisha wie eine halbe Ewigkeit vorkam. »Nun gut«, fuhr er schließlich fort. »Lassen wir die Bürokratie einmal beiseite.« Der Doktor räusperte sich.

Nekisha lauschte ihm gespannt.

»Sie versprechen mir, dass Sie alles, was ich Ihnen gleich erzählen werde, vertraulich behandeln. Offiziell werden Sie sich unter keinen Umständen auf mich beziehen. Und Sie werden nichts davon in Ihrem Bericht erwähnen.«

»In Ordnung, Doktor Gates. Sie können sich auf mich verlassen«, versprach Nekisha.

»Dann hören Sie mir gut zu. Ich kann mich sehr genau an Doktor Jeffrey Geller erinnern. Und ich bin mir sicher, dass wir für ihn kein Empfehlungsschreiben verfasst, geschweige denn verschickt haben.«

»Ach ja? Und wieso nicht, wenn ich fragen darf?«

Dr. Gates räusperte sich erneut. »Werte Kollegin, ich sage nur so viel: Es gab große Ungereimtheiten in seiner Abteilung. Beträchtliche Mengen von Medikamenten verschwanden unter mysteriösen Umständen und tauchten später am Schwarzmarkt wieder auf. Ich erspare Ihnen Details. Die ganze Geschichte war jedenfalls sehr unangenehm für uns. Die Polizei hat das Haus komplett auf den Kopf gestellt.«

»Und was ist dabei herausgekommen?«

»Leider nicht viel. Es wurde zwar gegen Doktor Geller ermittelt, aber man fand keine stichhaltigen Beweise. Wir konnten ihm rechtlich nichts anhaben, doch wir haben ihm seinen Posten als Oberarzt der Unfallchirurgie entzogen. Immerhin fiel die Sache klar in seinen Verantwortungsbereich. Danach hat er ziemlich bald die Klinik verlassen.«

»Das ist ja höchst interessant, Doktor Gates. Sie haben mir damit eine Menge unnötigen Papierkram erspart. Danke vielmals.«

»Bitte. Es war mir ein ausgesprochenes Vergnügen. Dieses Gespräch hat allerdings niemals stattgefunden.«

»Welches Gespräch?«, fragte Nekisha unschuldig.

»Schönen Tag noch, Frau Kollegin.«

»Fröhliche Weihnachten, Doktor Gates.«

»Frohe Weihnachten«, erwiderte Dr. Gates und legte auf.

Fröhliche Weihnachten, Jeff! Das dürfte fürs Erste reichen, um dich unter Druck zu setzen, dachte Nekisha und machte sich gleich auf den Weg zu Sam, um ihm die großartigen Neuigkeiten zu überbringen. Der Testballon würde starten, sobald sich Jeff wieder bei Sam meldete. Sie mussten allerdings sehr vorsichtig vorgehen, wenn sie ihn in die Enge treiben wollten. Mit Dr. Jeffrey Geller war nicht zu spaßen.

35

Die Palmen bogen sich im Wind, und es goss in Strömen, als Sonja und Jeff zum Haus der Darnells hinüberliefen.

»Ausgerechnet zum Weihnachtsessen muss es regnen«, beschwerte sich Hillary, die gerade in der Küche stand und grüne Bohnen putzte.

»Hi, Hilly. Bestimmt hört es bald wieder auf«, sagte Sonja.

»Glaube ich nicht«, erwiderte Jeff. »Hallo, Hillary. Wo ist Greg?«

»Oben in der Bibliothek.«

»Ich geh dann mal hoch. Kocht was Feines für uns, ja?« Jeff verschwand ins Obergeschoss.

»Was soll ich tun?«, fragte Sonja.

»Die Kartoffeln sind fertig. Kannst du sie durch die Presse drücken?«

»Mache ich.«

Als Sonja zu einer der geschälten, weich gekochten Kartoffeln griff, bemerkte Hillary den neuen Ring an ihrem Finger. Sie legte das Messer auf die Arbeitsplatte. »Der ist ja geil. Ist der von Jeff?«, fragte sie erstaunt.

»Er ist wunderschön, nicht wahr?« Stolz streckte ihr Sonja ihre Hand unter die Nase.

Hillary zog sie ins grelle Licht der Küchenspots und überprüfte den funkelnden Stein von allen Seiten.

»Schön gemacht. Aber leider ist das kein Brillant, Süße«, stellte sie klar und ließ die Hand der Freundin achtlos fallen, um sich wieder den Bohnen zuzuwenden.

»Ach … Und woran erkennst du das?« Sonja ärgerte sich über Hillary, die das Schmuckstück offenbar als wertlos abqualifizierte, bloß weil es sich bei dem Stein um keinen Brillanten handelte.

»Ich kenne mich ganz gut aus. Hab ja selbst einen Haufen hochkarätige Klunker. Er funkelt ganz hübsch für einen Zirkonia. Aber diesen synthetischen Steinen fehlt einfach das Feuer von echten Brillanten. Glaubst du mir etwa nicht?«

»Doch. Aber für mich ist das trotzdem der schönste

und wertvollste Ring der Welt, weil er von Jeff ist. Auch wenn er für dich niemals gut genug wäre.« Sonja quetschte die erste Kartoffel in den Topf.

»Tut mir leid, Sonja. Ich wollte dir den Ring nicht vermiesen. Er sieht wirklich hübsch aus, obwohl Jeff dafür nicht besonders tief in die Tasche gegriffen hat.«

»Verdammt, Hillary! Er ist Arzt, kein Multimillionär! Geht das nicht in deinen Kopf, Prinzessin?«, sagte Sonja wütend.

»Ich weiß doch, dass er nicht annähernd so reich ist wie Greg. Aber immerhin ist er Chefarzt«, sagte Hillary und schnippelte weiter an den grünen Bohnen.

Sonja schäumte vor Wut und überlegte, ob sie Hillary eine Kartoffel an den Kopf werfen sollte. Glücklicherweise standen Jill und Mario just in diesem Moment in der offenen Tür und verhinderten damit eine gröbere Auseinandersetzung.

»Hallo, Mädels! Na, seid ihr schon fleißig?«, rief Jill ihnen zu.

Hillary legte das Gemüse weg und wischte ihre Hände ab, um die beiden zu begrüßen.

Sonja atmete tief durch und zwang sich zu einem Lächeln. Auch sie wischte ihre Hände an einem Küchentuch ab, küsste Jill auf die Wangen und begrüßte Mario mit Händedruck. »Schön, dich endlich persönlich kennenzulernen. Ich bin Sonja.«

»Hallo, Sonja. Jill hat schon viel von dir erzählt.«

»Nur Gutes natürlich«, warf Jill ein.

»Natürlich. Wo sind die Jungs?«, erkundigte sich Mario.

»In der Bibliothek. Möchtest du was trinken?«, fragte Hillary.

»Wenn du mich so fragst, ein Bier, bitte.«

»Beck's oder Wadadli?«

»Beck's.«

»Okay. Nimmst du die bitte für deine Freunde mit?« Hillary reichte Mario drei Bierflaschen aus dem Kühlschrank.

»Klar. Danke. Dann bis später, meine Damen«, sagte Mario und verschwand ins Obergeschoss.

»Jill, kannst du bitte das Radio aufdrehen?«, fragte Hillary. Während Jill zur B&O-Anlage im Wohnzimmer ging, wandte sich Hillary an Sonja. »Tut mir leid, Süße. Bitte, sei mir nicht böse«, raunte sie ihr zu.

»Schon gut.« Sonjas Antwort ging im Geplärr des amerikanischen Weihnachtsliedes unter, das lautstark aus vier Boxen drang.

»Geht's ein bisschen leiser, Jilly!«, brüllte Hillary.

Jeff hatte schon recht. Man musste diese verwöhnte Göre immer wieder in die Schranken weisen, was allmählich ein wenig anstrengend wurde. Sie würde ihr in den nächsten Tagen eine kleine Lektion erteilen und sich rarmachen, beschloss Sonja. Sie wollte ohnehin die Layouts für Greg fertig machen.

Nachdem sie sich den saftigen Weihnachtstruthahn mit Kartoffelbrei, grünen Speckbohnen und Cranberrysauce hatten schmecken lassen, tauschten die Freunde ihre Geschenke aus.

Das schönste Präsent für Sonja, nach Jeffs Ring, war die Staffelei von Greg, die er ihr mit einem unbezahlbaren Versprechen überreichte. Sobald sie zehn Bilder fertiggestellt hatte, würde er sich an seinen guten Freund in London wenden, um für sie eine Ausstellung in dessen Galerie zu organisieren. Sonja war Greg unendlich dankbar für die einmalige Chance, die er ihr damit bot.

Endlich würde sich ihr großer, bisher geheim gehaltener Traum erfüllen, in einer namhaften Galerie auszustellen.

Der weitere Nachmittag verlief entspannt. Als die Sonne auch die letzten Regentropfen verdrängt hatte, spannten sich zwei parallele Regenbögen vom Hügel über den Himmel bis zum Meer hinunter. Die Darnells hatten offensichtlich Weihnachtsfrieden geschlossen, was wohl an Gregs großzügigem Geschenk für seine Frau lag. Er hatte sie mit einem Schmuckset, bestehend aus einem Smaragdcollier, Armband und Ohrhängern, überrascht, das perfekt zu ihren grünen Augen passte. Hillary behielt den sündhaft teuren Schmuck sogar an, als sie später alle in den Pool sprangen.

Kurz nach 17 Uhr klingelte Jeffs Handy. Er verabschiedete sich Hals über Kopf. Sonja war enttäuscht, dass er schon wieder in die Klinik musste, doch zeigte sie Verständnis für den Schwerverletzten, der dringend operiert werden musste. Auch Jill und Mario traten den Heimweg an. Sonja ging hinüber, um den Weihnachtsabend ruhig ausklingen zu lassen. Sie war todmüde. An Schlaf war vergangene Nacht kaum zu denken gewesen. Jeff hatte sie immer und immer wieder geliebt. Zuerst auf der Terrasse, dann im Bett, wo sie erst im Morgengrauen erschöpft, aber glücklich eingeschlafen war.

Sonja schaltete den Fernseher ein, ohne den Film zu beachten, der gerade im Weihnachtsprogramm eines amerikanischen Senders lief. Seit Greg ihr die Ausstellung in London versprochen hatte, schwirrten jede Menge Bildideen in ihrem Kopf herum, die sie zuerst ordnen musste, bevor sie sich an die Arbeit machte. Um 21 Uhr war sie so müde, dass sie sich mit ihrem Roman ins Bett verzog. Nach ein paar Seiten wurden ihre Lider dermaßen schwer, dass sie das Licht löschte und sofort in einen traumreichen Schlaf fiel. Ihr Unterbewusstsein entführte sie auf die Laguna. Mit an Bord waren Greg, Hillary und Jeff. Die Jacht legte gerade auf der Nachbarinsel Montserrat an. Die Sonne verbarg sich hinter grauen Nebelschwaden und es stank nach Schwefel. Mühsam bestiegen die Freunde den größten Vulkan der Insel. Der beißende Rauch wurde immer dichter, der Gestank war nun fast unerträglich. Endlich oben angekommen, blickte Sonja in den Krater, als Greg plötzlich das Gleichgewicht verlor und kopfüber in die brodelnde, feurige Masse stürzte. Sonja schrie entsetzt auf. Dann hörte sie Hillarys verzweifelte Rufe. »Sonja! Hilf mir!«, schrie sie immer wieder mit erstickter Stimme. Sonja versuchte die Freundin im dichten Nebel zu entdecken, konnte sie aber nirgends sehen.

Immer wieder rief Hillary nach ihr, bis Sonja endlich aus ihrem Albtraum erwachte. Hatte sie vergessen, das Licht auszuschalten? Wer zum Teufel rüttelte sie am Arm? Sonja schrie vor Schreck auf.

»Sonja! Hilf mir!« Hillary hockte am Boden, direkt neben ihrem Bett und presste ein ehemals weißes, nunmehr blutbeflecktes Handtuch auf ihre Nase. Die andere Hand umfasste noch immer Sonjas Arm, um sie wachzurütteln. Sonja setzte sich erschrocken auf. Es dauerte einen Moment, bis sie verstand, dass sie wach war und die offenbar verletzte Hillary neben ihr auf dem Boden saß.

»Er hat mich geschlagen.« Hillary schluchzte in das blutgetränkte Handtuch.

»Was? Wer? Wer hat dich geschlagen?«, fragte Sonja schlaftrunken. »So rede schon, Hillary. Was ist passiert?«

»Greg … Er hat mich schon wieder zusammengeschlagen«, drang es gedämpft durch das dicke Frottee.

»Wie bitte? Greg? Dein Mann hat dich geschlagen? Das kann ich nicht glauben«, sagte Sonja.

Hillary nahm das Handtuch vom Gesicht. Blut lief aus ihren Nasenlöchern und hinterließ Flecken auf Sonjas Bettlaken. Die Unterlippe der Freundin war dick angeschwollen und an einer Stelle aufgeplatzt. »Glaubst du es jetzt?«, fragte Hillary mit nasaler Stimme.

»Um Gottes willen … Das war Greg?«

Hillary verbarg ihre Verletzungen wieder unter dem Handtuch und nickte.

»Komm, leg dich aufs Bett.« Sonja half ihrer Freundin hoch. Sie konnte kaum einen klaren Gedanken fassen. Niemals hätte sie Greg so etwas zugetraut. Zwar behandelte er Hillary manchmal etwas ruppig, aber doch nur mit Worten. Dass der besonnen wirkende, selbstsichere Mann seine Frau brutal misshandeln könnte, wäre Sonja niemals in den Sinn gekommen. »So ein mieses Arschloch«, schimpfte sie, als sie endlich realisierte, was geschehen war. »Ich hole dir rasch ein frisches Tuch und ein bisschen Eis. Bleib hier liegen, Hillary. Ich bin gleich wieder bei dir.« Sonja lief in die Küche hinunter. Sie würde Jeff anrufen. Er wusste bestimmt, was zu tun war, und konnte Hillarys Verletzungen medizinisch versorgen, überlegte sie, während zerkleinerte Eiswürfel unter lautem Getöse aus dem Spender des riesigen Kühlschranks in eine Plastiktüte purzelten. Sonja griff sich zwei saubere Küchentücher, von denen sie eines mit kaltem Wasser tränkte und auswrang, bevor sie zurück ins Schlafzimmer eilte.

Hillary schien sich beruhigt zu haben. Zumindest lag sie still da und starrte an die Decke.

»Hast du Schmerzen?«, fragte Sonja besorgt.

»Geht so. Meine Nase tut weh.«

»Hoffentlich ist sie nicht gebrochen. Ich rufe zur Sicherheit Jeff an.« Sonja tippte Jeffs Handynummer ins Funktelefon ein, das stets auf ihrem Nachttisch lag.

»Lass ihn schlafen, Sonja. Es ist nicht so schlimm, echt nicht.«

»Nicht so schlimm? Bist du verrückt? Entschuldige, bitte … Hallo, Jeff?«

»Schönheit? Was ist los? Es ist mitten in der Nacht«, meldete sich Jeff mit müder Stimme.

»Tut mir leid. Aber ich brauche dich sofort hier bei mir. Und bring deinen Notfallkoffer mit.«

»Was ist denn passiert? Hast du dich verletzt?«

»Nein, ich bin in Ordnung. Dein sauberer Freund Greg hat Hillary zusammengeschlagen. Sie ist jetzt bei mir. Kann sein, dass ihre Nase gebrochen ist und ihre Lippe genäht werden muss. Tut dir sonst noch etwas weh, Hillary?«, wandte sie sich an die Freundin.

»Na ja, die Rippen schmerzen, wo er mich getreten hat«, antwortete Hillary zögerlich.

»Hast du das gehört, Jeff?«, fragte Sonja.

»Ja. Hab ich. Ich bin in 20 Minuten bei euch. Leg ihr inzwischen etwas Eis auf.«

»Bin schon dabei. Danke, Jeff. Beeil dich bitte.« Sonja überstreckte Hillarys Kopf ein wenig und legte ihr das feuchte Küchentuch auf die Stirn. Mit einer sauberen Ecke des alten Handtuchs wischte sie behutsam das Blut ab. Dann wickelte sie die Tüte mit Eis ins zweite, trockene Tuch und bedeckte damit vorsichtig die verletzten Stellen im Gesicht, so gut es ging. »Jeff wird gleich da sein, Liebes. Es wird alles wieder gut.«

»Autsch. Ja, danke«, murmelte Hillary in den Eisbeutel.

»Schlägt dich Greg öfters?«

»Nur wenn er zu viel getrunken hat – wie heute.«

»Ach so, nur wenn er zu viel getrunken hat. Na dann …«, meinte Sonja ironisch. »Das kann ja wohl nicht sein. Ich werde morgen mit ihm reden.«

Hillary riss ihre verquollenen Augen weit auf und drückte Sonjas Hand so fest, dass es fast schmerzte. »Nein! Bitte, nicht«, flehte sie. »Damit machst du alles nur noch viel schlimmer. Er wird toben, wenn er erfährt, dass ich dir davon erzählt habe. Und er wird mich dafür wieder schlagen. Bitte, Sonja, tu mir das nicht an!«, bettelte Hillary. Ihre Augen füllten sich mit Tränen.

»Beruhige dich. Ich sage nichts, wenn du darauf bestehst. Ungern zwar, aber ich verspreche es dir. Bitte, nicht wieder weinen.«

»Du versprichst es mir? Du sagst niemandem was? Ja?«

»Ja.«

»Gut.« Hillary lockerte ihren Händedruck und entspannte sich ein wenig.

Jeff knipste zuerst die Nachttischlampe an, um Hillarys Verletzungen besser untersuchen zu können.

»Sonja, holst du mir bitte frisches Eis?«, fragte er und reichte ihr das Tuch mit der Plastiktüte.

Als Sonja mit neuen Eisbeuteln und einem Stapel sauberer Tücher zurückkehrte, gab Jeff Entwarnung. »Alles halb so schlimm. Ich habe die Blutungen gestoppt. Die Nase ist nicht gebrochen, die Rippen sind es auch nicht. Und die Unterlippe heilt ebenfalls ganz von allein wieder«, lautete seine Diagnose. »Ich gebe dir ein Schmerzmittel und ein leichtes Beruhigungsmittel, damit du besser schlafen kannst«, sagte er zu Hillary und strich ihr eine lange, goldblonde Haarsträhne aus dem malträtierten Gesicht.

»Danke«, sagte Hillary schwach und versuchte zu lächeln, was ihr unweigerlich einen Schmerzensschrei entlockte.

»Kann sie heute Nacht bei dir bleiben?«, fragte Jeff, während er in seinem Notfallkoffer kramte.

»Ja, klar. Glaubst du, ich lasse sie in dem Zustand zu dieser Bestie zurück?«, meinte Sonja und fühlte die Wut auf Greg wieder hochkochen.

Jeff verpasste Hillary zwei Spritzen und löschte die Nachttischlampe. »Gibst du ihr morgen in der Früh noch einen frischen Eisbeutel?«

»Sicher. Und jetzt schlaf schön, Hillary. Ich bringe Jeff nur rasch nach unten. Dann bin ich gleich wieder bei dir.«

Hillary hatte ihre Augen schon geschlossen und nickte. Sonja löschte die Deckenspots im Schlafzimmer, ehe sie Jeff nach unten folgte.

»Ich bin fassungslos. Hast du gewusst, dass dein bester Freund seine Frau schlägt?«, fragte Sonja und ließ sich erschöpft aufs Sofa fallen.

»Nein. Aber man kann eben in keinen Menschen hineinsehen.« Jeff setzte sich neben sie.

»Das stimmt. Sollte ich mich tatsächlich so sehr in Greg getäuscht haben? Er schien mir so überaus gutmütig und großherzig zu sein. Auch wenn seine Sprüche gegenüber Hillary manchmal ein wenig bösartig klingen. Immerhin kann sie einen schon gehörig provozieren.«

»Eben. Du weißt ja nicht, wie sich unsere Prinzessin hinter verschlossenen Türen verhält.«

»Das rechtfertigt doch noch lange keine Gewalt!«

»Natürlich nicht.«

»Ich wollte mir Greg morgen vorknöpfen, aber Hillary hat es mir verboten. Sie hat Angst, dass er sie deshalb wieder schlagen könnte. Ich verstehe das nicht, Jeff. Greg ist doch ein feiner, intelligenter Mensch. Hat er tatsächlich ein Alkoholproblem? Mir ist nie etwas aufgefallen.«

»Als Alkoholiker würde ich ihn nicht bezeichnen. Auch wenn wir schon einige Male zusammen einen über den Durst getrunken haben.«

»Vielleicht sollte ich doch mit ihm reden«, sagte Sonja.

»Da wäre ich an deiner Stelle vorsichtig. Vielleicht rastet er ja auch bei dir aus und schlägt zu«, sagte Jeff.

»Meinst du? Ich kann es mir beim besten Willen nicht vorstellen.«

»Du konntest dir genauso wenig vorstellen, dass er Hillary misshandelt.«

»Da hast du auch wieder recht. Außerdem habe ich ihr vorhin versprochen, ihn nicht darauf anzusprechen. Sie scheint panische Angst davor zu haben, dass er wieder auf sie losgeht.«

»Hillary reagiert leicht hysterisch. Deshalb habe ich ihr vorhin eine Beruhigungsspritze gegeben.«

»Was meinst du, wie hysterisch ich reagieren würde, wenn mich mein Mann so zurichtet?«, echauffierte sich Sonja.

»Komm wieder runter, Schönheit. Ich bin doch auf eurer Seite«, sagte Jeff und legte seinen Arm um Sonja.

»Wir müssen irgendetwas unternehmen, Jeff«, sagte sie und kämpfte plötzlich mit den Tränen.

»Was hältst du davon, wenn ich mir Greg zur Brust nehme? Mir wird er bestimmt nichts tun.«

»Aber Hillary.«

»Nicht, nachdem ich ihn mir vorgeknöpft habe.«

Sonja blickte auf und sah Jeff in die Augen. »Meinst du? Das wäre großartig«, sagte sie und lächelte ihn dankbar an.

»Sobald ich mit Greg allein bin, rede ich mit ihm.«

»Morgen, ja?«

»Vielleicht morgen, vielleicht übermorgen. Dräng mich bitte nicht, Sonja.«

»Aber wir müssen dieses Problem so rasch wie möglich aus der Welt schaffen. Ich kann doch nicht mit ansehen, wie Greg meine Freundin zusammenschlägt. Und ich kann auch nicht einfach wegsehen.«

»Ich sagte doch, ich kümmere mich um die Angelegenheit.« Jeff stand auf. »Ich muss jetzt nach Hause und noch ein bisschen schlafen.«

»Das kannst du auch im Gästezimmer tun, wenn du möchtest.«

»Lieber nicht. Morgen ist ein anstrengender Arbeitstag.«

»In Ordnung, Liebling. Ich danke dir für alles. Gute Nacht.« Sonja begleitete Jeff zur Eingangstür. Er drückte ihr einen sanften Kuss auf die Lippen und wünschte ihr eine gute Nacht. »Ich komme morgen Abend zu dir. Sperr bitte die Tür hinter mir ab. Man weiß ja nie …«

Sonja sah Jeff aus dem Fenster nach, bis die dunklen Schatten am Ende des Anwesens seinen Land Rover verschluckten.

36

Jeff war vorerst wieder beruhigt. Der Dekan hatte ihm einige unangenehme Fragen zur genauen Herkunft seiner Leichen gestellt und nach einer lückenlosen Dokumentation verlangt. Kurz entschlossen hatte Jeff den Beleidigten gespielt. Schließlich sei er es, der sich nicht nur um einen reibungslosen Ablauf der Geschäfte kümmere, sondern auch die volle Verantwortung dafür trage, hatte er gemeint und dabei richtig gekränkt geklungen. Wenn der Professor weiterhin erfolgreich Anatomiekurse an der Uni abhalten wolle, würde er ihm wohl weiterhin sein Vertrauen schenken müssen. Generell wolle er seine Quellen nicht preisgeben und damit die wertvollen internationalen Kontakte, die er im Laufe der Jahre mühsam aufgebaut habe, der Konkurrenz zugänglich machen. Sollte jemand weitere Fragen haben, möge der Dekan doch bitte auf ihn verweisen. Selbstverständlich stehe er gerne höchstpersönlich für Auskünfte zur Verfügung. Das hatte gesessen. Professor Watt hatte sich sogar bei ihm entschuldigt und versichert, dass der Chefarzt nach wie vor sein vollstes Vertrauen genieße. Er sei ihm äußerst dankbar für seine Dienste und wolle diese auch in Zukunft auf keinen Fall missen.

Das war ja einfacher gewesen, als er angenommen hatte, überlegte Jeff, zufrieden grinsend, nachdem der Dekan das Gespräch in bestem Einvernehmen beendet hatte. So ein Schwachkopf! Jeff hängte seinen Kittel an den Haken und verließ das Büro, um zu Sonja zu fahren. Es war wichtig, ihr jetzt das Gefühl zu geben, dass er auch in schwierigen Situationen für sie da war. Das würde sie nur noch mehr an ihn binden und die nächste Phase seines Planes vorantreiben.

Als er aus der Klinik ins Freie trat, lehnte Sam seelenruhig an einer Kokosnusspalme und telefonierte im langen Nachmittagsschatten des Klinikgebäudes. Allem Anschein nach hatte er den Chefarzt noch nicht bemerkt. Jeff beschloss, sich von hinten an ihn heranzupirschen. Er wollte ihm einen kleinen Schrecken einjagen. Noch einmal sollte es Samuel Jacobs nicht wagen, ihm aus dem Weg zu gehen. Er wartete, bis Sam das Gespräch beendet hatte, trat dann überraschend hinter der Palme hervor.

»Oh mein Gott, Doktor Geller! Sie haben mich aber erschreckt«, sagte Sam und schnappte nach Luft.

»Ich freue mich dich wieder gesund zu sehen, Sam. Allerdings bin ich ein wenig enttäuscht von dir«, meinte Jeff. Die Masche hatte eben beim Dekan funktioniert. Mal sehen, wie Sam darauf reagieren würde, dachte er und fuhr leise und eindringlich fort: »Ich habe dir einen Job verschafft, als du aus dem Gefängnis entlassen wurdest. Und ein schönes Nebeneinkommen noch dazu. Und jetzt lässt du mich hängen. Das ist nicht nett von dir, Sam. Gar nicht nett.«

Sam blickte zu Boden.

Jeffs Taktik schien aufzugehen. Sam sah aus wie ein kleiner Junge, den die Mutter eben gescholten hatte und der nun ein schlechtes Gewissen hatte.

»Verstehen Sie mich nicht falsch, Doc. Ich bin Ihnen wirklich sehr dankbar für alles. Aber ich kann das nicht mehr machen«, stammelte Sam.

»Natürlich kannst du das. Du hast es doch schon oft genug bewiesen. Was hältst du davon, wenn ich dir ab sofort 300 Dollar für jede Lieferung bezahle?«

»Es geht nicht, Doc. Bitte, zwingen Sie mich nicht dazu«, flehte Sam.

»Wenn du es nicht freiwillig tust, werde ich dich wohl oder übel zwingen müssen«, meinte Jeff nun streng. Dann geschah etwas, womit er nicht gerechnet hatte.

Sam blickte ihm direkt in die Augen. Seine Hände zitterten zwar, aber erstmals widersprach er dem Chefarzt mit fester Stimme: »Das werden Sie nicht tun.«

»Was hast du eben gesagt? Bist du lebensmüde?«, empörte sich Jeff ungläubig.

»Nein, ganz im Gegenteil«, erwiderte Sam. »Ich möchte endlich wieder anständig leben. Es gibt keine Lieferung mehr, Doktor Geller. Aus, Schluss, vorbei. Haben Sie mich verstanden?« Er lächelte dem Chefarzt mitten ins Gesicht.

Jeff stutzte. Was war in den sonst so unterwürfigen Mann gefahren? Sein Respekt ließ mehr als zu wünschen übrig. Er musste ihn zur Räson bringen. »Jetzt hör mir mal zu, du kleiner, naiver Idiot. Du kannst nicht einfach aussteigen. Ich habe dir doch erklärt, was mit dir passiert, wenn du dich nicht an unsere Abmachung hältst.« Am liebsten hätte er diesen undankbaren Bastard am Kragen gepackt und ordentlich durchgeschüttelt, damit er wieder spurte. Doch hier, in aller Öffentlichkeit, war er leider gezwungen sich zurückzuhalten.

»Ich habe keine Angst mehr vor Ihnen, Doc. Zeigen Sie mich ruhig an. Wenn Sie möchten, dass die Polizei von Ihrer Opferliste und dem Nummernkonto auf den Cayman Islands erfährt. Ich fürchte nur, damit wären Sie ebenfalls geliefert«, sagte Sam mit ruhiger Stimme und festem Blick.

»Wovon sprichst du?«, erwiderte Jeff erschrocken. Wollte ihn dieser Niemand erpressen? Woher hatte er die Information über sein Nummernkonto?

»Sie wissen ganz genau, wovon ich rede. Ich habe alles schwarz auf weiß. Es gibt da übrigens noch eine interessante Geschichte aus Ihrer Vergangenheit. Die Klinikbetreiber hätten sicher große Freude an der Story.«

»Was meinst du? Welche Geschichte?«

»Gibt es etwa mehrere? Ich meine den Medikamentenbetrug in Philadelphia. Sie wissen schon, die Sache, die Sie damals Ihren Job gekostet hat.«

Jetzt reichte es. Er hatte den Rettungsassistenten offensichtlich unterschätzt. Es würde Sam noch leidtun, dass er sich ernsthaft mit ihm anlegen wollte. »Okay, Sam. Damit bist du eindeutig zu weit gegangen. Du bist ein toter Mann«, drohte ihm Jeff mit versteinerter Miene.

»Keine gute Idee mich umzubringen. Es gibt jemanden, der über alles Bescheid weiß. Und der auspacken wird, sollte mir etwas zustoßen.«

Verdammt! Der Hund war gerissen. Langsam begann ihm dieses Spiel fast schon wieder Spaß zu machen. Es konnte nur Nekisha sein, die mit ihm unter einer Decke steckte. Diese hinterlistige Schlampe! Na klar. Hatte er sie nicht erst vor Kurzem in seinem Büro erwischt und ihr auch noch sein Passwort verraten? Oh Mann. Dass ausgerechnet ihm so ein fataler Fehler unterlaufen konnte. Sie war wohl irgendwann heimlich in sein Büro zurückgekehrt, um herumzuschnüffeln. Aber woher wusste Sam von der Sache in Philadelphia? Was soll's, war Jeffs nächster Gedanke. Angriff war noch immer die beste Verteidigung. Schlag dorthin, wo es am meisten wehtut, entschied er sich. »Und wie willst du verhindern, dass ich mir deine kleine Cousine schnappe und sie zu Tode vögle? Das wird eine ganz besonders geile Nummer. Sie ist doch deine Versicherungspolice, nicht wahr?«, fragte er provokant.

Sams Augen funkelten, seine Fäuste waren geballt.

Wollte der stämmige Exknacki etwa in aller Öffentlichkeit auf ihn losgehen? Jeff trat unbewusst einen Schritt zurück.

»Aber nein, Doc. Nekisha hat keine Ahnung«, fuhr Sam ruhig fort. »Das wäre doch viel zu naheliegend. Sie halten mich wohl immer noch für bescheuert. Hören Sie auf damit. Ich schlage vor, wir vergessen unser Geschäft. Und jeder geht seiner Wege, als wäre nie etwas geschehen.«

Jeff überlegte einen Moment. Der Deal war fürs Erste wohl geplatzt. Doch so leicht würde Sam nicht davonkommen. »Okay, ich werde mich vorerst damit zufriedengeben. Aber glaube mir, es kommt der Tag, an dem ich mit dir abrechne. Und das wird nicht nur der schlimmste, sondern auch der letzte Tag deines verpfuschten Lebens sein«, sagte Jeff und lächelte sein Gegenüber freundlich an. Dann wandte er sich zu seinem Land Rover um. Er freute sich beinahe darauf, sich zuerst um dieses verlogene Miststück zu kümmern. Für den Fall, dass Nekisha doch Sams Komplizin war, was Jeff noch immer stark vermutete. Aber das würde er rasch herausfinden.

37

Kurz nach halb neun erwachte Sonja schweißgebadet aus einem tiefen, traumlosen Schlaf. Ihr erster Blick fiel auf den leeren, zerwühlten Platz neben sich. Besorgt sprang sie aus dem Bett. Wo war Hillary bloß? Sonja rief nach der Freundin und suchte sie vergeblich im ganzen Haus. Wahrscheinlich war sie schon hinübergegangen. Irgendwann musste sie ja wieder zu Greg zurückkehren, überlegte Sonja. Sie nahm eine schnelle Dusche, band ihre Haare zusammen und schlüpfte in ihr grünes Strandkleid.

Schon vom Garten aus sah sie die Freundin am Frühstückstisch sitzen und telefonieren.

Als Hillary Sonja bemerkte, verabschiedete sie sich von ihrem Gesprächspartner, legte das Telefon auf den Tisch und begrüßte Sonja. »Hallo, Süße. Verzeih mir, dass ich sitzen bleibe, aber meine Rippen schmerzen noch ein wenig.«

»Ist schon gut, Liebes. Wie geht es dir?«

»Danke. Ich habe tief und fest geschlafen. Keine Ahnung, welche Drogen mir Jeff verpasst hat, aber sie waren großartig.«

»Deine Nase ist ja fast wieder wie neu, die Lippe noch ein bisschen geschwollen. Ansonsten ist kaum noch was zu sehen«, staunte Sonja.

»Make-up, Schätzchen. Außerdem bin ich zäher, als du denkst«, sagte Hillary und saugte ihren Milchkaffee durch einen pinkfarbenen Strohhalm ein.

»Das kann man wohl sagen. Es kommt mir beinahe vor, als wäre alles nur ein böser Traum gewesen.«

»Dann belassen wir es doch einfach dabei. Okay?«

»Aber, Hillary …«, protestierte Sonja.

»Du hast es mir versprochen.«

»Ja, ich weiß … Okay. Ich schweige wie ein Grab.«

»Ich wusste doch, dass ich mich auf dich verlassen kann. Du bist eine wahre Freundin.«

»Ich weiß nicht … Ich hol mir mal rasch einen Kaffee«, antwortete Sonja und ging zu Colette in die Küche.

Als sie mit ihrer Tasse zurückkehrte, lächelte Hillary sie an. »Und? Was steht für heute auf dem Programm?«

»Ich werde die Layouts für Greg fertig machen. Und danach möchte ich nichts mehr mit ihm zu tun haben.«

»Warum denn nicht? Dir hat er doch nichts getan.«

»Mir nicht. Aber dir. Das reicht.«

»Lass es gut sein, Sonja. Ich will wirklich nicht mehr darüber sprechen.«

»Aber es bringt doch nichts, wenn du den Kopf in den Sand steckst. Das macht die Sache nicht ungeschehen.« Sonja nahm die Hand ihrer Freundin.

»Es ist nett von dir, dass du mir helfen möchtest. Aber das ist einzig und allein meine und Gregs Privatsache.« Hillary zog ihre Hand zurück.

»Das sehe ich anders …«

»Hör endlich auf mit der Geschichte. Du verdirbst mir den ganzen Tag damit.«

Sonja konnte die Freundin nicht verstehen. Ihre Worte schienen sie mehr zu stören als die Tatsache, dass ihr Mann sie vergangene Nacht verprügelt hatte. Während Sonja noch überlegte, wie sie mit Hillarys seltsamer Art der Konfliktbewältigung umgehen sollte, trat Greg in Badehose und weißem Frotteetuch über der Schulter auf die Terrasse.

»Guten Morgen, meine Damen. Ist das nicht ein wunderschöner Tag heute? Hat jemand Lust, mit mir schwimmen zu gehen?«, fragte er so gut gelaunt, wie Sonja ihn nie zuvor erlebt hatte.

»Guten Morgen, Schatz. Anscheinend hast du gut geschlafen«, sagte Hillary und ließ sich von ihrem Mann auf die Wange küssen.

»Und währenddessen einen neuen Rekordumsatz erzielt.« Greg zwinkerte seiner Frau zu.

Was war bloß mit diesen Darnells los? Sonja verstand die Welt nicht mehr. Sie erstarrte, als Greg auch sie auf die Wange küsste. »Guten Morgen«, stammelte sie verwirrt.

»Alles in Ordnung, Sonja?«, erkundigte er sich.

Sonja antwortete nicht sofort, da verpasste ihr Hillary einen sanften Tritt unterm Tisch und warf ihr einen strengen Blick zu.

»Ja, ja. Alles bestens.«

»Also, wer geht jetzt mit mir schwimmen?«, fragte Greg noch einmal.

»Nein danke, Schatz. Ich muss zum Einkaufen.«

»Und was ist mit dir, Sonja?«

»Ich? Ich muss deine Layouts fertig machen.«

»Das lasse ich als Ausrede gelten. Wann kann ich denn was sehen?«

»Morgen, wenn du möchtest.«

»Super. Um zehn Uhr in meinem Büro?«

»Ich bin um zehn bei dir.«

»Ich bin schon sehr gespannt.« Greg verschwand pfeifend über die steinerne Treppe, die zum Pool hinunterführte.

Sonja konnte dieses Heile-Welt-Getue nicht länger ertragen. Irgendetwas war hier höchst merkwürdig. Sie verabschiedete sich von Hillary und zog sich ins Gästehaus zurück. Dem nahezu unbändigen Drang Jeff anzurufen und ihm von der bizarren Frühstücksszene zu erzählen, widerstand sie. Er war sicher beschäftigt. Sie würde am Abend mit ihm darüber reden.

Sonja war Profi genug, den Layouts für Gregs Internetcasino den letzten gestalterischen Schliff zu verpassen. Trotz der Verachtung, die sie seit dem Vorfall in der vergangenen Nacht für ihn empfand. Anschließend druckte sie die Entwürfe fein säuberlich aus und bastelte sogenannte Dummys, die fast schon wie die fertigen Karten aussahen. In St. John's hatte sie transparente, mattsilberne und goldglänzende Folien besorgt, um Greg ein möglichst perfektes Ergebnis liefern zu können. Nur die Hologramme, die sie für zwei der insgesamt fünf Layout-Varianten vorgesehen hatte, würde er sich vorstellen müssen, da diese erst in einem speziellen Druckverfahren sichtbar wurden. Zufrieden betrachtete sie ihr Werk und steckte es schließlich in eine Hülle, die sie in der Kommode unter dem Fernseher verstaute. Danach räumte sie auf und ging ins Bad, um zu duschen und sich umzuziehen. Jeff würde frühestens in einer Stunde bei ihr aufkreuzen, also konnte sie noch einen kleinen Imbiss zu sich nehmen. Zum Frühstück hatte sie nur Kaffee getrunken und auch tagsüber keinen Bissen hinunterbekommen. Der Appetit war ihr seit gestern Nacht gründlich vergangen. Doch gerade in solchen Krisensituationen brauchte ihr Körper Nahrung, wusste Sonja, weil er die Kalorien umso schneller verbrannte und sie rasch an Gewicht verlor.

Als sie das Dressing für den Thunfischsalat abschmeckte, klingelte das Telefon. Hoffentlich würde Jeff nicht absagen. Sie brauchte dringend den einzigen Menschen, mit dem sie derzeit vernünftig reden konnte.

»Hallo?«, meldete sie sich.

»Sonja?«, fragte eine Frauenstimme.

»Ja?«

»Hier ist Nekisha. Ich dachte, ich rufe mal bei dir an. Wie geht es dir? Schon eingelebt auf der Insel?«

»Nekisha, hallo. Ja, danke. Hattest du schöne Weihnachten?«

»Ja. Gestern musste ich zwar arbeiten, aber den Abend habe ich mit meinem Vetter Sam verbracht. Wir hatten es richtig gemütlich«, erzählte Nekisha.

»Bei uns war's auch sehr nett.« Wenigstens bis zu jenem Zeitpunkt, als Hillary blutend aufgetaucht war, ergänzte Sonja gedanklich.

»Schön. Hast du Lust auf einen Drink mit mir?«

»Heute geht es leider nicht.«

»Und wie sieht es morgen aus? Ich habe einen freien Tag.«

»Morgen Vormittag habe ich einen Termin. Ab halb zwei bin ich frei. Möchtest du zu mir kommen?«

»Was hältst du davon, wenn wir uns in der Stadt treffen? Ich muss dort vorher noch ein paar Dinge erledigen.«

Warum nicht?, überlegte Sonja. Sie konnte sich ja ein Taxi nehmen. »Okay«, willigte sie ein.

»Super. Dann treffen wir uns um 14 Uhr vor der St.-John's-Cathedral.«

»Ist gut. Ich freue mich«, setzte Sonja zur Verabschiedung an.

»Einen Moment noch. Es mag dir vielleicht ein wenig seltsam vorkommen, aber könntest du Jeff bitte nichts von unserem Treffen erzählen?«

»Warum denn nicht? Er hat bestimmt nichts dagegen.«

»Bitte … Ich erkläre dir morgen, warum.«

»Na gut, ich sage ihm nichts, wenn dir das lieber ist«, versprach Sonja.

Nekisha bedankte und verabschiedete sich von ihr.

Was war nur mit den Frauen hier los? Diese Geheimniskrämerei kam Sonja allmählich grotesk vor. Sie war gespannt, warum sie jetzt schon wieder schweigen sollte. Welchen Grund konnte es geben, dass Jeff von ihrer Verabredung mit Nekisha nichts wissen durfte? Während sie nachdenklich Zwiebelringe auf ihrem Thunfischsalat drapierte, kam Jeff durch die Tür hereinspaziert, die weit offen stand, damit eine Brise durchs Haus ziehen konnte. Das war weitaus umweltfreundlicher, als den ganzen Tag die Klimaanlage laufen zu lassen.

»Das sieht ja lecker aus«, fand Jeff und küsste Sonja auf den Mund.

Er wirkte ein wenig abgekämpft. »Hallo, mein Liebling. Möchtest du mitessen? Es ist genug für uns beide da.«

»Gerne. Hast du ein Bier?«

»Aber sicher. Bedien dich.«

»Willst du auch eines?«

»Nein, danke. Ich mach mir nichts aus Bier. Aber ein Glas Chardonnay könnte ich vertragen.«

Jeff fand die offene Weinflasche im Kühlschrank und füllte ein Glas für Sonja, während sie Salat für ihn auf einem zweiten Teller anrichtete. »Schön, dass du schon da bist. Ich habe frühestens in einer Stunde mit dir gerechnet.«

Jeff blies hörbar Luft aus und öffnete seine Bierflasche. »Es war ein ätzender Tag heute. Da wollte ich so früh wie möglich bei dir sein. Cheers, Baby.« Jeff drückte Sonja das Weinglas in die Hand.

»Prost, Jeff.« Sonja gönnte sich einen Schluck Wein und stellte die Salatteller auf ein Tablett. »Falls wir nachher noch hungrig sind, kann ich uns ja noch Pasta machen.«

»Lass uns erst mal den Salat essen, bevor ich verhungere«, schlug Jeff vor.

»Du siehst müde aus, Liebling«, sagte Sonja, als sie am Terrassentisch Platz nahmen.

»Mmh, der schmeckt lecker«, lobte Jeff den Thunfischsalat, den Sonja mit asiatischen Zutaten verfeinert hatte. »Ja, ich bin ein wenig erschöpft. Hab wohl in letzter Zeit zu wenig geschlafen«, gab er zu.

»Wir könnten heute ausnahmsweise früher ins Bett gehen«, schlug Sonja vor.

»Du kannst es wohl nicht erwarten?«, grinste Jeff.

»So war das nicht gemeint.«

»Nicht? Schade …«

Sonja sehnte sich augenblicklich nach Jeffs Berührungen. »Es sei denn, du hast noch genügend Kraft dafür.«

»Zuerst benötigt mein Körper noch eine Stärkung. Du willst doch nicht, dass er schlappmacht, oder?« Jeff stand auf, um die leeren Teller hineinzutragen.

Sonja folgte ihm in die Küche, wo er in Windeseile eine köstliche Tomatensauce mit Oliven und Kapern zubereitete, während sie Spaghetti al dente kochen ließ. »Du ahnst nicht, was sich heute Morgen hier abgespielt hat«, erzählte sie ihm.

»Wieso? Was war denn?«

»Hillary und Greg waren bester Laune, als wäre gestern Nacht nicht das Geringste geschehen.«

»Was hast du denn erwartet?«, fragte er und rührte in der Tomatensauce.

»Zumindest, dass die beiden sich aus dem Weg gehen. Aber doch nicht das.«

»Was?«

»Du hättest das sehen müssen, Jeff. So nett wie heute Morgen habe ich sie noch nie miteinander erlebt.«

»Dann ist ja alles wieder in bester Ordnung.«

»Das ist doch nicht dein Ernst?«, empörte sich Sonja.

»O ja, Sonja. Sie prügeln, versöhnen und lieben sich wieder. Es gibt solche Beziehungen – öfter als du denkst. Was glaubst du, was ich als Arzt schon alles miterlebt habe?«

»Das ist doch krank.«

»Findest du. Für die beiden ist es ganz normal. Du solltest dich nicht in ihre Beziehung einmischen.«

»Ich kann doch nicht dabei zusehen, wie er sie prügelt!«

»Die Spaghetti sind fertig.« Jeff kaute die Nudel, die er zum Kosten aus dem Topf gefischt hatte.

»Was? Ach so, ja.« Sonja kippte die Spaghetti in ein Sieb.

»Ich kann doch auch nicht mehr tun, als mit Greg zu reden«, sagte Jeff. »Morgen früh vielleicht. Und jetzt lass uns bitte das Thema wechseln«, sagte er und kippte die abgeseihten Nudeln in die große Pfanne mit der Sauce, um alles gut miteinander zu vermengen.

»Hillary möchte auch nicht mehr über dieses Thema reden.«

»Dann lass es doch einfach. Wenn sie deine Hilfe braucht, wird sie dich schon darum bitten. Und du wirst für sie da sein. So macht man das unter Freunden.«

»Weißt du was?«, fragte Sonja nachdenklich, »vielleicht hast du recht. Aber es fällt mir schwer zu akzeptieren, dass Greg sie grün und blau schlägt und ich nichts dagegen unternehmen darf.«

»Er wird damit aufhören, wenn ich erst mal mit ihm geredet habe. Und jetzt Schluss damit. Komm, unsere Spaghetti werden kalt. Nimmst du bitte den Parmesan mit?«, bat Jeff und ging mit zwei gefüllten Tellern in Richtung Terrasse.

Sonja war froh, dass Jeff ihr zur Seite stand. Sie hoffte von ganzem Herzen, dass er Greg zur Besinnung bringen würde. Kochen konnte ihr Traummann auch noch. »Die Pasta schmeckt köstlich«, lobte sie ihn, nachdem sie gekostet hatte.

»Kochen ist nur eine Frage der Fantasie. Und davon habe ich reichlich.«

»Ist mir schon aufgefallen.«

»Komm zu mir, Schönheit. Ich möchte dich zum Dessert vernaschen«, sagte Jeff, als Sonja die leeren Teller aufeinanderstapelte.

»Wollten wir heute nicht früher zu Bett gehen?«

»Dann lass uns hochgehen.«

»Geh du schon mal voraus, ich räume noch schnell das Geschirr in die Spülmaschine.«

Jeff lag nackt auf dem Bett, die Arme hinterm Kopf verschränkt und sah Sonja beim Ausziehen zu. Kaum lag sie neben ihm, richtete er sich auf. Im nächsten Moment spürte sie etwas Kaltes auf ihrer Brust. Dann erst sah sie die Sprühsahneflasche in seiner Hand. »Du Schuft! Wo hast du die denn her?«, fragte sie erschrocken.

Jeff drückte sie sanft in die Laken, sodass sie liegen bleiben musste.

»Das ist eiskalt«, beschwerte sie sich halbherzig.

»Das wirst du leider aushalten müssen. Ich habe mir schließlich ein Dessert verdient.« Jeff beugte sich über sie und leckte ihre Brust ab, saugte sanft an ihrer Brustwarze. »Das schmeckt besonders lecker. Ich will mehr davon.« Er besprühte ihre rechte Brust und zog eine fingerdicke Linie über ihren Bauch, die eine Handbreit unter dem Nabel endete.

So kalt die Sahne beim Aufsprühen war, so heiß wurde Sonja, als er sie genüsslich von ihrem Körper leckte.

Jeff drückte ihre Schenkel weit auseinander und spritzte den weißen Schaum zwischen ihre Beine. Sonja stöhnte vor Lust, während seine Zunge sie leckte, bis sie kam.

»Setz dich auf mich, Baby«, verlangte er dann.

Sonja kletterte auf ihn, um sein hartes Prachtstück tief in sich aufzunehmen.

38

»Guten Morgen, Schönheit!
Ich wollte dich nicht wecken. Bin bei Greg und dann in der Klinik. Melde mich später.
Kuss, Jeff«

Ein Lächeln huschte über Sonjas verschlafenes Gesicht, als sie die Notiz las, die Jeff auf dem Kopfkissen für sie hinterlassen hatte. Sein Duft erfüllte noch immer den Raum. Sonja atmete ihn tief ein. Beim Aufstehen stolperte sie über die Sprühsahnedose, und der Gedanke an das erotische Spiel von vergangener Nacht jagte ihr prickelnde Schauer über den Rücken. Jeff war der einfallsreichste Liebhaber, den sie je gehabt hatte. Von ihm würde sie niemals genug bekommen. So viel stand fest. Doch es war nicht nur der Sex, den sie fabelhaft fand. Jeff hatte alles, was sie sich von einem Mann wünschte. Er war klug und stark. Und nicht eine Sekunde langweilig, wie Stephan es mit der Zeit leider geworden war.

Jeffs Nachricht stimmte Sonja zuversichtlich, dass er seinem Freund Greg inzwischen ins Gewissen geredet hatte und dass alles wieder gut werden würde.

Wie jeden Tag saß Hillary bereits am Frühstückstisch, als Sonja die Terrasse betrat, und erkundigte sich nach deren Wohlbefinden.

»Wir sind gestern schon ziemlich früh ins Bett gegangen. Und wie geht's dir?«, fragte Sonja gut gelaunt.

»Wunderbar, danke.«

»Das freut mich. Du wirst sehen, alles wird wieder gut.«

»Genieße dein Glück, solange es noch dauert.«

»Was soll denn das jetzt wieder heißen?«

»Ich meine ja nur, zwischen dir und Jeff wird es auch nicht ewig so bleiben.«

»Und woher willst du das bitte schön wissen?«

»Du hast doch selbst gesagt, dass du nicht an die ewige Liebe glaubst.«

»Vielleicht habe ich meine Meinung ja geändert.«

»Ach ja?«

»Sei doch nicht so negativ, Hillary. Das passt überhaupt nicht zu dir.«

»Tut mir leid. Ich freue mich für dich, dass du so glücklich bist.«

»Und warum siehst du dann beim Thema Jeff aus wie ein Häufchen Elend?«

»Wahrscheinlich habe ich einfach nur einen schlechten Tag.«

»Kann ich dich irgendwie aufheitern?«

»Lass mal. Du musst doch gleich zu Greg.«

»Ja. Aber ich könnte nachher …«

»Nein, nein. Schon okay. Ich hab um elf Uhr einen Friseurtermin. Und danach muss ich zu einer Besprechung mit Jill. Sie macht das Catering für unsere Silvesterparty«, erklärte Hillary eilig.

Nach dem Frühstück nahm Sonja ihre Laptoptasche und ging ins Haupthaus. Greg stand gerade in der Küche und schenkte sich Apfelsaft ein. »Guten Morgen, Sonja. Möchtest du auch einen Saft?«

»Nein, danke. Ich hab eben erst gefrühstückt.« Sonja wollte den Termin mit diesem Mann so rasch wie möglich hinter sich bringen, das restliche Geld einstecken und ihm anschließend aus dem Weg gehen. Das würde nicht ganz so einfach sein, solange sie unter seinem Dach wohnte, aber vielleicht zog sie ja schon bald zu Jeff.

»Gehen wir ins Büro, um die Layouts anzusehen. Ich bin schon sehr gespannt auf deine Arbeit.« Greg hielt ihr die Tür auf und deutete auf den gläsernen Besprechungstisch. »Nimm doch Platz. Ich drehe noch rasch die Klimaanlage ab, damit du mir hier nicht erfrierst.«

Sonja vermied es, Greg in die Augen zu sehen, während sie ihm einen Vorschlag nach dem anderen präsentierte und erklärte, wie die Hologramme des Casinologos die Clubkarten noch zusätzlich aufwerten würden. »Hast du eine Kreditkarte dabei?«, fragte sie Greg.

»Welche hättest du denn gern?«

»Egal. Eine mit Hologramm.« Sonja beobachtete ihn, als er zum Schreibtisch ging. Dieser Dreckskerl! Sie konnte einfach nicht vergessen, was er Hillary angetan hatte. Greg kehrte mit seiner Brieftasche zurück und zog eine seiner zahlreichen Kreditkarten heraus. Dann hielt er sie ins Licht und kippte sie ein paarmal hin und her, um das Hologramm zu betrachten. »Ja, das macht was her«, stimmte er ihr schließlich zu. »Großartig, Sonja. Ich bin wirklich begeistert. Ein Entwurf ist schöner als der andere. Ich weiß gar nicht, für welchen ich mich entscheiden soll.«

»Meine Präferenz kennst du ja«, blieb Sonja sachlich.

»Die hier gefällt dir am besten, sagtest du?« Er griff nach einem der Dummys.

Sonja nickte.

»Gut. Ich werde darüber schlafen und dir dann Bescheid geben. Könntest du mir noch beim Einholen des Druckangebots helfen? Du kennst dich damit sicher besser aus als ich.«

»Wenn du das möchtest. Ich weiß auch schon, wo du die Karten relativ günstig produzieren lassen kannst.«

»Perfekt. Ich danke dir, Sonja. Du hast einen tollen Job gemacht.« Greg schüttelte ihr die Hand und stand auf, um seine Brieftasche zurück in die Schreibtischschublade zu legen. »Moment noch …« Er nahm ein Kuvert aus der Schublade und überreichte es ihr. »Der Rest deines Honorars.«

Sonja bedankte sich und steckte den Umschlag in ihre Laptoptasche.

Als sie die Tür öffnen wollte, hielt Greg sie auf. »Ich habe mich heute Morgen mit Jeff unterhalten.«

»Ach ja?« Sonja wandte sich um und sah zum ersten Mal seit dem Vorfall mit Hillary in seine wässrig blauen Augen, die auf sie immer ein wenig melancholisch wirkten. Der gute Jeff, dachte sie erleichtert. Er hatte wirklich mit ihm geredet.

»Du scheinst Jeff viel zu bedeuten. Das freut mich, Sonja. Es wurde höchste Zeit, dass er endlich einer Frau wie dir begegnet.«

»Einer Frau wie mir?«

»Nun ja, seit ich ihn kenne, hatte er nur Affären. Nichts Ernstes eben. Die Chance, auf der Insel der Richtigen zu begegnen, ist nicht gerade groß. Ich hoffe, er behandelt dich gut.«

»Selbstverständlich behandelt er mich gut. Er schlägt mich jedenfalls nicht, wenn du das meinst.« Verdammt! Das hatte sie nicht sagen wollen, es war ihr einfach so herausgerutscht.

»Um Gottes willen! Natürlich schlägt er dich nicht.

Wie kommst du denn auf so etwas?«, fragte Greg kopfschüttelnd.

Ganz schön abgebrüht, hier den Unschuldigen zu mimen, dachte Sonja. »Ich meinte nur … ach, gar nichts. Auf Wiedersehen, Greg.« Eilig verließ Sonja sein Büro. Das war wohl gründlich ins Auge gegangen. Sie konnte nur hoffen, dass Greg ihren gedankenlosen Ausrutscher nicht an Hillary abreagieren würde.

Kaum war Sonja in ihr Haus zurückgekehrt, beschloss sie, etwas früher in die Stadt zu fahren, und rief sich ein Taxi. Sie wollte ein Internetcafé aufsuchen und ein paar E-Mails an ihre Freunde in Deutschland schreiben. Und vielleicht noch ein hübsches Kleid für die Silvesterparty kaufen, bevor sie sich mit Nekisha traf.

Als sie wenig später im Taxi saß, rief sie Jeff an, um ihm von ihrer unbedachten Äußerung gegenüber Greg zu erzählen.

»Was? Das war aber wirklich nicht sehr klug von dir«, rügte er sie prompt.

»Das weiß ich selbst. Und es tut mir sehr leid. Aber ich kann es nicht mehr ändern. Er hat mir von eurem Gespräch erzählt. Na ja, nicht wirklich. Wie ist es gelaufen?«

»Ich hab jetzt leider überhaupt keine Zeit mit dir darüber zu reden. Ich muss in den OP. Heute Abend bin ich mit dem Dekan bei einem Geschäftsessen. Wir werden uns also erst morgen Abend wieder sehen, wenn du möchtest. Dann reden wir.«

»Natürlich möchte ich. Soll ich uns was kochen?«

»Ach, lass uns doch lieber mal wieder ausgehen. Ich hole dich um halb sieben ab.«

»Okay. Ich freue mich auf dich, Liebster.«

»Bis morgen.«

Sonja war ein bisschen enttäuscht über seinen sachlichen Tonfall. Wahrscheinlich war er nicht allein im Raum gewesen und hatte deshalb nicht so herzlich mit ihr reden können, wie er es gern gewollt hätte, überlegte sie.

Der Taxifahrer ließ Sonja am Eingang zum Heritage Quay aussteigen. Sie schlenderte in Richtung St.-John's-Cathedral, wo sie schon nach wenigen Schritten einen Laden mit Internetzugang fand. Sie loggte sich in ihren Webmail-Account ein und stöhnte auf. Seit sie bei Hillary eingezogen war, hatte sie nicht einen Blick in ihre Mailbox geworfen. Jetzt drohte diese überzuquellen. So rasch wie möglich scrollte sie sich durch die Nachrichten und markierte die vielen Spams, die sie gleich löschte. Allzu viel blieb danach nicht mehr übrig. Nur ein paar E-Mails von ehemaligen Kollegen und einige von ihren besten Freundinnen. Aus den Augen, aus dem Sinn, dachte Sonja und schickte jedem einen kurzen Reisebericht und Neujahrswünsche aus dem sonnigen Antigua. Danach beschloss sie, sich einen Coconut Crush in Hemingway's Bar zu gönnen und anschließend noch ein bisschen in der Stadt umherzustreifen. Tatsächlich hatte sie das Glück, einen der begehrten Sitzplätze auf der Veranda im ersten Stock zu ergattern. Zufrieden lehnte sie an der hellgrün gestrichenen Holzbalustrade, schlürfte an ihrem Kokosnussgetränk, das mit zerstoßenen Eiswürfeln und Rohrzucker zubereitet war, und beobachtete das laute, bunte Treiben auf der Straße unter ihr.

Danach setzte Sonja ihren Weg durch die Inselhauptstadt fort. Zufällig entdeckte sie die Boutique, von der Hillary erzählt hatte. Die Auswahl an Abendkleidern, passenden Schuhen und Taschen war wirklich riesig und nicht allzu teuer. Entsprechend gut besucht war der Laden, als Sonja ihn betrat. Am auffälligsten waren die amerikanischen Kreuzfahrttouristinnen, die laut schnatternd nach Abendkleidern für ihre Dinner-Veranstaltungen an Bord suchten. Sie zwängten ihre üppigen Körper in alle möglichen und unmöglichen Roben, bis sie fündig wurden. Die erschöpften Männer in ihrem Schlepptau mussten die Damen ausgiebig bewundern, bevor sie endlich an der Kasse ihre Kreditkarten zücken durften.

»Kann ich Ihnen helfen?«, wandte sich eine der Verkäuferinnen an Sonja.

»Danke, ich sehe mich erst einmal um.«

»Ich bleibe in Ihrer Nähe, falls Sie mich brauchen.«

Sonja musterte die vielen zauberhaften Kleider in ihrer Größe. Schließlich entschied sie sich, ein weißes und ein petrolfarbiges anzuprobieren. Die aufmerksame Angestellte, die sie keine Sekunde aus den Augen gelassen hatte, nahm ihr beide Teile sofort ab.

»Ich bringe sie für Sie in die Umkleidekabine.«

»Danke. Ich suche noch nach passenden Schuhen.«

»Hier lang, bitte …« Die Angestellte führte Sonja zu mehreren gläsernen Regalen. Die Preise der Schuhe waren, wie die der Kleider, durchaus erschwinglich. Sonja suchte sich ein goldenes und ein petrolfarbiges Paar aus, die zu den beiden fast bodenlangen Roben passten.

»Brauchen Sie noch eine hübsche Tasche?«, fragte die Angestellte und winkte mit einem goldenen Ledertäschchen.

Sonja ließ sich die Sachen zu einer freien Kabine bringen, um sie zu probieren. Am Ende entschied sie sich für das weiße Kleid aus fließendem Chiffon, das am Rücken tief ausgeschnitten war, die goldenen High Heels und das goldfarbene Abendtäschchen. Alles zusammen kostete sie lediglich 230 US-Dollar, die ausgesprochen gut angelegt waren, fand Sonja. Das Outfit wirkte trotz des günstigen Preises edel, und sie freute sich über das Schnäppchen. Jeff würde Augen machen, wenn sie am Silvesterabend so erschien.

Zufrieden bummelte sie weiter zur St.-John's-Cathedral, wo ihr noch fast eine Viertelstunde Zeit blieb, um das steinerne Gebäude mit seinen beiden georgianischen Glockentürmen zu besichtigen.

Das Tageslicht, das durch die hohen Fenster fiel, ließ das Innere der Kirche hell erscheinen, obwohl diese mit dunklem Tropenholz ausgestattet war. Sonja setzte sich auf eine der Bänke und ließ ihren Blick schweifen. Sie glaubte zu spüren, dass dieser Ort eine besondere Kraft ausstrahlte. Wenngleich sie nicht religiös war, hatte sie plötzlich das Bedürfnis, sich für all das Schöne, das ihr in den letzten Wochen widerfahren war, zu bedanken. Besonders für Jeff, den sie mehr liebte als je einen Menschen zuvor.

Sonja verließ die anglikanische Kathedrale pünktlich durch den hinteren Seiteneingang und schlenderte am alten Gemäuer entlang zum Park auf der anderen Seite. Die verwitterten Gräber aus der Kolonialzeit verrieten ihr, dass hier ein historischer Friedhof war. Doch er hatte nichts Gruseliges an sich. Er diente vielmehr den Lebenden als Ruheoase als den Toten als letzte Ruhestätte. Sonja setzte sich auf eine der freien Bänke im Schatten eines mächtigen Flamboyant-Baums und wartete auf Nekisha.

Die tauchte 15 Minuten zu spät am vereinbarten Treffpunkt auf. »Sorry, Sonja. Eine Bekannte hat mich aufgehalten«, entschuldigte sie sich außer Atem.

»Das macht nichts. Ich habe die Ruhe hier sehr genossen, nach all dem Trubel in der Stadt.«

»Wir könnten eine Kleinigkeit essen, wenn du möchtest. Hast du Lust auf einheimische Küche?«

»Warum nicht?« Sonja folgte Nekisha über die baufällige Treppe, die von der Kathedrale hinunter zur Straße führte. In Deutschland wäre diese aus Sicherheitsgründen längst gesperrt worden. Einige Meter weiter bogen sie in eine schmale Gasse ein, in der das einfache, aber saubere Lokal lag, das Nekisha für ihren Lunch ausgesucht hatte. Die beiden Frauen nahmen im schattigen Innenhof Platz.

Sonja folgte Nekishas Empfehlung, unbedingt den Conch-Muschelsalat zu probieren. Das gehackte Fleisch der großen Fechterschnecke, das mit Bohnen und grünem Salat serviert wurde, schmeckte vorzüglich. Der geeiste Limettensaft war herrlich erfrischend.

Nekisha leerte reichlich Chilisauce aus einer orangefarbenen Flasche auf ihren Teller.

»Ist die sehr scharf?«, fragte Sonja neugierig.

»Na ja, ich bin damit aufgewachsen. Für mich ist das die beste Chilisauce auf der Welt. Susie's Hot Sauce gibt es nur in Antigua. Möchtest du kosten?« Nekisha schob ihr die Gabelspitze mit einer winzigen Kostprobe in den Mund.

Sonjas Augen weiteten sich schlagartig. Wie Feuer brannte die scharfe Sauce auf ihrer Zunge, das sich blitzartig im ganzen Mund ausbreitete. Sie hustete und schnappte vergeblich nach kühlender Luft. Auf ihrer Stirn und der Oberlippe bildeten sich winzige Schweißperlen. »Die ist ja höllisch scharf«, presste sie hervor.

Nekisha lachte über ihren empfindlichen Gaumen. »Nimm ein Stück Weißbrot. Dann wird's gleich besser. Bloß kein Wasser trinken.«

Sonja kaute gierig auf dem Brot, von dem sie nichts schmeckte, weil ihre Zunge von der Schärfe betäubt war. Als sie sich nach einigen Minuten wieder gefangen hatte, wollte sie endlich wissen, warum sie Jeff nichts von ihrem Treffen erzählen sollte.

»Unter uns, Sonja. Ich hoffe, du bist mir nicht böse, aber ich hatte eine Affäre mit meinem Boss, mit Jeff«, gestand ihr Nekisha im Flüsterton.

Damit hatte Sonja nicht gerechnet. »Ach ja?«, meinte sie verblüfft und nahm noch einen Schluck Limettensaft. Nekisha war eine außergewöhnlich schöne und kluge Frau. Wer konnte es Jeff verdenken, dass sie ihm gefiel? Und er war ein ungemein attraktiver Mann, dem man nur schwer widerstehen konnte. Auch dann nicht, wenn er der eigene Chef war, überlegte sie.

Nekisha schwieg und wartete auf eine Reaktion von Sonja.

»Du hattest also eine Beziehung mit Jeff. Das war vor meiner Zeit, nehme ich an?«

Nekisha bejahte. »Es war keine richtige Beziehung zwischen uns, nur … ach, du weißt schon, Sex halt.«

Sonja schluckte. »Und du bist sicher, dass es vorbei ist?«

Nekisha nickte stumm und blickte beschämt in ihr Glas.

»Sicher? Schau mich an«, wiederholte Sonja.

»Ganz sicher. Ich schwöre es dir.«

Sonja atmete tief durch. »Na gut, dann gibt es ja kein Problem.«

Nekisha lächelte erleichtert. »Kein Problem«, wiederholte sie. »Ich wäre dir sehr dankbar, wenn du unsere Verabredung trotzdem für dich behältst. Schließlich ist Jeff mein Vorgesetzter, und ich muss weiterhin mit ihm zusammenarbeiten.«

»Aber warum sollte Jeff etwas dagegen haben, dass wir uns treffen?«

»Er könnte glauben, dass ich dir etwas über ihn erzähle, von dem er nicht möchte, dass du es weißt. Und er will sicher nicht, dass du von unserer Affäre erfährst«, behauptete Nekisha.

»Das klingt ein bisschen verwirrend. Was weißt du denn über ihn, was ich nicht wissen darf?«

»Nichts. Ich glaube nur, dass du mir eine Menge Ärger mit ihm ersparst, wenn du dichthältst. Ich musste ihm versprechen, dass ich niemandem von unserem Verhältnis erzähle. Es könnte mich meinen Job in der Klinik kosten.«

»Aber warum hast du es dann ausgerechnet mir erzählt?«, wollte Sonja wissen.

»Weil ich dich mag, Sonja. Und weil ich unsere Freundschaft nicht auf einer Lüge aufbauen möchte, falls du daran überhaupt interessiert bist.«

Sonja sah Nekisha an. »Es gefällt mir, dass du ehrlich zu mir bist. Das erwarte ich von einer Freundin. Ich verrate Jeff nichts, ich verspreche es dir.«

»Danke, Sonja. Danke für dein Verständnis.«

»Ein paar Geheimnisse müssen wir Frauen schließlich auch haben.«

»Genau. Das macht uns ja angeblich nur noch interessanter.« Nekisha zwinkerte Sonja zu.

»Dein Ring ist übrigens toll. Von Jeff?«

»Ja. Er ist schön, nicht wahr?«

»Traumhaft schön«, antwortete Nekisha und bewunderte den funkelnden Zirkonia.

39

Die Albträume der vergangenen Nacht bereiteten Sonja noch am Frühstückstisch eine Gänsehaut. Alles war so real gewesen. Sie war im offenen Meer geschwommen, etwas Unsichtbares hatte versucht, sie an den Beinen in die Tiefe zu ziehen. Endlich war Jeff mit der Endless Joy aufgetaucht, und sie hatte geglaubt, dass er sie retten würde. Stattdessen umkreiste er sie mit seinem Boot, und die Wellen schlugen immer höher. Sie rief nach ihm, aber er lachte nur. Bis sie schließlich vom Wasser verschluckt wurde und schreiend aus ihrem Traum erwachte.

»Ist alles in Ordnung mit dir? Du wirkst so abwesend«, meinte Hillary, die ihr einen Kaffee an den Frühstückstisch brachte.

»Ich musste nur gerade an meinen Albtraum von heute Nacht denken. Er war schrecklich.« Sonja erzählte Hillary ihren Traum.

»Du Ärmste. Konntest du danach wieder einschlafen?«

»Ja. Aber dann bist du mir erschienen. Du warst wunderschön, weiß gekleidet wie ein Engel. Doch aus deiner Nase lief Blut. Du hast gelächelt, das Blut schien dich nicht zu stören. Dann hast du mir deine Hände entgegengestreckt und ich sah, wie das Blut unter deinen Fingernägeln hervorquoll. Schließlich hast du mich gebeten näher zu kommen, damit du mich umarmen kannst.«

»Hör auf! Das ist ja gruselig.«

»Seltsamerweise war es das nicht. Es war irgendwie wunderschön friedlich.«

»Ich hab dich gestern Nachmittag übrigens gesucht. Jill war zum Schwimmen da, und wir haben deine Gesellschaft vermisst«, wechselte Hillary das Thema.

»Ich war in der Stadt einkaufen und habe ein paar E-Mails an meine Freunde zu Hause verschickt.«

»Warum hast du nichts gesagt? Ich hätte dich begleitet.«

»Das war eine ganz spontane Aktion«, flunkerte Sonja. »Ich hab mir ein Taxi gerufen. Ist ja nicht weit nach St. John's.«

»Und? Hast du was Hübsches gefunden?«

»Ich war in dieser Boutique, von der du mir neulich erzählt hast, und habe mir ein Abendkleid, Schuhe und ein Täschchen für die Silvesterparty gekauft.«

»Sehr schön. Kommst du mit mir in den Supermarkt?«

»Jetzt?«

»Bist du fertig mit dem Frühstück?«

»Ja, von mir aus können wir. Ich hole nur rasch meine Tasche.«

»Okay. Ich fahre schon mal den Jeep aus der Garage.«

Auf ihrem Weg nach Jolly Harbour erzählte Hillary, dass Jeff und Greg vereinbart hätten, sie am Sonntag nach Shirley Heights zum Barbecue auszuführen.

»Ehrlich? Das hat mir Jeff gar nicht gesagt«, wunderte sich Sonja.

»Die beiden haben das gestern früh ausgemacht.«

»Wir haben gestern nur ganz kurz telefoniert. Er wird es mir wohl heute Abend erzählen.«

»Ist ein ziemliches Remmidemmi da oben in Shirley Heights. Mit Steelband, gegrillten Hähnchen und jeder

Menge Rumpunsch. Und mit einer Horde ausgelassener Leute«, erklärte Hillary.

»Klingt laut und anstrengend.«

»Ist es auch. Aber du musst das einfach einmal miterlebt haben. Schon allein wegen der einzigartigen Aussicht.«

Nachdem die Freundinnen vom Supermarkt zurückgekehrt waren, beschloss Sonja, das schaurig-schöne Traumbild von Hillary, das sie vergangene Nacht so fasziniert hatte, auf Leinwand zu bannen.

40

Nekisha saß bei einem Imbiss in der Cafeteria des Krankenhauses.

»Hallo, Schönheit. Hast du noch ein freies Plätzchen für einen sträflich vernachlässigten Liebhaber?« Jeff hatte sich bereits an ihrem Tisch niedergelassen.

»Nicht so laut«, flüsterte sie und ließ ihre Hand samt Käsesandwich auf den Teller sinken.

»Seit wann sind wir denn so zimperlich?«, fragte er und beobachtete jede Regung seines verführerischen Gegenübers. Er kannte die Frauen. Gleich würde er wissen, ob Nekisha mit Sam unter einer Decke steckte.

»Ich bin bloß um deinen guten Ruf besorgt, Boss. Von mir aus schick ein Rundschreiben an alle Klinikangestellten und verlange Eintrittsgeld, wenn wir es das nächste Mal miteinander treiben«, sagte Nekisha trocken.

Jeff lachte über ihre Bemerkung. Die tuschelnden Krankenschwestern am Nebentisch drehten ihre Köpfe neugierig zu ihnen herüber. Einmal mit dem sexy Chefarzt im Bett oder auch nur in der Besenkammer landen, das wär's. Solange er jedoch seine karrieregeile Assistenzärztin vögelte, war da wohl nichts zu machen. So oder so ähnlich schätzte Jeff ihre Gedanken ein. »Keine schlechte Idee. Wollen wir gleich damit anfangen? Ein paar Zuschauerinnen hätten wir schon«, schlug er vor und deutete auf die kichernden Schwestern.

Nekisha warf den jungen Frauen einen strengen Blick zu, woraufhin diese sich blitzartig abwandten. »Ich fürchte, du musst dich ein wenig gedulden. Aus rein anatomischen Gründen«, log Nekisha und sah Jeff in die Augen.

»Ach so, verstehe«, meinte der sichtlich enttäuscht.

»Sag mal, besorgt es dir deine neue Freundin etwa nicht anständig?«

Jeff lachte. »Sonja? Sie ist ein bisschen brav für meinen Geschmack, aber sie entwickelt sich besser, als ich dachte.« Jeff biss genüsslich in sein Roastbeefsandwich.

»Erspar mir bitte die Details.«

»Du bist doch nicht schon wieder eifersüchtig?«

Nekisha schüttelte den Kopf. »Bin ich nicht. Mir tut die Frau bloß leid. Sie scheint ernsthaft in dich verliebt zu sein.«

»Wundert dich das? Ich bin halt ein geiler Typ.«

»Wenn's ums Vögeln geht vielleicht«, sagte Nekisha.

Jeff grinste. »Na, immerhin. Darauf wirst du doch nicht verzichten wollen. Nur wegen der kleinen Touristin.«

»Ehrlich gesagt, ist es nicht meine Art, einer verliebten Frau in die Quere zu kommen. Mir wäre es lieber, wenn wir ein wenig Abstand voneinander hielten, solange du mit ihr zusammen bist.«

»Aber du hast doch die älteren Rechte.«

»Mag sein. Aber ich bin nicht verliebt in dich und werde daher keinen Gebrauch davon machen.«

»Heißt das, du machst Schluss mit mir?«, fragte Jeff ungläubig.

Nekisha biss in ihr Käsebrot und nickte. »Es war doch nur Sex, Jeff«, sagte sie kauend.

»Ziemlich geiler Sex.«

»Belassen wir's doch einfach dabei.«

»Dein plötzlicher Sinneswandel hat nicht zufällig was mit Sam zu tun?«

»Mit Sam? Wie kommst du denn darauf?«

»Ich bin doch nicht blöd, Nekisha.«

»Sorry. Ich verstehe nicht, was mein Vetter mit unserer Affäre zu tun hat.«

»Das verstehst du nicht?«

Nekisha verneinte.

»Und wie war das mit dem Passwort?«

»Welches Passwort? Du sprichst in Rätseln.« Nekisha schob den Rest ihres Sandwiches in den Mund.

»Du erinnerst dich also nicht an unsere letzte Nummer in meinem Büro? Als ich dich dort beim Rumschnüffeln erwischt habe und du mich nach meinem Passwort gefragt hast?«

»Ich habe nicht bei dir rumgeschnüffelt«, sagte Nekisha. »Ich habe auf dich gewartet. Das war doch nur eines unserer heißen Spielchen, Jeff.«

»Ein ziemlich gefährliches Spielchen, das du da mit mir treibst.«

»Wieso? Was ist daran gefährlich? Und was hat Sam damit zu tun? Ich kapier es einfach nicht«, mimte Nekisha weiterhin die Unschuldige.

Entweder sie war eine verdammt gute Lügnerin, oder Sam hatte es tatsächlich ohne sie geschafft, an die Informationen zu gelangen, überlegte Jeff. Er würde die Wahrheit schon noch herausfinden. Das nächste Mal, wenn er ihr den Verstand rausvögelte. Fürs Erste wollte er es gut sein lassen. Momentan war es wichtiger, sich um Sonja zu kümmern. Der Plan erforderte seine ganze Aufmerksamkeit. Wenn alles klappte, würde seine neue Idee schon bald wesentlich mehr abwerfen als das bescheidene Leichengeschäft mit dem Dekan oder die Medikamentengeschichte in Philadelphia. Bis jetzt lief alles wie am Schnürchen, und Jeff war sich sicher, dass er mit der nächsten Phase in Kürze starten konnte.

41

Der Ausblick von Shirley Heights auf den dunkelblauen Atlantik war atemberaubend. Etwa 150 Meter unter ihnen lagen die ruhigen, zerklüfteten Buchten von English und Falmouth Harbour, die in die Weiten des rauen Ozeans mündeten. Jeff erklärte Sonja, dass das steinerne viktorianische Gebäude neben ihnen als einziges vom ehemaligen Fort übrig geblieben war. Abgesehen von den Ruinen, an denen sie vorhin vorbeigefahren waren. Die Befestigungsanlage von Shirley Heights war 1780 erbaut worden und hatte dem damaligen Gouverneur der Leeward Islands, General Thomas Shirley, dazu gedient, Nelson's Dockyard vor Angreifern zu schützen. Heute war das Shirley Heights Lookout ein Restaurant und vor allem an Sonntagen ein beliebter Treffpunkt, der scharenweise Touristen, aber auch Einheimische anlockte.

»Ist doch gar nicht so voll hier«, sagte Sonja. Die Tische und Bänke im Freien waren höchstens zur Hälfte besetzt. Hillary und Greg hatten bereits Platz genommen und tranken ihren ersten Rumpunsch.

»Wart's ab, Schönheit. Spätestens eine halbe Stunde vor Sonnenuntergang ist hier die Hölle los«, versprach Jeff. »Möchtest du auch einen Rumpunsch?«

»Ja, aber nur einen. Und ein Wasser, bitte. Das Zeug ist so süß.«

»Und stark. Geh doch schon mal zu Hillary und Greg rüber. Ich komme gleich nach mit unseren Drinks.«

»In Ordnung, Liebling.« Sonja genoss ihr Wochenende mit Jeff in vollen Zügen. Gestern Abend waren sie im »Paparazzo« gewesen, einem bezaubernden Lokal im Norden der Hauptstadt, das von einem schwulen deutschen Pärchen geführt wurde. Dirk und Peter waren vor fünf Jahren von St. Lucia hergezogen, hatten die heruntergekommene Fischkneipe in der Hauptstadt übernommen und liebevoll restauriert. Wer einmal hier gewesen war, kehrte immer wieder gern zurück. Nicht nur weil die köstlichen Kreationen besonders fantasievoll zubereitet waren, sondern vor allem, weil die beiden Chefs jeden einzelnen Gast wie einen guten alten Freund behandelten.

Jeff hatte nach ihrem romantischen Candle-Light-Dinner im »Paparazzo« bei Sonja übernachtet. Heute Vormittag waren sie nach einem ausgiebigen Frühstück bei den Darnells mit der Laguna zum Baden an den Darkwood Beach gefahren. Später waren sie zu viert nach Shirley Heights aufgebrochen, wo es gegen 17 Uhr tatsächlich rappelvoll wurde. Alles wartete auf den Sonnenuntergang, bevor die Party richtig losging. Als die Steelband zu spielen begann, war an eine Unterhaltung nicht mehr zu denken. Sonja, Jeff und die Darnells verputzten beinahe wortlos ihre knusprig gegrillten Hähnchenkeulen und -flügel. Anschließend tanzten sie ausgelassen zur Reggaemusik, die ohrenbetäubend laut aus den gigantischen Boxen dröhnte. Gegen 21 Uhr verließen die Freunde die wilde Party schweißgebadet und fuhren nach Hause, wo sie den fröhlichen Abend bei einer guten Flasche Shiraz ruhiger ausklingen ließen.

»Das war ein perfekter Tag«, sagte Sonja zu Jeff auf dem Weg ins Gästehaus.

»Ja, aber ich habe noch immer dieses Pfeifen in den Ohren von der lauten Musik.«

»Hillary und Greg waren heute richtig nett zueinander, findest du nicht?«

»Es war ja auch viel zu laut zum Streiten.« Jeff grinste.

»Im Ernst, Jeff. Danke, dass du Greg die Leviten gelesen hast. Es scheint gewirkt zu haben.«

»Hoffen wir es.«

»Lass uns schlafen gehen, Liebling. Ich bin todmüde.«

»Zu müde für mich?«

»Mal sehen, vielleicht kannst du mich ja wieder zum Leben erwecken.«

Jeff bekam, was er wollte. Und auch Sonja kam wie immer auf ihre Kosten. Befriedigt und glücklich schmiegte sie sich in seinen Arm und schlief ein.

42

»Jeff! Wach auf! Jeff!« Sonja rüttelte Jeff an der Schulter.

»Was ist los?«, fragte er schlaftrunken. Das Schlafzimmer war hell erleuchtet. Erst jetzt bemerkte er, dass Hillary weinend neben Sonja auf der Bettkante saß.

»Was ist passiert?« Jeff setzte sich auf.

»Er hat sie schon wieder geschlagen«, antwortete Sonja.

»Hast du Schmerzen?«, fragte er Hillary.

Hillary schluchzte und streckte ihm ihr verletztes Handgelenk entgegen.

»Lass sehen«, sagte er und rutschte zu ihr hinüber.

»Da, Jeff«, meinte Sonja und reichte ihm seine Boxershorts.

»Wir sind doch alle erwachsen«, wiegelte der nackte Jeff ab. »Das sieht nicht gut aus, Hillary. Wir sollten das Gelenk im Krankenhaus röntgen«, stellte er fest. Dann wandte er sich an Sonja. »Gib mir ein großes Tuch, damit ich den Arm ruhigstellen kann.«

»Eines meiner Hüfttücher?«

»Ja, bring es her. Und einen Eisbeutel.«

Sonja erfüllte seine Wünsche. Wenig später legte Jeff einen Beutel mit kühlendem Eis um Hillarys Handgelenk und fixierte ihn mit dem Küchentuch, das Sonja gebracht hatte. Dann faltete er ihren Pareo zu einem Dreieck und verknotete ihn in Hillarys Nacken, um den verletzten Arm zu stabilisieren. »Okay, fahren wir in die Klinik«, sagte er und schlüpfte in seine Klamotten. »Du musst nicht mitkommen, Sonja. Schlaf ruhig weiter. Ich kümmere mich schon um Hillary«, sagte er.

»Ich kann doch jetzt nicht mehr schlafen. Ich begleite euch«, protestierte Sonja.

»Wenn du unbedingt möchtest. Fahren wir.«

Sonja saß auf dem Rücksitz hinter Hillary, während Jeff sie ins Stanton Hospital chauffierte.

»Was war denn los?«, wollte Sonja von der Freundin wissen.

»Nichts Besonderes. Wir hatten eine kleine Meinungsverschiedenheit wegen der Silvesterparty. Ein Wort ergab das andere. Plötzlich ist er auf mich losgegangen«, erzählte Hillary und brach erneut in Tränen aus.

»Schon gut, Liebes. Jeff kümmert sich um dich. Wir sind gleich da«, tröstete Sonja die Freundin.

»Wir geben am besten an, dass du gestolpert und hingefallen bist«, schlug Jeff vor.

»Warum das denn? Sollte sie nicht endlich mit der Wahrheit herausrücken?«, fragte Sonja verständnislos.

»Nein! Bitte nicht!«, flehte Hillary panisch.

»Da siehst du es! Du regst sie nur unnötig auf«, rügte Jeff Sonja.

»Bitte schön. Ganz wie ihr meint.« Sonja lehnte sich auf der Rückbank zurück und verschränkte die Arme vor der Brust. Bis zum Krankenhaus fiel kein einziges Wort mehr. Nur Hillarys Schnäuzen war zwischendurch immer wieder zu hören.

Jeff stellte den Wagen auf den für ihn reservierten Parkplatz ab. »Also, du bist über eine Stufe gestolpert und die Treppe hinaufgefallen. Alles klar, Hillary?«, sagte er.

»Klar, Jeff«, antwortete sie und lächelte ihn dankbar an.

Sonja war stinksauer auf Greg, der Hillary wieder geschlagen hatte, auf Hillary, die zu feige war, sich endlich ihrem Problem zu stellen, und auf Jeff, der Hillarys Schwäche unterstützte und Sonja angeschnauzt hatte. Nicht zuletzt war sie wütend auf sich selbst, weil sie darauf bestanden hatte mitzukommen. Sie konnte hier ohnehin nichts für die Freundin tun, außer entgegen ihrer eigenen Überzeugung zu lügen.

»Jeff! Was machst du hier? Oh, Mrs Darnell, Sie sind verletzt. Sonja, hi«, grüßte Nekisha.

»Ist ein Radiologe da?«, wollte Jeff wissen.

»Nein. Nur eine Assistentin. Aber ich kann dir helfen, wenn du möchtest«, meinte Nekisha.

»Nicht nötig. Ich komme schon zurecht. Wenn ich etwas brauche, piepse ich dich an«, sagte er und verschwand mit Hillary durch eine Tür im Erdgeschoss.

»Was ist denn passiert?«, wandte sich Nekisha an Sonja.

»Ach, nur ein dummer Unfall. Sie ist über eine Stufe gestolpert«, log Sonja und wünschte sich einmal mehr, sie wäre zu Hause geblieben.

»Wie gut, dass Jeff da war. Möchtest du einen Kaffee, Sonja?«

»Gerne. Den könnte ich jetzt gebrauchen.«

»Komm, dort vorne ist der Automat.« Nekisha warf ein paar Münzen in den Kaffeeautomaten und überreichte Sonja den Plastikbecher mit dem heißen Instantgetränk, als ihr Pager piepste.

»Entschuldige, ein Notfall«, sagte Nekisha und eilte in Richtung Fahrstuhl.

Sonja setzte sich in die leere Wartehalle und nippte vorsichtig an ihrem heißen Cappuccino.

Nach einer halben Stunde war alles erledigt. Jeff hatte

Hillarys verstauchtes Handgelenk gründlich untersucht und verbunden und brachte die Frauen wieder nach Hause. Hillary übernachtete bei Sonja im Bett, während Jeff im Gästezimmer schlief, das gegenüber auf der anderen Seite der Galerie lag.

43

Sonja erwachte völlig gerädert. Die Träume der vergangenen Nacht hatten sie zweimal aus dem Schlaf gerissen. Wieder war sie im offenen Meer geschwommen und hatte gegen den starken Sog angekämpft, der sie hinunterziehen wollte, als die Endless Joy auftauchte. Doch diesmal war das Boot leer gewesen und hatte, wie von Geisterhand gesteuert, seine rasanten Runden um sie gedreht. Dann waren die Wellen über ihrem Kopf zusammengeschlagen. Sonja hatte keine Kraft mehr gehabt, dem heftigen Zerren an ihren Beinen noch länger standzuhalten. Schließlich war sie in der Tiefe versunken und hatte voller Panik zu ihren Füßen geblickt. Es war Jeff, der sie an den Fesseln gepackt hatte und in die Dunkelheit zog.

Sonja war mitten in der Nacht aufgestanden, um ein Glas Wasser zu trinken. Danach war sie bald wieder eingeschlafen und noch einmal auf die Endless Joy zurückgekehrt. Diesmal war Nekisha an Bord gewesen, die das Boot neben Sonja angehalten und ihr die Hand gereicht hatte, um sie in Sicherheit zu bringen.

Sonja war nicht weiter überrascht, dass Hillary nicht mehr neben ihr im Bett lag, als sie morgens erwachte. Wahrscheinlich saß sie längst am Frühstückstisch und tat wieder so, als wäre nichts geschehen. Lange würde sie nicht mehr zusehen, wie Greg seine Frau misshandelte, schwor sich Sonja. Sie musste unbedingt noch einmal mit Jeff reden. So konnte es nicht weitergehen. Für seine Freunde da zu sein, wenn sie um Hilfe baten, war eine Sache. Aber mit anzusehen, wie Hillary in ständiger Angst lebte und nichts dagegen unternahm, war für Sonja nicht länger vertretbar. Manchmal durfte Freundschaft auch unbequem sein. Vor allem, wenn man jemanden vor Schaden bewahren konnte.

Jeff war nirgends zu finden. Nachricht hatte er auch keine für sie hinterlassen. Gut möglich, dass er bereits in der Klinik war, vermutete Sonja.

Sie war verwundert, Jeff und die Darnells gemeinsam auf der Terrasse frühstücken zu sehen. Alle drei schienen gut gelaunt zu sein und die Vorkommnisse der vergangenen Nacht zu ignorieren. Sonja nahm sich vor, ihr Spiel vorerst mitzuspielen und sich ebenfalls nichts anmerken zu lassen. »Guten Morgen, ihr Lieben«, grüßte sie betont fröhlich.

Die anderen grüßten zurück. Jeff stand auf und küsste

Sonja auf den Mund. »Hast du gut geschlafen?«, erkundigte er sich.

Bevor oder nachdem wir im Krankenhaus waren, dachte Sonja, lächelte ihn aber weiterhin an. »Ganz ausgezeichnet, mein Liebling. Danke. Und du?«, säuselte sie, als wäre alles in bester Ordnung.

»Auch gut. Ich muss jetzt in die Klinik aufbrechen. Die werden mich schon vermissen. Ich bin gegen 19 Uhr wieder bei dir, Schönheit.«

»Fein. Ich koche uns was Leckeres.«

Jeff küsste sie noch einmal, verabschiedete sich von den Darnells und verschwand durch den Garten.

»Hillary hat mir erzählt, dass du fleißig malst«, sprach Greg Sonja an. Der Mann hatte Nerven.

»Stimmt. Ich habe mit einem neuen Zyklus begonnen. ›Traumbilder‹ ist der Arbeitstitel.«

»Sehr gut. Ich freue mich schon auf deine Ausstellung in London.« Greg schien stolz auf sie zu sein. Diese Scheinheiligkeit war zum Kotzen.

»Ich freue mich auch, Sonja. Das wird toll«, stimmte Hillary ihm begeistert zu.

»Dann will ich euch mal nicht enttäuschen und ziehe mich jetzt zum Malen zurück.« Sonja erhob sich.

»Sonja, kannst du mir morgen eine DVD mit einer Auswahl deiner schönsten Kunstwerke geben?«, hielt Greg sie auf.

»Kann ich. Bis dann«, antwortete Sonja. Allmählich war sie fast selbst nicht mehr sicher, ob die Ereignisse der vergangenen Nacht real gewesen waren oder nur in ihrer Einbildung stattgefunden hatten. Man konnte sich wahrlich rasch an dieses Theater gewöhnen, wenn man wollte. Doch Sonja hatte absolut keine Lust dazu.

44

Abends goss es in Strömen. Sonja und Jeff saßen drinnen am Esstisch und verdrückten die Lasagne, die sie zubereitet hatte, während er von seinem Tag im Krankenhaus erzählte. »Ich hoffe, meine blutrünstigen OP-Geschichten verderben dir nicht den Appetit.«

»Aber nein, Liebling. Ich finde sie sogar spannend. Weißt du, ich wollte früher auch einmal Ärztin werden.«

»Ehrlich? Warum bist du es nicht geworden? Du wärst eine gute Chirurgin. Ruhiges Händchen, wenn ich mir deine Bilder so ansehe«, sagte er und deutete mit der Gabel auf die Staffelei, auf der das fertige Gemälde trocknete. Sonja musste es nur noch signieren.

»Schon möglich. Aber als ich mein Abi endlich in der Tasche hatte, habe ich es mir anders überlegt. Ich wollte nicht mehr so lange studieren und von meiner dominanten Mutter abhängig sein«, erzählte sie.

»Mein Vater war auch nicht ohne. Aber heute bin ich ihm dankbar, dass er mich zum Medizinstudium gezwungen hat. Er war selbst Chirurg«, berichtete Jeff.

»Ein so guter wie du?«

»Wohl kaum.« Jeff grinste frech.

Sonja blieb ernst. »Sag mal, wieso hilfst du als Arzt eigentlich mit, Gregs brutale Übergriffe zu vertuschen? Was machst du, wenn er Hillary einmal ernsthaft verletzt?«

»Sie wieder zusammenflicken.«

»Ich meine es ernst, Jeff.«

»Ich habe dir doch schon erklärt, dass ich nicht mehr tun kann, als ihm ins Gewissen zu reden.«

»Nur leider nützt das nichts, wie wir gesehen haben.«

»Steter Tropfen höhlt den Stein. Wart's ab. Ich werde ihn zu einer Therapie überreden. Ich kenne eine sehr gute Psychologin. Die kann den beiden bestimmt helfen.«

»Und wenn nicht?«

»Dann werden wir weitersehen. Mach dir keine Sorgen.«

»Ich mache mir aber Sorgen. Warum können wir ihn nicht anzeigen?«

»Was soll das denn bringen? Solange Hillary das nicht möchte, nützt das gar nichts. Sie wird alles abstreiten und wir sind die Dummen.«

»Vielleicht kann ich sie doch noch zur Vernunft bringen. Ich werde noch einmal versuchen mit ihr zu reden.«

»Na schön«, seufzte Jeff. »Mach das. Aber bitte, hör jetzt endlich damit auf.«

»Schon gut«, sagte Sonja und stocherte in ihrem Stracciatella-Eis herum.

»Du warst fleißig heute, nicht wahr?«, wechselte Jeff das Thema.

»Ja. Ich habe den ganzen Tag gemalt. Und zwischendurch für uns gekocht.«

»Das Bild ist toll geworden. Hillary sieht wunderschön aus, trotz des vielen Bluts. Ein bisschen spooky, aber faszinierend.«

»Genau so ist sie mir in meinem Traum erschienen. Es ist übrigens das erste Bild von einem neuen Zyklus, den ich malen möchte.«

»Für die Ausstellung in London?«

»Ich weiß nicht, ob es dazu überhaupt kommen wird.«

»Greg hat es dir doch versprochen.«

»Ich kann mir ja schlecht von so einem miesen Typen helfen lassen.«

»Wieso denn nicht? Er hat schließlich auch seine guten Seiten. Viele sogar. Und wenn er dir gerne helfen möchte, dann lass ihn doch.«

»Ich weiß nicht. Mal sehen …«

»Das Essen war sehr lecker. Möchtest du noch ein Glas Wein?«

Sonja nickte.

»Wollen wir zum Strand hinunter Sterne schauen? Es hat aufgehört zu regnen.«

»Wenn du möchtest. Ich räume nur noch rasch das Geschirr weg und bringe den Müll hinaus.«

»Das kannst du doch auch später tun.«

»Lieber nicht. Ich will kein Ungeziefer anlocken.«

»Du meinst diese niedlichen Kakerlaken?« Jeff zwickte Sonja in die Pobacke.

45

»Sonja, du siehst toll aus«, sagte Hillary begeistert, als sie die Freundin bei der Silvesterparty willkommen hieß. »Hi, Jeff. Du kannst dich aber auch sehen lassen«, fuhr sie fort und küsste auch ihn auf die Wange.

»Oh, danke sehr. So viel Lob aus deinem anspruchsvollen Mund«, antwortete Jeff, der in seinem weißen Leinenanzug nicht nur eine blendende Erscheinung abgab, sondern auch farblich hervorragend zu Sonjas neuem Abendkleid passte.

»Geht doch schon mal hinunter. Jill und Mario sind auch schon da. Und Greg natürlich.« Hillary winkte lächelnd zur Eingangstür, um die nächsten Gäste zu begrüßen.

Kaum hatten Sonja und Jeff das Pooldeck betreten, kam eine der Kellnerinnen mit Champagnergläsern auf sie zu. Jeff reichte Sonja eines und nahm für sich selbst ein zweites.

Greg tauchte hinter seinem Rücken auf. »Donnerwetter! Du siehst fabelhaft aus, Sonja. Jeff, alter Junge, wie geht's dir?«

»Bestens, und selbst?«

Sonjas Blick fiel auf das Klavier, das direkt neben dem Felsen stand. »Wie habt ihr das denn hier heruntergebracht?«, fragte sie erstaunt.

»Frag lieber nicht. Wir hatten einen heftigen Streit wegen dieses dämlichen Flügels. Hillary möchte heute Abend unbedingt hier draußen für ihre Gäste singen, koste es, was es wolle. Salvatore hat das für sie organisiert. Und ich darf es wie immer bezahlen.« Greg seufzte. »Tja, wenn meine liebe Frau sich einmal etwas in den Kopf gesetzt hat, findet sie auch einen Weg, entgegen aller Widerstände.« Das war also der Grund für die nächtliche Auseinandersetzung gewesen, überlegte Sonja. Und deswegen hatte er Hillary geschlagen?

Nach und nach trudelten immer mehr Gäste ein. Zum Sonnenuntergang waren insgesamt 58 Personen am Pooldeck versammelt, die alle mit den Darnells ins neue Jahr hineinfeiern wollten. Kaum war die Sonne in leuchtendem Pink im Meer versunken, brachten mehrere Kellner italienische und kreolische Köstlichkeiten aus Jills Lokal.

Greg hielt eine launige Ansprache für seine Freunde und Geschäftspartner und eröffnete schließlich das Buffet neben der Grillstation.

Jeff und Sonja begaben sich zu einem der Stehtische, die eigens für die Party auf der Terrasse aufgestellt worden waren, als ein Ehepaar, beide um die 40, auf sie zukam.

»Guten Abend, Jeff. Habt ihr noch ein freies Plätzchen für uns?«, fragte der Mann, der in seinem dunkelblauen Anzug steif und förmlich, keineswegs aber elegant wirkte.

»Anthony! Schön, dich mal wiederzusehen. Sheila, du siehst bezaubernd aus«, sagte Jeff.

Sonja bewunderte, wie ehrlich charmant diese Lüge aus seinem Mund klang. Die Frau erinnerte sie spontan an eine Vogelscheuche. Sie hatte alle Mühe nicht laut loszulachen.

»Darf ich vorstellen? Das ist Sonja Podolski. Und das sind Mr und Mrs Anthony Gibbs«, sagte Jeff.

»Sehr angenehm«, antwortete Sonja lächelnd, als ihr die Vogelscheuche ihre schlaffe Hand reichte.

»Nennen Sie mich doch bitte Sheila, Darling.«

»Und ich bin Anthony. Sehr erfreut, Sonja«, sagte der Mann und streckte ihr seine magere Hand entgegen, die nicht viel kraftvoller zudrückte als die seiner Frau.

Sonja verstand auf Anhieb, warum Hillary die beiden nicht leiden konnte. Was für ein steifes, langweiliges Paar! Diese Sheila hatte wahrscheinlich den schlechtesten Geschmack, der Sonja jemals untergekommen war. Auf ihren mausfarbenen, strohigen Locken saß ein albernes quietschgrünes Hütchen, das wie ein geplündertes Osternest aussah. Der Rest des Outfits war auch nicht viel besser, aber umso bemühter. Bestimmt war es nicht einfach gewesen, ein so hässliches Kleid im selben kreischenden Grün der Kopfbedeckung zu finden. Dazu trug sie auch noch klobige weiße Sandalen, deren Riemen sich in ihr rosa Fleisch schnitten. Sheila war mit Abstand die auffälligste Erscheinung des Abends, das musste man ihr lassen.

Sonja war froh, als Hillary den ermüdenden Vortrag des Anwalts über das britische Steuerrecht, dem sie nun seit einiger Zeit folgen musste, endlich unterbrach. »Jeff, können wir dann?«, wandte sie sich an ihn.

»Ja, geh schon mal rüber. Ich bin gleich bei dir, Hillary«, antwortete Jeff.

»Was könnt ihr dann?«, flüsterte Sonja, damit die Gibbs ihre Frage nicht hören konnten.

»Entschuldigt uns bitte.« Jeff zog Sonja am Arm vom Stehtisch weg.

»Ich habe Hillary versprochen, dass ich sie am Klavier begleite. Sie kann nicht selber spielen wegen ihrer verstauchten Hand.«

»Und wann habt ihr das besprochen?«, fragte Sonja überrascht.

»In der Nacht im Krankenhaus, als ich ihre Hand untersucht habe.«

»Ich wusste gar nicht, dass du Klavier spielen kannst.«

»Ob ich es kann, werden wir gleich hören. Bis dann, Schönheit.« Jeff küsste sie flüchtig auf die Wange und ging zum Klavier, wo Hillary im Scheinwerferlicht bereits auf ihn wartete.

Sonjas Verwunderung schlug rasch in Begeisterung um, als Jeff gekonnt in die Tasten griff, um Hillarys begnadete Stimme zu begleiten. Der Mann überraschte sie immer wieder aufs Neue. Wenn er jetzt noch die Sache mit Greg in den Griff bekam, war ihr Leben perfekt, dachte Sonja und stimmte in den Beifall der anderen Gäste ein.

Punkt Mitternacht zündete Greg persönlich ein grandioses Feuerwerk, das den Himmel unter lautstarker Knallerei zum Leuchten brachte, bis die bunte, glitzernde Pracht über dem Ozean verglühte. Die Gläser klirrten, die Gäste wünschten sich ein schönes neues Jahr. Sonja und Jeff küssten einander leidenschaftlich.

»Happy new year, mein Liebling«, sagte Sonja, nachdem sich ihre Lippen voneinander gelöst hatten.

»Prosit Neujahr, Schönheit! Mögen alle deine Wünsche in Erfüllung gehen.«

»Solange ich dich habe, ist der Rest nicht so wichtig. Ich liebe dich, Jeff.«

»Ich dich auch, Sonja«, sagte er und drückte sie fest an sich. Sonja hätte vor Glück heulen können. Nach dieser Liebeserklärung konnte dieses Jahr nur das beste ihres bisherigen Lebens werden.

»Frohes neues Jahr, ihr beiden«, hörte Sonja Hillarys Stimme in ihrem Rücken. Als sie sich umdrehte, um der Freundin zuzuprosten, stieß sie wohl zu heftig gegen deren Glas. Ihr eigenes rutschte ihr dabei aus der Hand und zersprang in Tausend Scherben. »So ein Mist! Das tut mir leid, Hillary.«

»Ach, das macht doch nichts. Ich hole rasch einen Kellner, der das wegräumt. Du bekommst gleich ein neues Glas«, sagte Hillary und verschwand.

»Ist doch nichts passiert. Außerdem, Scherben bringen Glück«, sagte Jeff.

»Na, hoffentlich«, meinte Sonja.

»Komm …« Jeff nahm ihre Hand und führte sie vor die Balustrade, wo einige Pärchen tanzten.

Sonja schmiegte sich an ihn und atmete seinen unwiderstehlichen Duft ein. »Ich wünschte, ich könnte die Zeit anhalten«, flüsterte sie ihm ins Ohr.

Jeff führte sie im Takt der Musik im Kreis.

»Es ist so wunderschön mit dir, Jeff. Manchmal habe ich Angst, dass das alles ganz plötzlich vorbei sein könnte.«

»Du brauchst keine Angst zu haben, Schönheit. Ich bin ja bei dir«, antwortete Jeff und küsste sie zärtlich. »Lass uns gehen«, schlug er vor.

»Jetzt schon? Es ist doch erst kurz vor eins.«

»Na und? Ich will dich jetzt sofort. Was dagegen?«

Unauffällig schlichen sie sich davon. Im Wohnzimmer angekommen, öffnete Jeff den Reißverschluss ihres Kleides und streifte die schmalen Träger über ihre gebräunten Schultern. Unter leisem Knistern fiel das Chiffonkleid zu Boden. Sonja stieg in ihren High Heels langsam heraus.

»Lass die Schuhe an, Schönheit. Deine langen Beine machen mich heiß«, sagte er und zog ihr den Slip aus. Hastig befreite er sich von den eigenen Klamotten und führte sie hinüber zum Esstisch. »Setz dich da drauf, Baby«, forderte er sie auf.

Sonja tat, was er wollte. Während er vor ihr stand und sie küsste, wanderten seine Finger über die Innenseiten ihrer Schenkel, was Sonja unglaublich erregte. Dann ging er auf die Knie und leckte sie fast in den Wahnsinn. Kurz vor ihrem Höhepunkt drang er in sie ein. Sonja explodierte mit einem kehligen Schrei.

»Nicht aufhören«, flehte sie ihn an, und Jeff machte geduldig weiter.

46

Sonja und Jeff verschliefen den Neujahrsmorgen und standen erst kurz vor Mittag auf. Das Frühstück ließen sie ausfallen. Jeff schlug vor, zum Mittagessen nach English Harbour zu fahren. Amélie's Café lag in der kleinen malerischen Bucht genau gegenüber von Nelson's Dockyard. Vor allem unter Seglern war das Lokal für seine ausgelassenen Feste bekannt, die während der Antigua Sailing Week jedes Jahr Ende April stattfanden.

»Das ist ja nett hier«, sagte Sonja, während Jeff ihr einen schweren, weiß lackierten Metallstuhl am Holzdeck, direkt über dem Wasser, zurechtrückte.

»Du musst unbedingt die Jakobsmuscheln probieren. Die sind hier Weltklasse.«

»Okay.«

»Ist Amélie nicht da?«, fragte Jeff die Kellnerin, nachdem er bestellt hatte.

»Sie wird heute wohl nicht so schnell auftauchen, nach der gestrigen Silvesterparty ...« Die junge Frau grinste vielsagend.

»Verstehe. Richte deiner Chefin bitte meine besten Grüße aus, wenn du sie wiedersiehst. Von Jeff. Doktor Jeff Geller.«

»Ja, das mache ich gern, Doktor Geller«, sagte die Kellnerin und schlenderte zur Bar, um ihre Drinks zu holen.

»Amélie stammt aus Marseille. Sie ist eine begnadete Weinkennerin, hortet die besten Tropfen, die sie allerdings nur herausrückt, wenn sie jemanden mag. Außerdem ist sie unglaublich gesellig, die geborene Gastgeberin. Sie trinkt gerne mal ein Gläschen mit. Meistens auch mehrere. Und sie raucht wie ein Schlot. Du solltest mal ihre Stimme hören, oh, là, là ... Ich kann mir gut vorstellen, dass sie sich gestern Nacht förmlich vernichtet hat«, erzählte Jeff lächelnd.

»Ganz nüchtern waren wir beide ja auch nicht mehr«, meinte Sonja.

»Ach ja? Warst du deshalb so geil gestern Nacht?«

»Das lag wohl eher an dir als am Champagner.« Sonja suchte seine Augen hinter den dunklen Gläsern seiner Sonnenbrille.

Jeff schob die Ray-Ban bis zur Nasenspitze hinunter und sah Sonja über den schwarzen Rand hinweg an. »Wenn du nicht gleich aufhörst, wirst du auf der Stelle vernascht«, drohte er leise.

Da war es wieder, dieses wohlige Kribbeln in ihrem Unterleib, das Jeff mit ein paar Worten oder auch nur mit einem einzigen Blick auslösen konnte.

»Du machst mich noch zur Nymphomanin.«

Jeff lachte herzlich.

Den Nachmittag verbrachten sie auf Sonjas Terrasse. Jeff war in ein Jachtmagazin vertieft, während Sonja die vielen SMS mit Neujahrswünschen beantwortete, die sie von ihren Freunden bekommen hatte. Auch an Stephan schickte sie eine Nachricht mit Glückwünschen, obwohl er sich seit Weihnachten nicht mehr bei ihr gemeldet hatte. Vielleicht hatte er sich ja, genau wie sie, in jemand anders verliebt, überlegte sie, während sie auf »Senden« drückte. Das wäre ihr freilich am allerliebsten gewesen.

»Huhu! Ihr Süßen! Wie geht es euch? Ich dachte, ich schau mal nach, ob ihr da seid!«, rief Hillary, die plötzlich von der Gartenseite auftauchte.

»Hi, Hilly!«, antwortete Sonja und setzte sich auf.

»Hi«, murmelte Jeff, wobei er nur kurz von seinem Magazin aufblickte.

»Ich freue mich auch dich zu sehen«, ätzte Hillary in seine Richtung und setzte sich zu Sonjas Füßen auf die Liege. »Zeigst du mir das Bild, das du gemalt hast? Jeff hat mir gestern erzählt, dass es schon fertig ist.«

»Ja, klar. Komm mit.«

»Wow! Ich sehe wunderhübsch aus. Hab ich da dein Kleid von gestern Abend an? Aber was soll das viele

Blut?«, fragte Hillary, während sie sich selbst auf der Leinwand betrachtete.

»Das Kleid sieht ein wenig wie meines aus, stimmt. Aber das ist nicht von Bedeutung. Es ist vielmehr das Blut, das das Bild interessant macht. Es bricht gewissermaßen die Ästhetik. Ich meine, ohne diese Irritation wäre es nur das Abbild einer schönen Frau wie tausende andere. Verstehst du?«, meinte Sonja.

»Ich verstehe nichts von Kunst. Aber das Bild gefällt mir sehr gut. Kann ich es mit hinübernehmen? Ich würde es so gerne bei uns aufhängen, bitte, Sonja«, bettelte Hillary.

»Warum nicht? Es ist trocken, und ich habe es gestern noch signiert. Nimm es mit. Aber pass gut darauf auf.«

»Wirklich? Danke! Ich bringe es rasch rüber. Greg soll es sofort aufhängen«, meinte Hillary begeistert.

Sonja nahm das Gemälde vorsichtig von der Staffelei. »Gehen wir nachher gemeinsam schwimmen?«, fragte sie ihre Freundin.

»Ja, klar. Wir treffen uns gleich unten am Pool«, antwortete Hillary und verschwand mit dem Bild im Garten.

»Kommst du auch mit, Jeff?«, fragte Sonja.

»Schwimmen? Ja, gehen wir«, sagte er und legte sein Hochglanzmagazin beiseite.

Minuten später lehnte er am hinteren Beckenrand und beobachtete, wie Sonja auf ihn zukraulte. Als sie ihn erreichte, fasste er sie am ausgestreckten Arm und zog sie an sich. »Die Sonne hat mich heiß gemacht. Komm zu mir, Schönheit.«

Unter der Wasseroberfläche konnte Sonja deutlich spüren, dass er die Wahrheit sprach. »Jeff! Hillary wird hier jeden Augenblick aufkreuzen«, protestierte sie.

»Komm schon. Nur ein Quickie«, sagte er.

»Heb es dir für später auf.« Sonja lächelte ihn an und tauchte ab. Als sie am anderen Ende des Pools wieder auftauchte, kam Hillary die Stiegen herunter und stieg zu ihnen ins Wasser. Jeff hatte sich nicht von der Stelle gerührt und beobachtete die Freundinnen von der anderen Seite. Täuschte sich Sonja, oder befriedigte er sich gerade unter Wasser selbst?

Vom Osten her zog eine dunkle Regenwolke auf, die sich plötzlich mit dicken Tropfen über ihnen entleerte. Hillary stieg aus dem Pool und flüchtete ins Haus. Jeff schwamm auf Sonja zu.

»Hast du dir gerade einen runtergeholt?«, fragte sie.

»Du kannst gerne weitermachen.« Jeff drängte Sonja an den Poolrand. Während der warme Regen auf sie niederprasselte, nahm er sie härter als sonst. Er kam früher und heftiger, als sie es von ihm gewohnt war. »Sorry, Schönheit. Ich war so geil auf dich«, sagte er und griff nach seiner Badehose, die am Beckenrand lag.

»Es ist immer schön, dich zu spüren«, sagte Sonja und fischte ihr Bikinihöschen mit den Zehen vom Grund des Pools hoch. »Hillary hat uns zum Abendessen eingeladen. Ich habe zugesagt. Ist das okay?«, fragte sie, nachdem sie aus dem Wasser gestiegen waren.

»Ja, klar. Warum nicht?«

»Vielleicht kannst du ja irgendwann noch mal mit Greg reden. Du weißt schon, wegen der Therapie.«

»Mal sehen. Nach dem Essen vielleicht.«

»Ich habe Hillary vorhin im Pool um ein Gespräch gebeten. Aber der Regen ist uns dazwischengekommen.«

»Wahrscheinlich war der Regen für sie ein willkommener Anlass, um deiner Moralpredigt zu entfliehen«, sagte Jeff auf dem Weg nach oben.

Sonja blieb abrupt auf der Stufe stehen und drehte sich um. »Manchmal habe ich das Gefühl, du nimmst diese Sache nicht ernst.«

»Ich nehme sie sogar sehr ernst. Aber muss ich deshalb meinen Humor verlieren?«

»Natürlich nicht. Ich wünschte, du könntest mir eine kleine Portion davon abgeben.« Sonja seufzte.

»Das versuche ich doch ständig.«

»Du hast recht. Entschuldige bitte.«

»Können wir jetzt weitergehen? Es gießt in Strömen.«

»Das hat dich vorhin nicht im Geringsten gestört.«

»Na, siehst du. Ein Fünkchen Humor ist doch schon auf dich übergesprungen«, stellte er fest und verpasste ihr einen Klaps auf den Po, ehe sie ihren Weg nach oben fortsetzten.

47

Abends ließen sich Sonja und Jeff die Reste des Silvesterbuffets bei den Darnells schmecken.

Greg lobte Sonja für ihr Gemälde, das er am Nachmittag an der Wand hinter dem Klavier aufgehängt hatte. »Ich finde es großartig. Wenn du noch zwei Bilder in dieser Qualität malst, fotografiere ich sie und maile sie nach London. Zusammen mit den Fotos deiner älteren Bilder, die mir übrigens auch sehr gut gefallen«, sagte er.

»Danke, Greg. Ich denke, das könnte ich in etwa zwei, drei Wochen schaffen. Ich habe die Bilder schon im Kopf. Sie verfolgen mich in meinen Träumen.«

»Das ist ja interessant. Seit wann hast du diese Träume?«, wollte Greg wissen.

Jeff warf ihr einen warnenden Blick zu. »Seit sie mich kennt, natürlich. Was dachtest du denn?«

»Bescheiden wie immer, mein Junge. Du meinst also, du bist Sonjas Muse?«, erwiderte Greg. Die beiden Männer lachten.

Sonja fand das gar nicht komisch. Am liebsten hätte sie Greg an den Kopf geworfen, dass sie diese Träume nur hatte, weil er seine Frau misshandelte. Doch die Blicke von Jeff und Hillary hielten sie davon ab, ihn mit der Wahrheit zu konfrontieren.

Hillary war den ganzen Abend lang ungewöhnlich wortkarg und stocherte lustlos auf ihrem Teller herum.

Als die Männer ins Haus gingen, um Zigarren aus dem Humidor in Gregs Büro zu holen, sprach Sonja sie an.

»Was ist los mit dir, Hillary? Du bist heute so ruhig.«

»Ach, gar nichts. Ich bin nur müde. Es war spät gestern. Oder besser heute. Ich war erst um halb sechs Uhr morgens im Bett.«

»Aber sonst ist alles in Ordnung?«

»Ja, sicher.«

»Greg hat sich wieder beruhigt?«

Hillary nickte.

»Ich mache mir Sorgen, dass er dir wieder wehtut.«

»Musst du nicht.«

»Wieso nicht?«

Hillary verdrehte die Augen. »Mann, Sonja. Du nervst. Es ist mein Problem, okay?«

»Es ist aber auch meines. Du bist meine Freundin, und ich möchte dir helfen.«

»Du brauchst mir nicht zu helfen. Es sei denn, ich bitte dich darum. Und sag mir nicht ständig, was ich zu tun habe, verstanden?«

»Du machst es dir ein bisschen leicht, Hillary. Als Freundin muss ich dir auch meine Meinung sagen dürfen.«

»Das hast du doch schon mehrmals getan. Aber deswegen muss sie noch lange nicht meine Meinung sein.«

»Zankt ihr beiden euch?« Greg war unbemerkt auf die Terrasse zurückgekommen.

»Aber nein, Greg-Schatz. Wir haben nur über die Gibbs gesprochen. Hast du Sheila gestern Abend gesehen? Sie hat sich selbst übertroffen«, spottete Hillary.

»Lass sie doch, Liebling. Es kann nicht jede Frau so hübsch sein wie ihr beiden«, meinte Greg und zündete sich seine Zigarre an.

»Sie sah aber wirklich zum Davonrennen aus. Dieser idiotische Hut war die absolute Krönung«, mischte sich Jeff ein.

»Ich musste mich schwer beherrschen, dass ich beim Anblick dieser Vogelscheuche nicht zu lachen anfange«, gestand Sonja.

»Sonja, jetzt lästerst du auch noch«, rügte Greg sie.

»Nicht böse sein. Aber in ihrem Fall kann man nicht behaupten, dass sie nichts für ihr Aussehen kann. Ihre Hässlichkeit ist fast ausschließlich selbst gemacht.«

»Und darin ist sie eine wahre Expertin«, sagte Jeff und schüttelte sich vor Abscheu bei dem Gedanken an Sheila.

Hillary und Sonja lachten. Greg zog schweigend an seiner Zigarre.

48

»Konntest du mit ihm reden?«, fragte Sonja, die im Dunkeln neben Jeff im Bett lag und einfach keine Ruhe fand.

»Ich bin schon fast eingeschlafen«, murmelte Jeff. »Lass uns morgen reden …«

»Okay, Liebling. Gute Nacht«, flüsterte Sonja und küsste ihn auf die Schulter. Seine tiefen, gleichmäßigen Atemzüge beruhigten sie und ließen sie irgendwann einschlafen.

»Was war das? Jeff? Liebling?« Sonja schreckte aus ihrem Traum hoch und tastete nach Jeff. Verdammt! Wieso waren alle Fensterläden geschlossen? Es war stockdunkel.

Eben noch hatte sie geträumt, dass Nekisha sie aus dem Meer fischen wollte, als plötzlich drei Schüsse gefallen waren. Nekishas rettende Hand hatte schlagartig ihre Kraft verloren. Sonja war von der Reling der Endless Joy zurück ins Meer gestürzt. Beim letzten Schuss hatte sie gemeint, bereits wach gewesen zu sein. So real war er ihr erschienen. Wo war Jeff nur? Hatte sie die Schüsse bloß geträumt oder etwa tatsächlich gehört? Hektisch suchte sie nach dem Lichtschalter der Nachttischlampe und knipste diese an. Jeffs Platz neben ihr war zerwühlt und leer. Sonja sprang aus dem Bett und holte sich einen Pareo aus dem Schrank. Nachdem sie das Batiktuch endlich in ihrem Nacken verknotet hatte, rannte sie die Treppe hinunter.

»Jeff! Bist du da?« Keine Antwort. Sie stieg in ihre Flipflops und eilte hinüber zum Haupthaus. Die Eingangstür war verschlossen und blieb es auch, obwohl sie mehrmals Sturm läutete. Also lief sie durch den Garten zwischen den beiden Häusern, um auf die Terrasse zu gelangen. Vielleicht würde sie von dort einen Blick ins Haus werfen können.

Die Vorhänge waren zugezogen, die gläserne Schiebetür stand eine Handbreit offen. Sonja schob sie zur Seite, um ins spärlich beleuchtete Wohnzimmer zu gelangen.

Der Anblick war entsetzlich. Viel schlimmer als jeder Albtraum. Greg lag regungslos am Boden vor dem Couchtisch. Jeff kniete neben ihm. Sonja wollte sprechen, doch sie brachte kein Wort heraus. Woher kam dieses Schluchzen? Ihr Blick schweifte unruhig durch den Raum und fand Hillary, die in der Ecke hinter dem Klavier kauerte und am ganzen Körper zitterte. Etwa einen Meter vor ihr lag die silbrig glänzende Pistole, die sie bedrohlich anstarrte.

»Sonja, wähl die Notrufnummer. Er stirbt mir unter den Händen weg«, sagte Jeff, der Gregs blutigen Brustkorb in rhythmischen Abständen druckvoll massierte.

»Was ist geschehen? Hat Hillary …?«, fragte Sonja, die ihre Sprache endlich wiedergefunden hatte.

»Wer denn sonst? Frag nicht lang, ruf endlich an! 911! Los, mach schon!«, herrschte Jeff sie an.

Es schien eine Ewigkeit zu dauern, bis sich in der Notrufzentrale endlich eine Frau meldete.

»Der Rettungswagen ist schon unterwegs. Die Polizei auch. Bleiben Sie ruhig und sorgen Sie dafür, dass die Einsatzfahrzeuge freie Zufahrt und die Einsatzkräfte Zutritt zum Haus haben«, sagte die monotone Stimme am anderen Ende der Leitung, nachdem Sonja von Gregs Schussverletzung berichtet hatte. Sie bedankte sich und legte auf. Dann lief sie zur Eingangstür, sperrte hastig auf und öffnete die beiden massiven Holzflügel.

»Drück auf den Knopf da rechts neben der Tür!«, rief ihr Jeff zu.

»Welcher Knopf? Da sind so viele!«

»Der mit dem Torsymbol. Er gibt die Einfahrt zum Parkplatz frei«, erklärte er, ehe er sich wieder über Greg beugte, um ihn Mund zu Mund zu beatmen.

Hillary saß noch immer wie ein Häufchen Elend in der Ecke und wimmerte leise vor sich hin.

»Hilly, Schätzchen …« Sonja hockte sich zur Freundin auf den Boden und nahm sie schützend in die Arme. »Er hat dich wieder geschlagen, nicht wahr? Du hast dich nur gewehrt. Es war nicht deine Schuld. Ganz bestimmt nicht«, tröstete sie Hillary, die nun heftig schluchzte. »Schon gut. Du musst nichts sagen. Wein nur«, redete Sonja weiter auf die Freundin ein.

»Scheiße … Greg! Reiß dich zusammen, alter Junge«, hörte Sonja Jeff hinter ihrem Rücken schimpfen.

»Schau nicht hin, Hilly. Schau nicht hin, Kleines«, sagte Sonja, die nun die Sirenen eines Rettungswagens in einiger Entfernung wahrnahm. Das nervenzerfetzende Heulen wurde stetig lauter, bis es abrupt verstummte und der Wagen auf dem knirschenden Kies bremste.

Sam rollte eine Trage herein und ging Jeff zur Hand.

»Los, Sam, intubieren. Und dann nichts wie los.«

»Was ist mit seinen Vitalfunktionen?«, fragte Sam.

»Ich bin hier der Arzt! Mach schon! Hast du ein Sedativum dabei?«, schnauzte Jeff ihn an.

»Ja, Diazepam. Hier!«

Jeff riss Sam die steril verpackte Spritze aus der Hand, ging hinüber zu Hillary und verabreichte ihr das starke Beruhigungsmittel.

»Bleib bei ihr, Sonja! Ich fahre dem Rettungswagen nach!«, rief er ihr zu und stürmte mit Sam und dem leblosen Greg aus dem Haus.

Eine halbe Stunde später standen zwei Männer in der Tür. »Verzeihen Sie bitte die Störung. Ich bin Chief Inspector Clarence Spencer, und das ist Sergeant Rufus Miller«, sagte der ältere der beiden.

Sonja stand auf und ging zu ihnen. »Ich bin Sonja Podolski. Und das ist Mrs Hillary Darnell, die Frau des Verletzten«, sagte sie und zeigte auf ihre Freundin, die auf dem Sofa lag und schlief. »Sie ist völlig fertig mit den Nerven.«

»Ist das hier die Tatwaffe?«, fragte der Chief Inspector, während der junge Sergeant Notizen auf einen kleinen Block kritzelte.

»Anzunehmen. Ich war nicht dabei, als es passiert ist.«

»Sie sind demnach keine Augenzeugin, Ms Podelski?«

»Podolski. P-o-d-o-l-s-k-i«, buchstabierte Sonja ihren Namen, Sergeant Miller schrieb mit.

»Sie haben nicht gesehen, wer auf Mr Darnell geschossen hat?«

»Nein. Ich habe die Schüsse nur gehört und bin gleich hier rübergelaufen«, erzählte Sonja wahrheitsgemäß.

»Wo waren Sie denn, als Sie die Schüsse gehört haben?«

»In meinem Bett, im Gästehaus nebenan. Ich wohne dort.«

»Mrs Darnell, dürfen wir Ihnen ein paar Fragen stellen?«, sprach der Chief Inspector Hillary an. Die reagierte nicht.

»Lassen Sie sie doch schlafen. Sie steht unter Schock«, sagte Sonja.

»Dann sollten Sie besser einen Arzt verständigen«, sagte der Chief Inspector.

»Sie wurde bereits vorhin von Doktor Geller versorgt. Wenn Sie es für unbedingt nötig halten, wecke ich sie für Sie auf«, antwortete Sonja besorgt.

»Vorsicht! Nicht in das Blut treten, bis die Spurensicherung hier war«, warnte der Sergeant.

Sonja nahm Hillarys Hand und streichelte sie.

Die Freundin öffnete die Augen und wandte ihr den Kopf zu.

»Komm, Liebes. Rede mit den beiden Polizisten. Sie tun dir nichts.«

Hillary setzte sich scheinbar willenlos auf. Es folgte eine Reihe von Fragen, die sie hauptsächlich mit Nicken oder Kopfschütteln beantwortete. Das Angebot, einen Anwalt hinzuziehen, hatte sie gar nicht richtig wahrgenommen, glaubte Sonja.

Schließlich fasste Sergeant Miller noch einmal zusammen, was sich laut Hillarys lückenhafter Aussage abgespielt hatte. »Während Ihrer nächtlichen Auseinandersetzung drohte Ihr gewalttätiger Ehemann Sie umzubringen. In Ihrer Panik flüchteten Sie vor ihm in sein Büro, um die Smith & Wesson aus seinem Schreibtisch zu holen. Er folgte Ihnen und versuchte Ihnen die Waffe abzunehmen. Doch Sie hielten ihn damit in Schach und gingen zurück ins Wohnzimmer. Anstatt Sie in Ruhe zu lassen, wie Sie es von ihm forderten, stürmte er plötzlich wie von Sinnen auf Sie los. Sie hatten solche Angst vor ihm, dass Sie abdrückten. Wie oft, wissen Sie nicht, sagten Sie. Zu diesem Zeitpunkt standen Sie genau hier, richtig?«

Hillary nickte, und der Sergeant fuhr fort.

»Dort brach er zusammen, wie wir unschwer an den Blutspuren erkennen können. Wenige Minuten später klopfte Doktor Jeffrey Geller an Ihre Terrassentür. Sie öffneten ihm. Er begann sofort mit der Erstversorgung, keine Minute später traf Ms Podolski hier ein, die ebenfalls über die Terrasse gekommen war, und verständigte den Notrufdienst.«

»Den letzten Satz kann ich bestätigen«, sagte Sonja.

Der Sergeant notierte ihre Bemerkung.

»Es war also Notwehr?«, fragte der Chief Inspector und sah Hillary prüfend an.

Sie nickte ausdruckslos und wandte sich an die Freundin. »Ich bin so müde, Sonja«, jammerte sie.

»Mrs Darnell hat vorhin ein starkes Beruhigungsmittel bekommen«, erklärte Sonja. »Ist es okay, wenn ich sie jetzt ins Bett bringe?«, fragte sie den Chief Inspector.

»In Ordnung, ich warte hier so lange auf Sie. Ich möchte Ihnen auch noch ein paar Fragen stellen, Ms Podolski«, sagte Clarence Spencer.

»Sie ist gleich eingeschlafen«, sagte Sonja, als sie nach unten zurückkehrte. In der Zwischenzeit waren weitere Polizisten eingetroffen, die den Tatort fotografierten und die Tatwaffe in einen Plastikbeutel packten.

»Was möchten Sie noch von mir wissen?«, fragte Sonja den Chief Inspector.

»Ms Podolski, wussten Sie, dass Mr Darnell seine Frau misshandelt?«, begann der Sergeant die Befragung.

»Nun ja, ich habe in den letzten Wochen zweimal erlebt, dass Greg, Mr Darnell, seine Frau geschlagen hat. Sie ist mitten in der Nacht zu mir geflohen. Einmal waren wir sogar im Krankenhaus mit Doktor Geller.«

»Wann war das?«, fragte Miller.

»Ich kann mich im Moment nicht so genau erinnern. Ich bin zu aufgeregt«, entschuldigte sich Sonja.

»Gab es eine Anzeige wegen häuslicher Gewalt?«, hakte der Chief Inspector nach.

»Nein. Mrs Darnell wollte das nicht.«

»Sie bezeugen also, dass Mr Darnell des Öfteren handgreiflich gegenüber seiner Frau war.«

»Ja.«

»Sie waren aber nicht anwesend, als das geschah?«

»Nein. Aber Mrs Darnell kam immer direkt danach zu mir. Und glauben Sie mir, sie sah nicht gut aus. Sie wird sich ihre Verletzungen wohl kaum selbst zugefügt haben.« Langsam wurde Sonja ungeduldig.

»Danke, das war's fürs Erste. Können Sie bitte morgen um 14 Uhr mit Mrs Darnell zu uns in die Hauptwache kommen?«, fragte Clarence Spencer.

»Ja, natürlich«, antwortete Sonja.

»Wir werden bis dahin das Protokoll aufsetzen, das Sie dann beide unterschreiben müssen. Und bringen Sie bitte Ihre Reisepässe mit«, erklärte Miller routiniert. »Sie wissen, wo Sie uns finden?«

Sonja verneinte.

»In St. John's in der Market Street, gleich nach der Church Street auf der linken Straßenseite. Fragen Sie dort nach mir«, meinte Spencer.

»In Ordnung«, sagte Sonja erschöpft und stand auf.

»Vielen Dank für Ihre Unterstützung, Ms Podolski.« Der Chief Inspector erhob sich gleichzeitig mit seinem jüngeren Kollegen.

»Jungs, seid ihr fertig?«, rief Miller den beiden Männern von der Spurensicherung zu.

»Wir haben so weit alles«, antwortete einer.

Sonja schloss hinter den Polizisten ab, schaltete die Alarmanlage ein. Dabei vermied sie es, noch einmal auf die große, dunkelrote Blutlache im Wohnzimmer zu blicken, die ihr nur bestätigt hätte, was sie immer noch nicht fassen konnte. Vor nicht einmal zwei Stunde war hier etwas Schreckliches passiert. Etwas, was sie bisher nur aus den Nachrichten, Büchern oder Filmen kannte. Und von dem sie nicht gedacht hatte, dass sie es jemals erleben würde.

Als Sonja neben der schlafenden Freundin im Bett lag, fragte sie sich, ob Greg noch lebte. Seltsamerweise empfand sie dabei gar nichts. Sie konnte momentan weder einen klaren Gedanken fassen noch war sie zu irgendeinem Gefühl fähig. Das Schlafpulver, das sie in Hillarys Medikamentenschrank gefunden hatte, begann zu wirken. Alles, was Sonja wollte, war schlafen. Und vergessen. Vielleicht würde sie morgen früh aufwachen, und alles war nur ein Albtraum gewesen. Ja, wahrscheinlich war es wieder einer dieser verdammten Albträume, überlegte sie, ehe sie in einen tiefen Schlaf sank.

49

Jeff zog ein Leinentuch über den Kopf seines leblosen Freundes, der friedlich auf einer Bahre lag, als würde er schlafen. Nur die Blutflecken, die blasse Hautfarbe und die heruntergeklappte Kinnlade hätten auch dem medizinischen Laien verraten, dass er seine Schussverletzungen in Brust und Bauch nicht überlebt hatte.

»Mach's gut, alter Junge«, sagte Jeff und war nun fast ein wenig traurig, dass Greg für immer gegangen war. Sein Vermögen hatte er freundlicherweise dagelassen. Das würde ihn über den Verlust seines Freundes hinwegtrösten. »Todeszeitpunkt 3.30 Uhr, Debbie«, sagte Jeff. Wieder ein Patient, der die Rettungswagenfahrt nicht überlebt hatte. Dabei hatte Sam diesmal gar nicht nachhelfen müssen. Als Anschauungsobjekt für Medizinstudenten würde Greg freilich nicht dienen. Immerhin war er Jeffs bester Freund gewesen.

Schwester Deborah notierte die Worte des Chefarztes in Gregs Patientenakte und rief anschließend in der Leichenhalle an, wo der Leichnam auf den Abtransport in die Gerichtsmedizin warten würde.

Jeff überlegte, ob er Hillary gleich Bescheid geben sollte. Doch dann beschloss er, der trauernden Witwe, die ihren Mann in Notwehr erschossen hatte, erst nach Sonnenaufgang von dessen bedauerlichem Ableben zu berichten. Er hoffte, dass ihr die Polizei nicht allzu sehr zusetzen würde. Aber er wusste auch, dass sie in den besten

Händen war. Sonja würde ihre Freundin beschützen wie eine Löwin ihr Junges. Da war sich Jeff sicher. Für heute wollte er es gut sein lassen.

Zu Hause gönnte er sich noch eine kleine Einschlafhilfe in Form eines eisgekühlten Wadadlis, als das Telefon klingelte.

»Entschuldigen Sie bitte die späte Störung, Doktor Geller.« Chief Inspector Clarence Spencer stellte sich offiziell vor. »Wir haben Sie in der Klinik nicht mehr angetroffen. Deshalb würde ich Sie bitten, morgen Nachmittag bei uns in der Polizeistation in der Market Street vorbeizukommen. Wir brauchen Ihre Zeugenaussage.«

»Selbstverständlich, Chief Inspector. Wann soll ich bei Ihnen sein?«, fragte Jeff.

»Passt Ihnen 15 Uhr?«

»Das lässt sich einrichten. Ich konnte leider nichts mehr für Mr Darnell tun«, sagte Jeff. In seinem Tonfall schwang Betroffenheit mit.

»Das wissen wir schon. Die Klinik hat uns informiert. Wirklich sehr bedauerlich. Ihre morgige Einvernahme wird nicht länger als 30 Minuten dauern. Ach ja, bringen Sie bitte Ihren Reisepass mit. Vielen Dank und gute Nacht, Doktor Geller.«

»Gute Nacht, Chief Inspector Spencer.« Jeff grinste zufrieden, als er auflegte. Den letzten Schluck aus der Flasche widmete er seinem toten Freund, bevor er sich endlich zur wohlverdienten Nachtruhe begab.

50

Als Sonja in Hillarys Schlafzimmer erwachte, schlug die Erinnerung wie ein Blitz in ihren schweren, noch immer leicht betäubten Kopf ein. Es war wirklich passiert, stellte sie bedrückt fest. Sie hievte ihren bleiernen Körper aus dem viel zu weichen Bett. Hillary war weg. Und Greg war tot. Sonja war sich sicher, dass er tot war. Sie spürte es.

Unter der Luxusdusche ließ sie ihre Haut aus 16 seitlichen Düsen mit kaltem Wasser massieren, bis sie nichts mehr spürte. Danach war sie wach und fühlte sich ein wenig frischer.

Der Pareo, den sie vergangene Nacht getragen hatte, verströmte noch immer diesen grässlichen Blutgeruch. Sie brauchte unbedingt saubere Klamotten. Im berstend vollen Kleiderschrank der Freundin wurde sie rasch fündig. Sie lieh sich einen schwarzen Slip und ein schwarzes Leinenkleid. Um in Hillarys BHs zu passen, fehlten Sonja drei Körbchengrößen. Also verzichtete sie darauf, was niemandem auffallen würde.

Colette stand in der Küche und hantierte mit dem Frühstücksgeschirr. Dicke Tränen kullerten über ihre Wangen. »Guten Morgen, Ms Sonja«, grüßte sie mit dünner Stimme.

»Guten Morgen, Colette.« Sonja legte ihren Arm tröstend um die Schulter der zierlichen Frau.

»Es ist so schrecklich, Ms Sonja. Mrs Darnell hat ihn umgebracht.« Colette sah sie verzweifelt an und wischte ihre Tränen mit einem Küchentuch ab.

»Nein, Colette. Sie hat sich nur gewehrt. Mr Darnell hat sie attackiert. Es war Notwehr, verstehst du?«, verteidigte Sonja ihre Freundin.

»Das glaube ich nicht. Nicht der nette Mr Darnell«, protestierte Colette und schluchzte herzzerreißend.

»Arme Colette. Wir können es nicht mehr ändern. Du musst jetzt stark sein. Wir alle müssen stark sein.«

»Ich versuche es. Wollen Sie einen Kaffee, Ms Sonja?«

»Ja bitte, Colette. Das ist lieb von dir.« Sonja lächelte die trauernde Haushälterin an.

Hillary hatte ihren Platz am Frühstückstisch bereits eingenommen. Sonja wünschte ihr einen guten Morgen. Obwohl er natürlich alles andere als gut war.

»Hi, Sonja. Wie geht es dir?«, fragte Hillary matt.

»Den Umständen entsprechend, würde ich sagen. Und wie geht's dir? Konntest du durchschlafen?«

»Tief und fest. Jeffs Spritze war der Hammer.«

»Ich hab ein Schlafpulver aus deinem Arzneischrank genommen und mir ein Höschen und das Kleid hier geliehen. Ist das okay?«

»Sicher.«

»Möchtest du darüber reden?«

»Nein.«

»Das dachte ich mir schon«, sagte Sonja betrübt. »Wir müssen um 14 Uhr auf der Polizeistation in St. John's erscheinen, um das Protokoll zu unterschreiben.«

»Weißt du schon, dass Greg tot ist?«

Sonja schloss kurz die Augen und seufzte. »Ich dachte es mir.«

»Jeff hat es mir heute Morgen am Telefon mitgeteilt.«

»Es tut mir so leid, Hilly.«

Hillary nickte wortlos. Dann berichtete sie Sonja, dass

Jeff sie beide am Nachmittag abholen und nach St. John's bringen würde. Auch er musste auf der Polizeistation seine Aussage machen.

»Du weißt, dass du deinen Reisepass mitnehmen musst?«, fragte Sonja.

»Ja.«

»Ist es okay, wenn ich dich jetzt allein lasse? Ich bekomme ohnehin keinen Bissen hinunter.«

»Geh nur. Ich warte auf Jeff.«

»Ruf mich an, wenn er da ist. Oder kommt einfach zu mir rüber.« Sonja nahm ihren Kaffee mit.

Gegen Mittag beschloss sie, nach der Freundin zu sehen, die sich seit dem Frühstück nicht gemeldet hatte. Auf ihrem Weg ins Haupthaus traf sie Wayne, der im Garten beschäftigt war, und fragte ihn nach Hillary.

»Mrs Darnell ist unten am Pool mit dem Doktor«, erklärte der Gärtner mit gesenktem Haupt.

Hillary saß neben Jeff auf der weißen Sitzgruppe im Schatten der Palmen. Er hatte seinen Arm um sie gelegt, während ihr Kopf an seiner Schulter lehnte. Jeff redete auf sie ein.

Sonja spürte einen Stich in ihrer Brust, zwang sich jedoch ruhig zu bleiben. Jeff war nur da, um Hillary in aller Freundschaft zu unterstützen. Er wollte sie bloß trösten. In extremen Situationen wie dieser war einfach kein Platz für Eifersucht, rügte sie sich selbst.

Als Jeff sie kommen sah, nahm er seinen Arm von Hillarys Schulter. »Sonja, hallo! Komm, setz dich zu uns!«, rief er ihr zu.

Sonja setzte sich auf den gepolsterten Hocker.

»Hillary hat dir schon erzählt, dass ich für Greg nichts mehr tun konnte?«, fragte er.

Sonja nickte.

»Es tut mir leid.« Jeff legte seine Hand auf Sonjas.

»Mir tut es auch leid«, antwortete sie leise und kämpfte zum ersten Mal seit dem grauenhaften Vorfall mit den Tränen.

»Schon gut. Weine nur, wenn es dir hilft«, sagte Jeff.

Doch Sonja schluckte den Kloß in ihrem Hals tapfer hinunter. »Ich kann es nicht fassen. Warum haben wir es bloß so weit kommen lassen? Wir hätten das verhindern müssen«, sagte sie.

»Fang nicht schon wieder damit an. Wir haben alles versucht. Ich habe alles versucht«, korrigierte sich Jeff.

»Aber ich durfte es nicht versuchen«, sagte Sonja bitter. »Ich hätte mich niemals von euch abhalten lassen dürfen, das Richtige zu tun.«

»Das Richtige für wen?« Hillary funkelte Sonja an. »Es war mein Problem, und es bleibt mein Problem, Sonja. Akzeptiere das endlich oder geh einfach«, sagte sie forsch.

»Dann geh ich besser mal wieder. Nimmst du mich dann mit zur Polizei?«, wandte sich Sonja an Jeff.

»Natürlich. Ich bin gleich bei dir.« Jeff lächelte sie an.

»Okay«, antwortete Sonja und zog sich zurück ins Gästehaus. Wie konnte Hillary nur so uneinsichtig sein? Nach allem, was passiert war. Warum war sie absolut nicht bereit, mit ihr über ihre Probleme zu reden? Zu Jeff hatte sie anscheinend mehr Vertrauen, obwohl sie sich so oft angifteten. Das Klingeln des Telefons riss Sonja aus ihren Gedanken.

»Hi, Sonja«, sagte Nekisha. »Ich wollte nur mal fragen, wie es dir geht. Nachdem ich gehört habe, was gestern Nacht bei euch passiert ist. Bist du okay?«

»Es geht einigermaßen, danke. Irgendwie hab ich das alles noch nicht so recht realisiert. Ist wahrscheinlich besser so.«

»Das ist sogar sehr gut. Ein Trick der Natur, um deiner Seele nicht mehr zuzumuten, als sie aushält. So können all die schrecklichen Gefühle nur langsam, in kleinen Dosen zu dir vordringen. Immer nur so viel, dass du es gerade noch verarbeiten kannst. Und wie geht es deiner Freundin?«

»Ich weiß nicht. Sie wirkt wie versteinert und weigert sich wie immer mit mir zu reden. Nur Jeff scheint noch an sie ranzukommen.«

»Ach … Sind die beiden denn so gut miteinander befreundet?«

»Anscheinend empfinden sie mehr Sympathie füreinander, als ich bisher dachte. Jedenfalls hatten die beiden eine intensivere Beziehung zu Greg als ich, das verbindet sie wohl in dieser extremen Situation miteinander. Ich kannte ihn ja noch nicht so lange. Irgendwie fühle ich mich fast ausgeschlossen. Als hätte ich kein Recht, das Ganze ebenso schrecklich zu finden.«

»Seid ihr schon von der Polizei vernommen worden?«, wollte Nekisha wissen.

»Gestern Nacht. Sie waren sehr rücksichtsvoll und haben uns für heute Nachmittag auf die Polizeistation bestellt.«

»Wenn du etwas brauchst oder einfach nur reden möchtest, ruf mich an. Ich bin für dich da.«

»Danke, Nekisha. Das ist wirklich sehr nett von dir«, antwortete Sonja und spürte, dass sie gleich in Tränen ausbrechen würde.

»Bis bald, Sonja«, verabschiedete sich Nekisha.

»Bis bald«, brachte Sonja gerade noch mühsam hervor. Dann ließ sie ihren Tränen freien Lauf. Kaum hatte sie ihr heftiges Schluchzen einigermaßen im Griff, kam Jeff zur Tür herein.

»Du weinst ja, Schönheit«, stellte er fest.

Sonja biss sich auf die Lippen, um nicht gleich wieder hysterisch loszuheulen.

»Komm zu mir«, sagte Jeff und drückte sie an sich. »Mein armes Baby«, meinte er und streichelte dabei sanft über ihre Locken.

Es tat unendlich gut, dass er sie in den Armen hielt. Sonja war so froh, dass er endlich gekommen war, um sie zu trösten. Sie brauchte ihn doch auch, nicht nur Hillary.

»Wir müssen dann fahren, Schönheit«, sagte Jeff.

»Ist es schon so spät? Ich muss noch schnell mein Gesicht waschen.«

»Beeil dich. Ich warte draußen im Wagen.«

Jeff hielt Hillary gerade die Beifahrertür auf, als Sonja im gleißenden Sonnenlicht zum Land Rover ging. Die Szene kam ihr unwirklich vor. Überhaupt hatte sich Sonja in letzter Zeit öfters wie die Nebendarstellerin in einem schlechten Film gefühlt. In diesem Moment war es wieder so weit. Hauptdarstellerin Hillary Darnell trug ein schwarzes Kopftuch, das im Nacken verknotet war. Dazu eine übergroße Sonnenbrille, die sowohl ihre Augen als auch ihre Gefühle verbarg. Das schwarze Etuikleid, die teuren Sandaletten und der exklusive Brillantschmuck verrieten, dass ihr die Rolle der trauernden Witwe zukam, deren Schmerz schon bald durch sehr viel Geld gelindert werden würde. Wenngleich sie ihren Mann erschossen hatte, hatte sie wohl nichts zu befürchten. Davon war Sonja beinahe überzeugt.

Hillary schien sich jedoch nicht so sicher, dass sie ungeschoren davonkommen würde. Während der kurzen Fahrt nach St. John's sprach sie mit Jeff über ihre Ängste. »Sie werden mich einsperren. Ich weiß es. Sie werfen mich ins Gefängnis.«

»Unsinn, Hillary. Es war Notwehr. Greg war gewalttätig.«

»Meinst du, die glauben mir?«

»Aber sicher. Schließlich hast du in uns zwei vertrauenswürdige Zeugen. Wir können bestätigen, dass Greg dich immer wieder geschlagen hat. Nicht wahr, Sonja?« Jeff suchte den Augenkontakt mit ihr im Rückspiegel.

»Mach dir keine Sorgen, Hilly«, versuchte Sonja ihre Freundin zu beruhigen.

»Danke, Jeff. Danke, Sonja. Wie gut, dass ich euch beide habe.«

Stimmt. Ohne uns würdest du jetzt ordentlich in der Scheiße sitzen, dachte Sonja.

51

In der Polizeistation wartete Anthony Gibbs bereits auf Hillary, die als Erste vernommen wurde. Danach war Sonja an der Reihe. Nachdem sie in Anwesenheit des Anwalts ein paar Fragen zu den nächtlichen Vorfällen, die der Tat vorausgegangen waren, wahrheitsgemäß beantwortet hatte, wurde das Protokoll der vergangenen Nacht um ihre aktuelle Aussage ergänzt. Anschließend wurden die Daten aus ihrem Reisepass übertragen. Zu guter Letzt legte ihr der Sergeant die ausgedruckten Papiere zur Unterschrift vor.

»Haben Sie alles verstanden, Ms Podolski?«, fragte Chief Inspector Spencer, nachdem sie das Protokoll gelesen hatte.

»Ja, das habe ich.«

»Das ist also deine Aussage, Sonja? Und sie entspricht der Wahrheit?«, vergewisserte sich Anthony, der einen zweiten Ausdruck der Unterlagen studiert hatte.

»Natürlich ist das die Wahrheit«, antwortete Sonja forsch. Glaubte dieser verschrobene Gibbs, dass sie etwas zu verbergen hatte? Oder dass sie für irgendjemanden log?

»Dann unterschreiben Sie bitte hier, Ms Podolski«, sagte der Chief Inspector und schob Sonja das Original zu, das sie unterzeichnete.

»Vielen Dank für Ihre Unterstützung. Warten Sie bitte draußen. Sie bekommen noch eine Kopie und Ihren Reisepass zurück. Auf Wiedersehen, Ms Podolski.«

»Auf Wiedersehen, Chief Inspector Spencer.«

»Schickst du uns bitte Jeff herein, Sonja?«, fragte Anthony Gibbs.

»Ja, mache ich. Auf Wiedersehen«, verabschiedete sich Sonja. Draußen atmete sie erst einmal erleichtert durch.

»Und?«, fragte Jeff.

Sonja zuckte mit den Schultern. »Ich habe meine Aussage unterschrieben. Du sollst jetzt hinein. Sie warten auf dich«, sagte Sonja.

»Okay. Bis später, die Damen«, sagte Jeff und betrat Clarence Spencers schlichtes Büro.

Wie beneidenswert, dachte Sonja. Es gab offenbar nichts, was Jeff aus der Ruhe brachte.

»War's schlimm?«, erkundigte sich Hillary, als Sonja neben ihr auf der Bank vor Spencers Büro Platz nahm.

»Nein. Und bei dir?«

»Es war nicht gerade angenehm, noch einmal zu erzählen, was gestern Nacht passiert ist. Aber Anthony war eine große Stütze. Er ist wirklich ein guter Anwalt. Greg hatte recht«, sagte Hillary und biss sich auf die Unterlippe.

»Schon gut, Hilly. Ich verstehe, dass du traurig bist. Er war dein Mann, ganz egal, was er dir alles angetan hat.« Sonja nahm die Hand ihrer Freundin.

»Es tut mir leid, dass ich dich vorhin so grob behandelt habe. Du bist wirklich eine gute Seele. Ich wusste, dass ich mich auf dich verlassen kann«, sagte Hillary und lächelte sie zaghaft an.

»Ich wünschte nur, du hättest früher mit mir geredet. Wir hätten sicher eine weniger tragische Lösung gefunden.«

»Möglich. Aber jetzt ist es zu spät. Ich kann es nicht ungeschehen machen.«

»Ja, leider.« Sonja drückte die Hand ihrer Freundin.

Nach einer knappen halben Stunde kamen Jeff und Anthony Gibbs aus dem Zimmer des Chief Inspectors.

»Alles okay, oder?« Jeff sah den Anwalt erwartungsvoll an.

Der nickte und richtete das Wort an Hillary. »Ich denke, der Staatsanwalt wird unter den gegebenen Umständen auf eine Anklage verzichten. Euren Aussagen nach zu urteilen, ist die Tat zweifellos aus Notwehr geschehen.«

»Ja. Und was heißt das jetzt?«, fragte Hillary.

»Ohne der Staatsanwaltschaft vorgreifen zu wollen, kann ich mir nicht vorstellen, dass es überhaupt zu einer Gerichtsverhandlung kommen wird.«

»Ich muss also nicht vor Gericht? Das ist ja wunderbar«, sagte Hillary erleichtert.

»Das ist großartig«, stimmte Jeff ihr zu.

»Bitte, freut euch nicht zu früh. Wir müssen noch den offiziellen Bescheid abwarten. Bis dahin werde ich alles vorbereiten, damit wir die Erbschaft so rasch wie möglich abwickeln können. Ich melde mich bei dir, Hillary.«

»Danke vielmals«, sagte Hillary und schüttelte dem Anwalt die Hand.

»Nichts zu danken. Das ist mein Job. Gestatte mir bitte noch ein privates Wort«, sagte Gibbs und wartete ihr zustimmendes Nicken ab. »Es tut mir leid, was Greg dir angetan hat. Ich hatte keine Ahnung, dass er gewalttätig war«, sagte er.

»Man kann eben in niemanden hineinsehen. Noch nicht einmal in seinen besten Freund«, sagte Jeff mit bekümmerter Miene.

»Leider bestätigt sich das immer wieder«, meinte Gibbs. Dann überreichte er Sonja und Jeff die Kopien ihrer Zeugenaussagen und die Pässe und wandte sich wieder an Hillary. »Dein Pass bleibt noch bei der Polizei. Aber mach dir keine Sorgen. Du wirst ihn schon sehr bald wiederbekommen.«

»Danke für deine Unterstützung, Anthony. Auf Wiedersehen«, sagte Jeff und reichte dem Anwalt die Hand.

Auch Sonja verabschiedete sich, ehe sie die Polizeistation verließen.

»Wollen wir noch was trinken, wo wir schon einmal hier sind?«, fragte Jeff draußen.

»Von mir aus gern«, sagte Hillary und nahm das schwarze Kopftuch ab. Ihre blonden Haare waren zu einem eleganten Knoten hochgesteckt.

Sonja wunderte sich über die gute Laune der beiden und trottete wortlos hinter ihnen her. Es war eine gute Nachricht, dass Hillary wahrscheinlich nicht angeklagt werden würde. Aber hatten die zwei schon vergessen, dass Hillary vor kaum mehr als zwölf Stunden ihren Mann erschossen hatte? Der Jeffs bester Freund gewesen war. Nachdenklich folgte Sonja ihnen in das französische Café, das im Innenhof des Redcliffe Quay lag.

52

Gregs Leichnam wurde von der Gerichtsmedizin freigegeben. Nur eine Woche nach dem unerwarteten Tod des Multimillionärs wurde dieser verbrannt und im Meer, nur ein paar Kilometer außerhalb der Deep Bay bestattet. Wie Greg es sich gewünscht hatte, waren seine engsten Freunde auf der Laguna versammelt, um vor dem Hügel der Darnells die Asche ins karibische Meer zu streuen.

Zum Leichenschmaus fand sich die Trauergemeinde auf Hillarys Pooldeck ein, um einen Imbiss und kühle Drinks zu nehmen. Jeff hielt eine ergreifende Abschiedsrede auf seinen viel zu früh verstorbenen Freund, die nicht nur Sonja Tränen in die Augen trieb. Dass Greg seine Frau misshandelt hatte, erwähnte er mit keiner Silbe, obwohl es mittlerweile vermutlich jeder wusste.

Jeff hatte sich in der vergangenen Woche wesentlich mehr um Hillary als um Sonja gekümmert. So kurz nach Gregs Tod wolle er dessen Witwe zur Seite stehen, hatte er Sonja erklärt.

Die hatte seine übergroße Fürsorge verständnisvoll hingenommen, obwohl sie Hillary kaum trauern sah. Sonja hatte sich in die Arbeit gestürzt und weitere zwei Bilder für ihren Zyklus gemalt. Ihre Ausstellung in London konnte sie sich jetzt, da Greg tot war, zwar abschminken, aber das war ohnehin nie die Triebfeder für ihre Kunst gewesen. Sie musste einfach malen. Je schlechter sie drauf war, desto mehr folgte sie ihrer inneren Stimme, in diesem Fall ihren Traumbildern. Danach fühlte sie sich wieder ein wenig besser.

Nekisha war ihr in den vergangenen Tagen eine große Stütze gewesen. Die Frauen hatten einige Male miteinander telefoniert. Nekisha hatte Sonja stundenlang geduldig zugehört. Heute Abend wollten sie sich zum Essen treffen. Jeff hatte ohnehin keine Zeit für Sonja, da Hillary einen Termin mit Anthony Gibbs hatte, bei dem Jeff unbedingt dabei sein sollte. Möglichweise hielt der Anwalt schon das Dokument der Staatsanwaltschaft in den Händen, das Hillary vor einer düsteren Zukunft im Gefängnis bewahren würde. Dann stand auch der Erbschaftsabwicklung nichts mehr im Wege. Hillary würde Gregs beachtliches Vermögen erben.

Zur Happy Hour trafen sich Sonja und Nekisha im Strandlokal »The Beach« an der Dickenson Bay.

»Du siehst gut aus«, sagte Nekisha und ließ eine knallrote Cocktailkirsche auf einem grünen Plastikspießchen in ihrem Mund verschwinden.

»Es geht mir auch schon viel besser. Ich hoffe, dass ich dir in den letzten Tagen nicht allzu sehr auf die Nerven gegangen bin.«

»Aber nein. Ich habe dir doch angeboten, mich anzurufen, wenn du mich brauchst.«

»Danke, Nekisha. Danke für deine Geduld. Auf dein Wohl«, sagte Sonja und stieß mit ihrem Cocktailglas gegen Nekishas.

»Und auf deines, Sonja.«

Nachdem die Sonne im Ozean versunken war, bestellten die Freundinnen Weißwein und eine große Platte mit Meeresfrüchten.

Sonja erzählte von ihren Bildern und den Träumen, die sie dazu inspiriert hatten. Nekisha bestand darauf, sie demnächst anzusehen.

»Du kannst jederzeit gern zu mir kommen«, bot Sonja ihr an.

»Ehrlich gesagt, reicht es mir, dass ich mit Jeff arbeiten muss. Ich möchte ihm nicht auch noch privat begegnen.«

»Da brauchst du dir momentan keine Sorgen zu machen. Wenn er nicht in der Klinik ist, ist er bei Hillary. Nicht bei mir«, erklärte Sonja traurig.

»Noch immer?«

»Er muss sich um sie kümmern, nach allem, was passiert ist.«

»Und wer kümmert sich bitte schön um dich? Hillary hat ihren Mann umgebracht, nicht du.«

»Nekisha, bitte …«

»Was, bitte? Sie war es doch, die ihn erschossen hat, oder habe ich da was falsch verstanden?«

»Nicht so laut. Ja, sie war es. Aber sie hat aus Notwehr geschossen. Immerhin hat er sie regelmäßig verprügelt.«

»Bist du sicher?«

»Natürlich bin ich sicher. Sie ist ja immer zu mir geflohen, nachdem er wieder zugeschlagen hatte. Ich habe ihre Verletzungen mit eigenen Augen gesehen.«

»Wie schlimm waren ihre Verletzungen denn?«

»Eine blutige Nase, eine aufgeschlagene Lippe, ein verstauchtes Handgelenk und ein paar blaue Flecken«, zählte Sonja auf.

»Also nicht so schlimm.«

»Nicht so schlimm? Es ist immer schlimm, wenn ein Mann seine Frau prügelt.«

»Da hast du recht. Ich wollte ja nur wissen, welche körperlichen Verletzungen sie davongetragen hat. Aus rein medizinischer Sicht, verstehst du?«

»Du bist ja ärger als die Polizei«, brummte Sonja.

»Darf ich dich etwas ganz direkt fragen? Aber bitte spring mir nicht gleich an die Kehle.« Nekisha sah Sonja mit ernster Miene an.

»Das klingt ja spannend. Was denn?«

»Könntest du dir vorstellen, dass Jeff und Hillary …?« Nekisha hielt mitten im Satz inne.

»… dass die beiden ein Verhältnis miteinander haben?«, vollendete Sonja den Satz. Sie schluckte und verschränkte die Arme vor der Brust. »Natürlich ist mir das auch schon in den Sinn gekommen. Aber ich kann mir nicht vorstellen, dass die beiden mir das antun würden.«

»Da wäre ich mir an deiner Stelle nicht so sicher. Darf ich dir einen Rat geben?«, fragte Nekisha.

»Ja, bitte. Wenn deine Vermutung stimmt, kann ich einen Rat gut gebrauchen.«

»Pass bitte auf dich auf, Sonja. Glaube Jeff nicht alles, was er dich glauben lassen möchte.«

»Das wird mir langsam alles zu viel.«

»Ich weiß, du machst eine schwere Zeit durch. Aber ich werde nicht dabei zusehen, dass es noch schlimmer kommt.«

Nekishas Worte erinnerten Sonja an die eigenen, die sie an Hillary gerichtet hatte, um ihr zu helfen. Leider waren sie auf taube Ohren gestoßen, oder Sonja war nicht annähernd so hartnäckig gewesen wie Nekisha. Sonja lächelte sie an. »Ich fühle schon die ganze Zeit, dass du mich vor irgendetwas beschützen willst. Und ich spüre auch, dass du mehr weißt, als ich im Moment vertragen kann.«

»Du hast einen wunderbaren Instinkt, Sonja. Hör auf ihn. Und hör auf deine Träume.«

»Das mache ich«, versprach Sonja.

»Ich stehe dir bei. Bitte vertrau mir.«

Sonja nickte. »Ich vertraue dir, Nekisha. Ich weiß zwar nicht genau, warum. Aber ich vertraue dir voll und ganz.«

53

»Champagner zum Frühstück?«, fragte Sonja, als sie ihren Platz am Terrassentisch neben Hillary einnahm.

»Wir haben allen Grund zu feiern.« Jeff schenkte Sonja ein Glas ein.

»Anthony hat gestern den Brief der Staatsanwaltschaft erhalten. Stell dir vor, ich werde nicht angeklagt«, erzählte Hillary überschwänglich.

»Großartig. Das freut mich, Hillary. Aber ich habe keinen Augenblick daran gezweifelt«, sagte Sonja und wandte sich an Jeff. »Für mich bitte keinen Champagner. Es ist noch zu früh für Alkohol.«

»Komm schon, Schönheit. Stoß wenigstens mit uns an«, sagte Jeff und schob ihr das volle Glas hinüber.

»Na gut. Auf deine Freiheit, Hillary«, sagte Sonja.

»Auf deine Millionen«, prostete Jeff ihr ausgelassen zu.

»Cheers, meine Lieben! Danke noch mal, dass ihr zu mir gehalten habt.« Hillary strahlte von einem Ohr zum anderen.

»Wir wollten schon gestern Abend mit dir feiern. Aber du warst nicht da«, beschwerte sich Jeff.

»Ich war im ›The Beach‹«, sagte Sonja.

»Ach ja? Und mit wem?

»Mit einer Freundin.«

»Mit welcher Freundin?«

»Einer ehemaligen Kollegin aus der Agentur. Sie macht hier Urlaub«, log Sonja.

»Dann bring sie doch mal mit«, sagte Hillary und nippte an ihrem rosa Jahrgangschampagner.

»Das geht leider nicht. Andrea fliegt heute weiter nach Saint Lucia.« Sonja war überrascht, wie schnell ihr eine plausible Ausrede eingefallen war. Normalerweise gingen ihr Lügen nicht so leicht über die Lippen. Offenbar hatte sie in letzter Zeit einiges dazugelernt.

»Schade. Ich hätte sie gerne kennengelernt«, sagte Hillary. »Ich fahre gleich in die Stadt. Möchtest du mitkommen, Sonja?«

»Nein, danke. Ich male lieber weiter.«

»Zeigst du mir deine neuen Bilder, Schönheit?«, fragte Jeff.

»Musst du nicht ins Krankenhaus?«

»Nein, ich habe ein langes Wochenende.« Jeff lächelte sie an wie früher.

Sonja wandte ihren Blick ab und dachte an Nekishas Verdacht.

Jeff entging wohl nicht, dass sie anders reagierte als sonst. Nachdem Hillary weg war, stand er auf und reichte Sonja die Hand. »Komm, lass uns hinübergehen. Ich stehe jetzt wieder ganz zu deiner Verfügung.«

»So lange, bis Hillary aus der Stadt zurück ist?«, fragte Sonja, die ihre Enttäuschung nicht länger verbergen konnte.

»Du musst nicht eifersüchtig sein. Jetzt ist ja alles überstanden, Schönheit. Ich bin nur noch für dich da, wie früher.«

»Wirklich? Ist das wahr? Versprichst du es mir?«

»Ja, ich verspreche es dir hoch und heilig. Ich habe dich viel zu lange vernachlässigt.«

Sonja fühlte, wie sich der Knoten in ihrem Magen langsam auflöste. Jeffs Versprechen und der Gedanke, ihn endlich wieder zu spüren, ließen ihre Eifersucht dahinschmelzen und ihr Verlangen nach ihm wachsen. Als er sie wenig später küsste und die Knöpfe ihres Kleides öffnete, waren alle Zweifel verflogen. Nekisha musste sich geirrt haben. Alles war wie früher. Es fühlte sich gut und richtig an.

Jeff liebte sie leidenschaftlich und versetzte sie in jene himmlische Ekstase, in der Gedanken nicht länger existierten. Sonja gab sich dem Rausch ihrer Gefühle hin, der ihr Tränen in die Augen trieb.

Jeff streichelte über ihre nassen Wangen und lächelte sie an, während er seine gefühlvollen Stöße beschleunigte. »Alles ist gut, Baby«, versprach er ihr wieder und wieder.

»Oh Jeff, ich liebe dich so sehr«, schluchzte Sonja.

Jeff schloss die Augen und trieb sie zum Höhepunkt.

54

Am Nachmittag fuhren Sonja und Jeff zum Tennisplatz. Jeff musste sein ganzes Können aus Jugendtagen hervorzaubern, um nicht schon wieder gegen Sonja zu verlieren. Hätte er in seiner Collegezeit nicht in der Kampfmannschaft gespielt, wäre er wohl chancenlos gewesen. »Du bist eine klasse Spielerin. Gratuliere«, sagte er, als er ihr am Netz die Hand reichte.

»Ich gratuliere dir. Schließlich hast du gewonnen. Du hast einen Wunsch frei«, antwortete Sonja, die ebenfalls ganz schön ins Schwitzen gekommen war.

»Ich überlege mir was. Komm, ich lade dich auf ein Getränk ein.« Jeff schwang die Sporttasche über seine Schulter.

»Wollen wir heute Abend was Leckeres kochen?«, fragte Sonja, als sie auf der Terrasse, gleich neben den Tennisplätzen Platz genommen hatten.

»Ja. Wir könnten Hillary zu uns einladen. Damit sie nicht allein essen muss«, schlug Jeff vor.

»Von mir aus. Wir müssen vorher aber noch einkaufen.«

»Das können wir ja auf dem Heimweg erledigen. Ich hätte Lust auf was Scharfes. Magst du die Thaiküche?«, fragte Jeff.

»Oh ja. Aber bitte nicht allzu scharf.«

»Gut. Dann übernehme ich das Kommando und du schnippelst das Gemüse.«

»Ach ja?«

»Ich habe einen Wunsch frei. Schon vergessen?«

»Okay, du hast gewonnen, also schnipple ich«, stimmte ihm Sonja zu.

»Lass uns rasch noch hier duschen, bevor wir fahren«, sagte Jeff, nachdem sie leer getrunken hatten, und legte das Geld für die Getränke auf den Tisch.

»Treffen wir uns dann beim Auto?«

»In zehn Minuten. Auf die Plätze, fertig, los.« Jeff sprang auf und rannte in Richtung Männerumkleide.

Sonja sah ihm lächelnd hinterher. Ausgelassen wie ein kleiner Junge, dachte sie und seufzte glücklich.

Jeff wartete bereits im Wagen und telefonierte mit Hillary, die die Einladung zum Abendessen erfreut annahm. Bepackt mit fernöstlichen Köstlichkeiten aus dem Supermarkt kehrten sie heim. Sonja putzte und schnitt das Gemüse. »Ist das in Ordnung so, Chef?«

Jeff saß mit seinem Bier auf einem der Hocker an der Küchenbar und warf einen prüfenden Blick darauf.

»Perfekt.« Er nickte zufrieden.

»Weißt du, was komisch ist? Ich vermisse Greg. Obwohl ich weiß, was er Hillary angetan hat. Aber zu mir war er immer so freundlich und großzügig.«

»Mir fehlt er auch. Er war schließlich mein bester Freund. Pass auf, du schneidest dich gleich in die Finger.«

»Oh, danke. Ich sollte mich lieber auf das Messer konzentrieren.«

»Ich bitte darum. Ich habe heute nämlich absolut keine Lust mehr zu arbeiten«, sagte er und nahm noch einen Schluck Heineken.

»Diese zarten Brüste hier warten aber schon auf die OP, Doc.« Sonja zeigte mit der Messerspitze auf das vor ihr liegende Hähnchenfleisch.

»Zarte Brüste? Nur her damit. Skalpell, Schwester …«

Sonja reichte ihm ein großes Küchenmesser und stellte ihm das Brett mit dem Fleisch vor die Nase. Jeff zerteilte es mit präzisen Schnitten in gleich große Würfel.

Sein Thai-Hähnchen mit Jasminreis war ein Gedicht. Es hatte exakt die richtige Schärfe, um den feinen Kokosmilchgeschmack und die leichte Koriandernote nicht zu überdecken.

Hillary war den ganzen Abend über genauso herzlich, wie Sonja sie vor über einem Monat kennengelernt hatte. Hätte Greg noch mit ihnen am Tisch gesessen, wäre alles wie früher gewesen. Sonja vermied es, die Sprache auf den Verstorbenen zu bringen, um die fröhliche Stimmung nicht zu verderben. Das Leben ging weiter. Und anscheinend ging es wieder bergauf.

Sonja hatte reichlich Wein getrunken, mehr als ihr guttat, und drei von Hillarys Zigaretten geraucht. In ihrem Kopf drehte sich alles, während sie versuchte neben Jeff einzuschlafen, der bereits gleichmäßig und tief atmete. Irgendwann fiel sie in ihren nächsten Albtraum.

Greg saß an seinem Schreibtisch und lächelte sie freundlich an. Sein Hemd war mit Blut befleckt. Aus den drei Schusswunden in Bauch und Brust sickerte das Blut. Die Flecken wurden immer größer. Doch die Verletzungen schienen ihn nicht zu stören. »Kümmere dich um Hillary, Sonja. Egal, was passiert. Sie ist deine Freundin. Das wird sie dir schon sehr bald beweisen«, sagte er mit ruhiger, freundlicher Stimme. Sein Hemd war inzwischen blutdurchtränkt. Sonja zwang sich aufzuwachen.

Sie atmete tief durch und bemerkte, dass Jeff nicht mehr neben ihr lag. Er hatte doch keinen Bereitschaftsdienst. Konnte er dennoch ins Krankenhaus gerufen worden sein? Plötzlich fiel Sonja ein leises Geräusch auf, das von draußen ins Zimmer drang. Schon wieder die Ziege? Mitten in der Nacht? Sonja beschloss nachzusehen. Im Haus war es dunkel, nur das fahle Mondlicht fiel durch die Terrassentür, die einen Spalt weit offen stand. Leise schob sie diese zur Seite. Das Geräusch wurde lauter. Sonja dachte kurz an einen liebestollen Kater, als sie barfuß nach vorn zur Balustrade schlich. Doch da war gar kein Tier. Die rhythmischen Schreie klangen jetzt eindeutig menschlich.

Oh mein Gott … Lass das bitte nicht wahr sein, schickte Sonja ein Stoßgebet zum sternenklaren Nachthimmel. Zögerlich beugte sie sich über die Balustrade und blickte nach unten. Ihre schlimmste Befürchtung bestätigte sich. Jeff und Hillary trieben es miteinander, direkt unter ihrer Nase am Pooldeck. Sonja sah erstarrt dabei zu, wie Hillary kam. Im selben Augenblick nahm Jeff seine Hand von ihrer perfekt geformten Silikonbrust und hielt sie vor ihren Mund, um den Lustschrei zu dämpfen. »Nicht so laut, Baby. Ja, das ist geil. Ich liebe es, wenn du kommst«, sagte er und beschleunigte seinen Rhythmus.

Angewidert trat Sonja einen Schritt zurück. Sie hatte mehr als genug gesehen und gehört. Ihr Herz schlug wie wild, ihr Magen schien sich umzudrehen. Wie ferngesteuert schlich sie zurück ins Haus, unfähig einen klaren Gedanken zu fassen.

Nekisha hatte tatsächlich recht gehabt. Sonja hasste sich dafür, dass sie ihm heute Morgen geglaubt hatte. Sie hasste Jeff, diesen verlogenen Betrüger. Und sie hasste Hillary, diese miese Schlampe! Verzweifelt sank sie auf die Couch und heulte hysterisch in die Kissen, bis plötzlich das Licht anging.

»Was ist los, Schönheit?«, fragte Jeff, der unbemerkt durch die Terrassentür gekommen war.

Sonja sprang entsetzt auf und blickte ihn mit ihren roten, geschwollenen Augen an. »Was los ist? Du hast sie gevögelt! Ich habe es gesehen!«, schrie sie ihn an.

»Und? Hat es dir gefallen? Wir hätten es ja auch zu dritt machen können«, sagte Jeff. Sein Lächeln war zu einem Grinsen gefroren.

Während Sonja nach Worten rang, fuhr er emotionslos fort: »Selber schuld. Was spionierst du mir auch nach?«

»Jeff! Ist das alles, was du mir zu sagen hast?«

»Es ist besser, wenn ich jetzt gehe. Ich hole nur rasch meine Klamotten, du gestattest?«, sagte er und ging unbeeindruckt an ihr vorbei.

»Ich kann nicht glauben, wie eiskalt du auf einmal bist!«, rief Sonja ihm hinterher.

»Glaub es ruhig, Baby«, sagte er, ohne sich nach ihr umzudrehen.

»Es war also alles nur eine Lüge!«, schrie sie und rannte hinter ihm die Treppe hoch.

»Was auch immer es war, jetzt ist es vorbei.«

»Natürlich ist es vorbei! Ich sehe dir doch nicht dabei zu, wie du es hinter meinem Rücken mit meiner Freundin treibst.«

»Feine Freundin«, witzelte Jeff und ging durch die Schlafzimmertür.

»Verschwinde, Jeff! Verschwinde, bevor ich dir die Eier abschneide!«

»Spar dir die Mühe. Ich bin schon weg. Ein schönes Leben noch.« Jeff schlüpfte in seine Schuhe, warf seine Klamotten lässig über die nackte Schulter und ließ die Schlafzimmertür krachend hinter sich ins Schloss fallen.

Sonja starrte eine Weile ins Leere, bevor sie erneut in heftiges Schluchzen ausbrach. Keinen Tag länger würde sie es hier aushalten. Sie wollte nur noch weg. Weg von diesen elenden Lügnern. Sie musste sofort ihre Sachen packen.

55

»Störe ich dich?« Sonja schluchzte ins Telefon.

»Aber nein. Was ist denn los?«, fragte Nekisha besorgt.

»Ich wollte mich von dir verabschieden.«

»Warum? Fährst du weg?«

»Ich fahre noch heute in die Stadt und buche das nächstbeste Ticket nach Europa.«

»Aber, Sonja. Was ist denn passiert?«

»Ich habe die beiden heute Nacht erwischt.«

»Jeff und Hillary? Du meinst beim Vögeln? Oh mein Gott, du Arme. Wusste ich es doch. Dieses miese Schwein!«, schimpfte Nekisha. »Beruhige dich bitte, Sonja. Ich muss unbedingt noch mit dir reden, bevor du abreist.«

»Wozu denn? Das ändert auch nichts mehr.«

»Doch. Es ändert sehr viel. Du kannst mir vielleicht dabei helfen, ein Menschenleben zu retten.«

»Das verstehe ich nicht.«

»Bitte, ich muss unbedingt mit dir reden.«

»Na gut. Ich bin in einer Stunde in St. John's.«

»Wir treffen uns wieder vor der Kathedrale. Um zehn Uhr. Bis dann«, sagte Nekisha und legte auf.

Es war so weit. Jetzt musste sie Sonja alles erzählen, was sie wusste, bevor Jeff noch mehr Schaden anrichten konnte. 15 Minuten später saß Nekisha in ihrem klapprigen Toyota und raste, so schnell sie konnte, über die schlechte Straße von Bolans nach St. John's. Den Wagen parkte sie abseits der Market Street, um sich den morgendlichen Stau in die Stadt hinein zu ersparen. Dann hetzte sie zu Fuß zur St.-John's-Cathedral und ging nervös im Park auf und ab. Das Puzzle in ihrem Kopf hatte sich langsam, aber stetig zusammengefügt, bis sie schließlich das ganze schreckliche Bild erkannt hatte. Es war höchste Zeit zu handeln. Doch dafür brauchte sie Sonja. Nekisha hatte es kurzfristig geschafft, Sam und sich selbst aus Jeffs Schusslinie zu bringen, ein zweites Mal würde ihr das vielleicht nicht gelingen. Sie musste sich jetzt auf die Freundin verlassen, die schon bald weit weg im sicheren Europa sein würde. Sonja war die Einzige, die ihnen jetzt noch helfen konnte.

Sonja stieg die Treppen zur Kathedrale hoch. Nekisha lief ihr entgegen. Sie küssten sich flüchtig auf die Wangen und setzten sich auf die Bank unter dem Flamboyant-Baum.

»Danke, dass du gekommen bist, Sonja. Es ist wirklich lebenswichtig.«

»Das sagtest du schon am Telefon. Aber ich verstehe nicht …«

»Hör zu«, fiel ihr Nekisha ins Wort und nahm dabei ihre Hand. »Ich werde dir jetzt alles erzählen. Die ganze grauenvolle Wahrheit über unseren Doktor Charming Jeffrey Geller. Bist du bereit?«

Sonja nickte und sah die Freundin ein wenig ängstlich durch ihre dunklen Brillengläser an.

»Vor etwa zehn Monaten wurde mein Vetter Sam aus dem Gefängnis entlassen. Eine dumme Drogengeschichte hat ihn da hineingebracht. Er suchte damals dringend einen Job, doch niemand wollte ihn anstellen. Also habe ich mich bei Jeff persönlich für ihn eingesetzt. Zu persönlich, wie mir heute klar ist.« Nekisha räusperte sich verlegen. »Jedenfalls war der arme Sam über alle Maßen froh und dankbar, dass Jeff ihm diesen Job verschafft hat. Noch dazu in seinem erlernten Beruf als Rettungsassistent. Aber dann fing die Misere an. Jeff verlangte von Sam, dass er ein paar seiner Notfallpatienten opferte. Du verstehst, was ich meine?«

»Nicht wirklich.« Sonja schüttelte den Kopf.

»Jeff hat von Sam verlangt, dass er seine Patienten beim Transport ins Stanton Hospital unauffällig beseitigt. Exitus im Rettungswagen, du verstehst?«

»Aber warum? Wofür sollte das denn gut sein?«

»Der Dekan der Medizin-Uni, Professor Watt, du hast ihn bei der Gala kennengelernt, brauchte Leichen für seine Anatomiekurse. Er wollte seinen Studenten die Möglichkeit bieten, an menschlichen Körpern zu lernen. Dazu musst du wissen, dass auf unserer Insel unter normalen Umständen einfach zu wenige Leute sterben. Also hat Sam in Jeffs Auftrag nachgeholfen, und der Dekan hat seine Leichen bekommen.«

»Dann steckt also der Dekan dahinter?«

»Nein. Der weiß bis heute nichts von Jeffs Beschaffungsmethoden. Da bin ich mir sicher. Üblicherweise werden bei solchen Engpässen gut gekühlte Körperspenden aus anderen Ländern zu uns gebracht. Gegen Bezahlung der Transportkosten selbstverständlich. Jeff hat vom Dekan 3.200 Dollar pro Leiche kassiert, und Sam hat er mit läppischen 200 Dollar abgespeist, um sicherzugehen, dass er nicht plaudert. Ich habe Fotos von Jeffs Kontoauszug. Sieh her.« Nekisha zog Sams Kamera aus ihrer Tasche.

»Wo um alles in der Welt hast du diese Fotos her? Das ist ein anonymes Nummernkonto auf den Cayman Islands.«

»Aus Jeffs Büro. Er hat anscheinend nicht damit gerechnet, dass jemand dort danach suchen würde. Er war sich seiner Sache offenbar sehr sicher.«

»Aber warum bist du nicht zur Polizei gegangen?«

»Weil Sam dann auf Nimmerwiedersehen hinter Gittern verschwunden wäre. Das konnte ich ihm und mir nicht antun.«

»Obwohl er seine Patienten ermordet hat?«

»Ja, das hat er. Aber doch nicht freiwillig. Er war fix und fertig, als er mir die Geschichte gestanden hat.«

Sonja warf einen genaueren Blick auf die Fotos des Kontoauszugs. »14 Menschen haben daran glauben müssen? Das ist ja unglaublich.«

»Aber leider wahr. Doch es geht noch weiter. Natürlich wollte Jeff nicht akzeptieren, dass Sam nicht mehr liefern würde. Mittlerweile hatten wir jedoch ein paar interessante Details über ihn herausgefunden, mit denen wir den Deal schließlich stoppen konnten, ohne Sams Leben zu gefährden. Wir haben nicht nur diesen Kontoauszug entdeckt, sondern auch eine Liste mit allen getöteten Notfallpatienten, für die Jeff kassiert hat«, fuhr Nekisha fort und steckte die Kamera wieder in ihre Tasche. »Außerdem habe ich ein bisschen in seiner Vergangenheit herumgeschnüffelt und bin dabei auf eine Medikamentenaffäre in Philadelphia gestoßen. Sie hat ihn damals seinen Job gekostet, bevor er zu uns ans Stanton Hospital kam. Anscheinend hat er in Philadelphia einen regen Handel mit gestohlenen Arzneimitteln aufgezogen. Sie konnten ihm zwar nichts beweisen, aber sie waren so sicher wie ich, dass Jeff dahintersteckte.«

»Und mir hat er erzählt, die älteren Ärzte hätten ihn dort hinausgemobbt«, meinte Sonja nachdenklich.

»Wahrscheinlich ist kein einziges Wort wahr, das er dir jemals erzählt hat.«

»Wahrscheinlich …«

»Sam hat Jeff die Fakten unter die Nase gerieben, als er ihn wieder mal bedrohte. Daraufhin trat Jeff den Rückzug an, was mich ehrlich gesagt ein wenig überrascht hat, obwohl ich es natürlich gehofft hatte. Heute weiß ich, warum er seine kriminelle Energie nicht länger ins Leichengeschäft gesteckt hat.«

»Warum?«

»Weil er ein wesentlich lukrativeres Projekt direkt vor der Nase hatte.«

Sonja sah Nekisha fragend an.

»Jeff will an das Vermögen der Darnells rankommen. Er hat alles von langer Hand geplant. Willst du meine Theorie hören?«

Sonja zitterte inzwischen trotz der warmen Temperaturen. »Raus damit. Mich kann nichts mehr erschüttern.«

»Ich glaube, dass Jeff und Hillary schon seit Längerem ein Liebespaar sind. Obwohl Jeff ausschließlich sich selbst liebt. Und Hillary ist ihm wahrscheinlich verfallen.«

Plötzlich verstand Sonja, woher Hillarys Launen und ihr Sarkasmus gegenüber Jeff gekommen waren. Es musste für sie die Hölle gewesen sein mit anzusehen, wie der Liebste vor ihren Augen mit der Freundin herummachte. Aber warum hatte sich Jeff überhaupt mit ihr eingelassen? Nekisha unterbrach ihre Gedanken.

»Also, die beiden hatten was miteinander, lange bevor du hier aufgetaucht bist. Irgendwann müssen sie wohl auf die Idee gekommen sein, Greg zu beseitigen, um sich fortan mit seinem Vermögen ein schönes Leben zu machen. So was soll ja schon öfter vorgekommen sein.

Um offiziell an sein Geld zu gelangen, mussten sie jedoch dafür sorgen, dass Hillary als Erbin nicht in Verdacht geriet. Oder noch besser, dass sie ganz offiziell ihren Mann umbringen konnte, ohne dafür belangt zu werden. Sie haben Gregs Gewaltausbrüche inszeniert, um Hillary ein glaubwürdiges Motiv für ihre Notwehrgeschichte zu verschaffen. Und dich, meine Liebe, haben sie als perfekte Zeugin benutzt.«

Sonja lief es eiskalt den Rücken hinunter. »Verdammt, Nekisha. Ich glaube, du hast recht. Hillary hat mich vom ersten Moment an mit ihrer Freundschaft geködert. Sie war es, die unbedingt wollte, dass ich bei ihr einziehe.«

»Siehst du? Du wurdest sorgfältig ausgewählt. Sie haben nur auf dich gewartet. Du warst allein hier und wolltest für längere Zeit auf der Insel bleiben. Sie haben in dir die ideale Mitspielerin gefunden, ohne dass du davon etwas gemerkt hast.«

»Aber warum hat sich Jeff an mich rangemacht? Das hätte er sich doch sparen können.«

»Erstens bist du viel zu attraktiv, als dass er seinen gierigen Schwanz von dir hätte lassen können. Zweitens hat die Beziehung zu dir von seiner Affäre mit Hillary abgelenkt. Und drittens hat er dich stets im Griff gehabt und konnte somit genau abschätzen, wann du reif für den nächsten Schritt warst.«

»Und ich war so dämlich und habe nichts von alledem bemerkt.«

»Du warst nicht dämlich, sondern verliebt. Ich hatte doch auch nicht die geringste Ahnung, welcher Teufel in ihm steckt, bis Sam ausgepackt hat.«

»Sie haben den armen Greg also eiskalt umgebracht. Und ich habe wirklich geglaubt, dass er Hillary misshandelt hat. Wie hat sie das mit ihren Verletzungen hinbekommen?«

»Wie ich neulich schon andeutete, waren Hillarys Verletzungen nicht so schlimm. Es gibt noch nicht einmal Röntgenbilder von ihrer Hand. Da war nichts, außer Jeffs Diagnose, die mit Sicherheit falsch war.«

»Und die blutige Nase? Die aufgeplatzte Lippe?«

»Das kann sie sich selbst zugefügt haben, oder Jeff hat ihr eine verpasst. Vielleicht hat sie auch nur ein bisschen Theaterschminke verwendet. Eine einfache Übung.«

»Theaterschminke aus Las Vegas«, murmelte Sonja bitter. »Lass uns zur Polizei gehen, Nekisha.«

»Nein! Das geht nicht. Sam bekommt lebenslänglich. Und Greg wird davon auch nicht wieder lebendig.«

»Warum erzählst du mir das dann alles?«

»Weil ich deine Hilfe brauche. Oder besser gesagt, Hillary braucht deine Hilfe.«

»Hillary? Ich soll ausgerechnet dieser Schlampe helfen? Einer Mörderin?«

»Nicht so laut, Sonja. Beruhige dich bitte wieder. Vergiss mal, was sie dir angetan hat. Ich weiß, das ist nicht einfach.«

»Nicht einfach? Wie soll ich das jemals vergessen?«

»Bitte! Hillary ist in Lebensgefahr.«

»Wieso glaubst du das?«

»Jeff wird alles tun, damit er an ihr Vermögen kommt. Er wird es nicht mit ihr teilen wollen. Glaube mir, er wird sie heiraten und danach genauso beseitigen, wie er seinen besten Freund beseitigt hat. Ich weiß mittlerweile, wozu dieser Mann fähig ist. Du möchtest doch nicht, dass er Hillary umbringt? Hat sie das wirklich verdient?«

Sonja schwieg eine Weile. »Das hat noch nicht einmal Hillary verdient.«

»Eben. Du musst sie vor ihm warnen. Einer Fremden wie mir würde sie doch niemals glauben. Vielleicht kapiert sie, wie gefährlich er ist, wenn du ihr die ganze Geschichte erzählst.«

»Ich weiß nicht, ob ich das schaffe.«

»Doch. Du musst. Sie war immerhin deine Freundin.«

»Schöne Freundin …«, sagte Sonja. »Weißt du, was mir gerade einfällt? Halte mich bitte nicht für verrückt …«

»Sag schon.«

»Ich hatte gestern Nacht, kurz bevor ich die beiden erwischt habe, einen merkwürdigen Traum. Greg bat mich, auf Hillary aufzupassen, weil sie meine Freundin sei. Das würde ich schon bald herausfinden.«

»Das ist überhaupt nicht merkwürdig. Das war dein Unterbewusstsein. Es weiß viel mehr, als du glaubst.« Nekisha lächelte sie an.

»So ein Mist!«, rief Sonja und sprang von der Bank hoch. »Eine Taube hat mich angekackt!«

Nekisha kramte ein Erfrischungstuch aus ihrer Tasche. »Da, nimm«, sagte sie. »Du weißt doch, dass das Glück bringt?«

»Hoffentlich mehr als Scherben«, murmelte Sonja, während sie die Vogelexkremente von ihrem Bein abwischte. »Zu Silvester habe ich ein Glas zerschlagen. Und wo bitte schön ist mein Glück?«

»Du hast Glück, dass du Jeff los bist. Großes Glück sogar. Meinst du nicht?«

»Wenn man es so betrachtet …«, antwortete Sonja.

»Also, du musst Hillary alles erzählen und sie warnen. Wenn sie jetzt die Notbremse zieht, wird sie für Jeff uninteressant, weil er keine Chance mehr auf ihr Geld hat. Das könnte ihre Rettung sein.«

»Sie wollte doch noch nie auf mich hören. Warum sollte sie es ausgerechnet jetzt tun?«

»Sie muss dir zuhören. Bestehe darauf. Sie ist es dir schuldig. Wenn sie nur den Funken eines Gewissens hat, wird sie sich auf ein letztes Gespräch mit dir einlassen. Mach ihr aber unbedingt klar, dass sie niemandem davon erzählen darf. Schon gar nicht Jeff. Sonst wird die Sache erst richtig gefährlich. Nicht für dich, denn du bist dann längst über alle Berge. Aber für sie, für Sam und für mich.«

»Es ist dir also wirklich ernst, Nekisha? Du willst Hillary helfen?«

»Ja, sicher. Wir müssen sie doch irgendwie vor dem Teufel retten. Ohne Sam zu opfern, meine ich.«

Sonja schwieg eine Zeit lang.

Nekisha zupfte an ihren Fingernägeln, während sie auf eine Entscheidung wartete.

»Also gut, ich versuche es. Ich rede mit Hillary. Ich habe eh schon viel zu oft versäumt, mit ihr zu sprechen. Vielleicht kann ich sie ja tatsächlich vor einem schlimmen Schicksal bewahren. Keiner verdient so etwas, nicht einmal Hillary«, meinte Sonja und stand auf.

»Du bist großartig, Sonja. Und eine gute Seele. Ich danke dir. Ruf mich gleich an und lass mich wissen, wie euer Gespräch gelaufen ist«, sagte Nekisha.

»Ich melde mich dann bei dir. Und jetzt buche ich mein Rückflugticket. Ich möchte so schnell wie möglich von hier weg.«

»Das kann ich verstehen. Was für ein Abenteuerurlaub.«

»Ich hoffe, dass der Rest meines Lebens genau so langweilig wird wie früher«, sagte Sonja und küsste Nekisha auf die Wangen. »Ich halte dich auf dem Laufenden, meine Liebe.«

»Tschüss, Sonja. Ich drücke uns beiden die Daumen. Und halte dich ja von Jeff fern.«

»Da musst du dir keine Sorgen machen. Weißt du vielleicht, wann er wieder Dienst hat?«, fragte Sonja.

»Soweit ich weiß, am Montag. Das Wochenende hat er frei.«

»Okay. Tschüss, Nekisha.«

»Toi, toi, toi, Sonja.« Nekisha stand auf und lief die Treppe zur Long Street hinunter.

Sonja machte sich auf den Weg ins Internetcafé und buchte ihren Rückflug über London nach München für den kommenden Montag. Dann schickte sie Stephan eine E-Mail, um ihre Rückkehr für Dienstagnachmittag anzukündigen. Immerhin gehörte ihr noch immer die Hälfte der Wohnung. Bis sie etwas Neues gefunden hatte, würde sie wohl mit dem Ex unter einem Dach leben müssen. Der Ladenbesitzer erklärte Sonja gerade, wo sie Luftpolsterfolie zum Verpacken ihrer Bilder kaufen könne, als ihr Handy in der Handtasche den Eingang einer SMS verkündete.

»Sonne! Ich freue mich schon auf dich. Hole dich vom Flughafen ab. Bis ganz bald, S.«

Der gute Stephan. Es war tröstlich, dass er immer noch für sie da war, nach allem, was er wegen ihr durchgemacht hatte.

Plötzlich sehnte sich Sonja nach seiner ruhigen, besonnenen Art, die sie vor Kurzem noch ziemlich langweilig gefunden hatte. Wie schnell sich doch die Wertigkeiten änderten, wenn man so richtig tief in der Scheiße saß, überlegte Sonja.

56

Am Sonntag war Sonja kurz davor durchzudrehen. Sie wusste, dass Jeff sich nur ein paar Meter von ihr entfernt mit Hillary vergnügte. Wahrscheinlich amüsierten sie sich gerade prächtig über ihre Naivität und stießen mit Champagner auf das perfekte Verbrechen an. Nekishas Geschichte ging ihr unaufhörlich durch den Kopf. Einmal kam sie ihr völlig absurd vor, dann wiederum fügte sich alles ganz logisch zusammen. Zwischendurch kamen die Panikattacken. Sonjas Herz raste, und sie litt unter heftigem Durchfall. Am Mittag hielt sie es nicht länger aus und rief Nekisha im Krankenhaus an, die ihr wie immer zuhörte und sie beruhigte.

»Sorge dafür, dass Hillary begreift, wie gefährlich Jeff ist. Und mach ihr klar, dass sie die Klappe halten muss. Dann wird alles gut«, erinnerte Nekisha sie an ihre Vereinbarung. »Möchtest du heute Abend zu mir zum Essen kommen? Sam wird auch da sein. Er würde sich freuen, dich kennenzulernen. Schließlich bist du es, die seinen Arsch rettet.«

»Sehr gerne. Mir fällt hier eh nur die Decke auf den Kopf«, meinte Sonja dankbar.

Nekisha gab ihr rasch ihre Adresse in Bolans durch und verabschiedete sich, um in die Notaufnahme zu eilen.

Kurz nach 19 Uhr hielt das Taxi vor dem hübschen, sonnengelben Häuschen mit den roten Fensterläden und den blauen Rahmen. Ein Mann, der auf der Veranda saß, musterte Sonja neugierig. »Hi, du bist Sonja, nicht wahr?«, fragte er, als das Taxi die Auffahrt zurücksetzte und dabei eine beachtliche Staubwolke aufwirbelte.

»Sam? Hallo, schön dich kennenzulernen.«

»Ganz meinerseits. Du bist also meine tapfere Retterin«, sagte er und schüttelte fest ihre Hand.

»Ich hoffe es, Sam. Ich hoffe es für uns alle«, sagte Sonja.

Sam drehte sich um und öffnete das Moskitogitter vor der Tür. Man sah ihm nicht an, dass er 14 Menschenleben auf dem Gewissen hatte. Er wirkte eher, als könne er keiner Fliege etwas zuleide tun, überlegte Sonja und spürte, wie sich die feinen Härchen in ihrem Nacken aufstellten. Welcher normale Mensch begegnete schon einmal wissentlich einem Serienmörder?

Nekisha stand am Herd und rührte im größeren der beiden gusseisernen Kochtöpfe. »Hallo, Sonja. Schön, dass du gekommen bist. Sam, bietest du unserem Gast was zu trinken an?«

Sonja wollte nur Wasser, während Sam und Nekisha Wadadli zum Essen tranken. Nach der Callaloo, einer würzigen Spinatsuppe mit Krabbenfleisch, stellte Nekisha den großen Topf mit dem Pepperpot Stew in die Mitte des Tisches.

»Das schmeckt richtig lecker«, meinte Sonja begeistert, nachdem sie den ersten Bissen probiert hatte.

»Ist es dir nicht zu scharf?«, erkundigte sich Nekisha. »Ich habe extra weniger Chili als sonst verwendet. Sam, du kannst dir ja noch ein wenig Susie reintun.«

»Da ist Rind- und Schweinefleisch drin, Kürbis, Okra, Auberginen und Spinat«, erklärte Sam und schüttete reichlich Susie's Hot Sauce in sein Essen. »Und die Klöße sind aus Mais«, fügte er hinzu.

»Es schmeckt wirklich wunderbar«, bestätigte Sonja noch einmal. Das Fernsehen, das die ganze Zeit über lief, brachte gerade die für diese Jahreszeit üblichen karibischen Wetteraussichten. In den nächsten drei Tagen sollte es teils sonnig, teils wolkig werden, mit gelegentlichen Regenschauern. 28 Grad Höchsttemperatur, 23 Grad Minimum wurden erwartet. Schade, dass Sonja das Wetter nicht mit nach Hause nehmen konnte.

Nach dem Essen erzählte Sam seine bewegte Geschichte, die mit dem frühen Tod seiner Eltern durch einen Flugzeugabsturz begann und beim schaurigen Leichengeschäft mit Jeff endete. Auch die Zeit im Gefängnis schilderte er so anschaulich, dass Sonja trotz der Hitze, die durch den Deckenventilator gleichmäßig im Raum verteilt wurde, Gänsehaut bekam. Sie erfuhr, dass er nach dem Tod seiner Eltern mit der älteren Cousine aufgewachsen war und dass sein Onkel, Nekishas Vater, ihn regelmäßig verprügelt hatte. Der einzige Mensch, der ihm stets geholfen hatte, war Nekisha. Und auch diesmal hoffte er, dass es ihr gelingen würde, seinen Kopf aus der Schlinge zu ziehen. Sam hatte Tränen in den Augen, als er sich von Sonja verabschiedete. Er wünschte ihr viel Glück und Gottes Segen, bevor Nekisha sie nach draußen zum Taxi begleitete.

Sonja war todmüde, als sie zu Hause ankam. Das schmiedeeiserne Tor vor dem Parkplatz stand zum Glück noch offen. Daran hatte sie überhaupt nicht gedacht. Ihr schauderte bei der Vorstellung, dass sie andernfalls Hillary hätte herausklingeln müssen, um zum Gästehaus zu gelangen. Fast genau so froh war Sonja, dass sie bereits vergangene

Nacht, nach der schrecklichen Szene mit Jeff, die meisten ihrer Sachen gepackt hatte. Den Rest würde sie morgen im Koffer verstauen.

Als sie wenig später erschöpft im Bett lag, stellte sie erleichtert fest, dass sie in weniger als 24 Stunden schon im Flugzeug nach London sitzen würde. Der Gedanke an zu Hause beruhigte sie. Schließlich schlief sie ein, um viel zu früh wieder aufzuwachen. Um halb sechs war es draußen noch stockdunkel. Eine Zeit lang wälzte sie sich in dem breiten Bett hin und her und suchte nach den richtigen Worten für ihr Gespräch mit Hillary. Schließlich stand sie auf und kochte sich Kaffee. Milch war keine mehr da, aber egal. Sie wollte ein letztes Mal auf dieser Terrasse sitzen, den herrlichen Blick auf die Karibik genießen und beobachten, wie ein neuer Tag erwachte.

Als die Sonne hinter dem Gästehaus aufging, hörte sie das Meckern der Ziegen. Wehmütig dachte sie daran zurück, wie glücklich sie hier gewesen war. Dann ging sie ins Haus, um zu duschen und fertig zu packen.

Kurz vor halb neun schlich sie sich durch die Vordertür, um nachzusehen, ob Jeffs Land Rover noch auf dem Parkplatz stand. Die Luft war rein. Sonja ging durch den Garten zur Terrasse, auf der sie mit der vermeintlichen Freundin immer gefrühstückt hatte. Hinter der letzten Bananenstaude hielt sie kurz inne, atmete durch und fasste all ihren Mut zusammen. »Guten Morgen, Hillary«, sagte sie nur ein paar Schritte später.

Hillary schreckte hoch und sah sie verwirrt an. »Sonja? Hallo … Guten Morgen«, reagierte sie sichtlich verlegen.

»Darf ich?«, fragte Sonja und deutete auf den Stuhl, auf dem sie fast jeden Morgen gesessen hatte.

»Klar, setz dich«, meinte Hillary, noch immer verunsichert. »Möchtest du Kaffee und Frühstück?«, fragte sie, nachdem Sonja schweigend neben ihr Platz genommen hatte.

»Nur Kaffee und Grapefruitsaft. Danke«, antwortete Sonja.

Hillary drehte sich um und rief Colette Sonjas Wünsche durch die offene Terrassentür zu.

»Hillary, ich muss mit dir reden«, sagte Sonja bestimmt, nachdem Colette ihren Kaffee und Saft serviert hatte. Diesmal würde sie sich nicht abwimmeln lassen.

»Es tut mir leid, das mit Jeff«, sagte Hillary rasch.

»Und du meinst, damit ist es getan?«

»Was soll ich denn machen, Sonja? Ich liebe Jeff nun mal. Es ist einfach so passiert.«

»Einfach so passiert? Hör mir zu. Ich fliege heute Abend heim. Also muss ich hier und jetzt mit dir reden. Ein letztes Mal. Du musst wissen, worauf du dich eingelassen hast, bevor es zu spät für dich ist.«

»Ich will nichts davon hören«, sagte Hillary trotzig.

»Du bist doch kein kleines Kind mehr, Hillary! Hör mir jetzt gefälligst zu! Das ist wohl das Mindeste, was ich von dir erwarten darf«, sagte Sonja.

Hillary starrte schweigend auf die Krümel auf ihrem Teller.

»Also, was ist? Hörst du mir jetzt zu?«

Hillary nickte, ohne Sonja anzusehen.

»Alles, was ich dir jetzt erzählen werde, ist streng vertraulich. Wenn du Jeff etwas sagst, hast du weitere Menschenleben auf dem Gewissen. Verstehst du mich?«

»Nein«, sagte Hillary und sah Sonja nun doch flüchtig an.

»Schwörst du mir, dass du schweigen wirst? Du musst es mir versprechen. Falls du jemals so etwas wie Freundschaft für mich empfunden hast, bitte, Hillary«, flehte Sonja sie an.

»Es zerreißt mir fast das Herz, dass ich dir das antun musste«, antwortete Hillary leise und es klang ungewohnt aufrichtig. »Ich schwöre es dir, Sonja«, fügte sie hinzu und hob ihre Finger.

Für Sonja änderte der Freundschaftsschwur nicht das Geringste. Unbeeindruckt erzählte sie von Jeffs Leichengeschäft, seinem tödlichen Deal mit Sam, der Affäre mit Nekisha und von seiner dunklen Vergangenheit in Philadelphia.

Während Sonja kein schmutziges Detail ausließ, hörte Hillary immer fassungsloser zu. Ihre Hände zitterten und sie wurde zusehends blasser unter ihrer Bräune.

»Und jetzt kommt der Teil, der dein eigenes Schicksal betrifft. Du kannst es ändern oder endgültig besiegeln. Es liegt ganz bei dir«, sagte Sonja und wartete auf Hillarys Reaktion.

»Sprich weiter«, würgte sie hervor und schluckte.

»Denk immer daran, du hast mir versprochen, nichts zu erzählen. Wenn du nicht den Mund hältst, wird Jeff Himmel und Hölle in Bewegung setzen, um Nekisha und Sam Jacobs zu vernichten.«

Hillary nickte, ins Leere blickend.

Sonja fuhr fort. Sie unterstellte ihr, dass die heimliche Beziehung zu Jeff schon länger andauerte. Und sagte ihr die mörderische Intrige, die zu Gregs Tod geführt hatte, auf den Kopf zu. »Glaube mir, auch du bist für Jeff nur eine Figur in seinem bösen Spiel. Ich bin mir sicher, dass er ausschließlich hinter deinem Geld her ist. Sobald er dich geheiratet hat, wird er auch dich loswerden wollen. Überlege dir also gut, ob du diesen Verbrecher noch lieben kannst«, sagte Sonja und lehnte sich erleichtert in ihrem Stuhl zurück. Es war raus, sie hatte alles ausgesprochen. Ihre Schuld war es nun nicht mehr, wenn Hillary etwas zustieß.

Über Hillarys Wangen liefen dicke Tränen. Leise begann sie zu reden. »Ich gebe zu, dass wir Gregs Tod gemeinsam geplant und durchgezogen haben. Es stimmt auch, dass mich mein Mann nie geschlagen hat. Ja, auch du warst für mich anfangs nur Mittel zum Zweck. Doch glaube mir, schon ein paar Tage, nachdem du hier eingezogen warst, habe ich Freundschaft für dich empfunden. Obwohl ich dabei zusehen musste, wie du dich in Jeff verliebt hast. Es mag alles seltsam für dich klingen. Ich verstehe es ja selbst kaum. Aber ich liebe Jeff, Sonja. Ich liebe ihn mehr als mein Leben«, sagte Hillary und brach in heftiges Schluchzen aus.

»Hillary! Das ist krank. Nach allem, was ich dir über ihn erzählt habe, musst du doch erkennen, dass er durch und durch schlecht ist. Er hat dich sogar dazu gebracht, deinen herzensguten Mann, seinen angeblich besten Freund, zu töten. Er liebt nur sich selbst. Und dein Geld!« Sonja war so aufgebracht, dass sie fast schrie.

»Wahrscheinlich hast du recht. Vielleicht bin ich krank vor Liebe. Ich kann es nicht ändern. Und ich will es auch nicht ändern. Ich liebe Jeff nun mal. Selbst wenn mich das eines Tages umbringen sollte.«

»Dann kann ich dir beim besten Willen nicht helfen«, resignierte Sonja. »Versprich mir bitte nur, dass du ihm nichts von unserem Gespräch erzählst. Kein Sterbenswörtchen. Bitte, Hillary«, flehte Sonja sie noch einmal an.

Hillary nickte und schnäuzte sich in ihre Serviette. »Sehen wir uns noch mal, bevor du abreist?«

»Nein. Mach's gut, Hillary. Die Hausschlüssel lasse ich innen stecken.« Sonja schaffte es nicht, ihr für die schöne Zeit zu danken, die sie zweifellos miteinander erlebt hatten. Bevor ihre Liebe und ihre Freundschaft wie Seifenblasen zerplatzt waren.

»Pass gut auf dich auf, Sonja. Es tut mir leid! Ehrlich!«, rief Hillary ihr verzweifelt nach.

Sonja verschwand im Garten, ohne sich noch einmal nach Hillary umzusehen.

57

»Das war nicht besonders klug von dir, Schönheit.«

Sonja erschrak fast zu Tode. Die Riemchensandaletten, die sie gerade in die große Reisetasche packen wollte, fielen auf den Fliesenboden.

»Oh mein Gott, Jeff! Was willst du hier?«, fragte sie panisch.

»Dir eine gute Reise wünschen«, antwortete Jeff. Seine Augen waren eiskalt.

Sonja erstarrte, als sie die Pistole in seiner Hand erblickte. Sie hörte ein leises Klicken, gefolgt von einem lauten Knall und spürte einen wuchtigen, dumpfen Schlag gegen ihre Brust, der sie rückwärts zu Boden riss.

Jeff trat einige Schritt nach vorn und stand jetzt direkt über ihr, ein teuflisches Grinsen auf seinem Gesicht. Dann feuerte er zwei weitere Schüsse in ihren Leib.

Auf einmal wurde es ganz still um Sonja. Sie wunderte sich, dass sie nur ein leichtes Brennen verspürte, dann verlor sie das Bewusstsein.

58

Jeff kniete sich neben die Schwerverletzte und sah zu, wie das Blut aus ihrem Bauch quoll. Währenddessen fühlte er ihren Puls.

»Du musst nicht kämpfen, Schönheit. Du hast nicht die

geringste Chance. Gib lieber gleich auf. Alles andere wäre nur eine unnötige Quälerei«, sagte er und ließ die leblose Hand zu Boden fallen. Dann wischte er die Smith & Wesson sorgfältig ab und platzierte sie neben Sonja. Er huschte durch die Vordertür zu seinem Land Rover, um zurück ins Stanton Hospital zu fahren. Es war nicht anzunehmen, dass Sonja dort jemals lebendig ankommen würde, selbst wenn Hillary die Schüsse gehört hatte, sie gleich finden und die Rettung verständigen sollte. Und falls doch, würde er dort bereits auf sie warten und dafür sorgen, dass sie nie wieder versuchte, seine Pläne zu durchkreuzen. Als Nächstes würde er sich diese schwarze Schlampe und ihren scheinheiligen Vetter vorknöpfen. Nekisha und Sam mussten ebenfalls verschwinden, bevor sie ihm alles zunichtemachen konnten. Niemand würde ungestraft versuchen, seinen lukrativen Plan zum Scheitern zu bringen. Schon gar nicht so kurz vor dem Ziel.

In Gedanken versunken raste er die Privatstraße vom Hügel der Darnells hinunter und bog viel zu schnell in die Hauptstraße ein. Als er den Bus wahrnahm, der ihm entgegenkam, versuchte er noch, das Steuer herumzureißen. Doch es war zu spät. Mit einem ohrenbetäubenden Knall krachte der Bus fast ungebremst in die Fahrerseite des Land Rovers, der sich danach einige Male um die eigene Achse drehte, bevor er auf der Wiese neben der Hauptstraße zur Seite kippte und liegen blieb.

Der geschockte Busfahrer stellte sein schweres, vorn völlig verbeultes Fahrzeug am Straßenrand ab. Wie durch ein Wunder waren weder er noch einer der Fahrgäste verletzt worden. Er eilte zu dem Geländewagen. Das eingeklemmte Unfallopfer reagierte nicht auf seine Zurufe.

59

Hillary versuchte sich am Pooldeck mit einem Magazin und jeder Menge Zigaretten von ihrem schlechten Gewissen und den düsteren Befürchtungen abzulenken, als sie plötzlich Schüsse hörte. Erschrocken sprang sie auf und ahnte sofort, dass es ein tödlicher Fehler gewesen war, Jeff am Telefon von dem Gespräch mit Sonja zu berichten. Er hatte gemeint, dass er sich umgehend um alles kümmern würde, obwohl sie ihn angefleht hatte, Sonja doch einfach abreisen zu lassen. Warum hatte sie bloß nicht ihren Mund gehalten, wie sie es versprochen hatte? Wenigstens so lange, bis Sonja im Flugzeug saß. Hillarys Herz klopfte bis zum Hals, während sie die steinernen Stufen zum Gästehaus hochhetzte.

Die blutüberströmte Sonja lag regungslos neben der Smith & Wesson. Erst vor zwei Tagen hatte ihr Anthony die Waffe gemeinsam mit ihrem Pass zurückgegeben. Hillary sah die große Reisetasche, die darauf wartete, fertig gepackt zu werden. Und sie hörte den Wagen, der über den Kies vor dem Haus davonbrauste. Bei aller Liebe zu Jeff, sie würde nicht zulassen, dass Sonja starb.

Als sich die Frau in der Notrufzentrale endlich meldete, erklärte ihr Hillary, dass auf ihre Freundin geschossen worden war. Dann setzte sie sich neben Sonja auf den blutbefleckten Boden, nahm ihre Hand und redete beschwörend auf sie ein. »Halt durch, Sonja! Du schaffst es, bitte«, wiederholte sie immer wieder. »Die Rettung wird jeden Moment da sein.«

60

Sam sprang zu Henry in den Rettungswagen. »Los, Henry! Gib Gas. Wir müssen sie retten«, sagte er aufgeregt und rief Nekisha an. »Nekisha, Sonja hat's erwischt. Sie ist angeschossen worden.«

»Was? Oh mein Gott. Beeil dich, Sam. Ich bereite alles für eine Not-OP vor. Das wollte ich nicht … Himmelherrgott!«

Der Rettungswagen raste an der Unfallstelle vorbei, obwohl der Busfahrer am Straßenrand versuchte, ihn durch wildes Winken aufzuhalten.

»Sorry, Mann. Du musst auf den nächsten Wagen warten«, rief Henry ihm zu, der die Unfallmeldung über Funk mitbekommen hatte. Auch wenn der Fahrer da draußen ihn nicht hören konnte.

Sonjas Zustand war besorgniserregend. Sam betete, dass sie nicht zu viel Blut verloren hatte. Als er sie endlich im Stanton Hospital an Nekisha übergab, schrie er sie beinahe hysterisch an, ihr das Leben zu retten.

»Sei ruhig, Sam. Ich tue ja, was ich kann«, sagte Nekisha und nahm eine Blutprobe durch den venösen Zugang, den er zuvor gelegt hatte. »Ab damit ins Labor! Blutgruppe bestimmen! Rasch! Sie braucht dringend Blut!«, rief sie einer Schwester zu, ehe sie mit Sonja im OP 2 verschwand.

61

Während die Feuerwehr dabei war, Jeffs zerquetschten Körper aus dem Wagen zu schneiden, piepste Nekishas Pager. Sie rief sofort in der Hämatologie an.

»Schlechte Nachrichten, Doktor Jacobs. Sonja Podolski ist eine H-defizite Patientin. Sie kann nur mit Bombay oh-Erythrozyten versorgt werden.«

»Auch das noch. Ausgerechnet diese seltene Blutgruppe. Scheiße. Sehen Sie doch noch mal in der Blutdatenbank nach, Kollege. Vielleicht gibt es ja irgendwo ein eingefrorenes Präparat. Sehr unwahrscheinlich, ich weiß«, gab Nekisha zu und sah ihre Hoffnung, Sonja durchzubringen, dahinschwinden. Wie hatte sie nur so leichtsinnig sein und die Ärmste da hineinziehen können? Wenn sie nun starb, wäre es ihre Schuld. Verdammt! Diese dumme Hillary musste geplappert haben. Wieso hatte sie noch immer nicht kapiert, wie gefährlich Jeff war? Oder hatte sie die Frau am Ende doch völlig falsch eingeschätzt? War Hillary genauso skrupellos wie Jeff? Nein. Das konnte nicht sein. Das durfte nicht sein.

»Ich habe bereits nachgesehen«, holte der Kollege sie ins Hier und Jetzt zurück. »Es gibt keine passenden Blutpräparate. Weder bei uns noch im gesamten Karibikraum. Aber jetzt kommt die gute Nachricht. Sie werden es nicht glauben, wir haben tatsächlich einen möglichen Spender auf Antigua.«

»Das sagen Sie erst jetzt? So reden Sie schon! Die Patientin verblutet mir hier.«

»Treiben Sie eine gewisse Hillary Darnell auf. Sie ist die Einzige, die Sonja Podolski retten kann.«

»Mrs Hillary Darnell?«, fragte Nekisha ungläubig. »Sind Sie sicher?«

»Na, hören Sie mal, natürlich bin ich sicher.«

»Schon gut, Verzeihung. Haben Sie ihre Nummern bei der Hand?«

»Ja, schreiben Sie mit«, sagte der Hämatologe und gab ihr Hillarys Nummern durch.

»Wie geht es ihr?«, wandte sich Nekisha an den Assistenzarzt, nachdem sie aufgelegt hatte.

»So weit stabil. Wir konnten die Blutungen vorerst stoppen. Aber sie braucht dringend Blut«, antwortete der jüngere Kollege.

»Ich sorge dafür, dass sie es bekommt.« Nekisha eilte aus dem OP und wählte hastig Hillarys Nummer.

»Hillary Darnell«, meldete sich deren genervte Stimme nach mehrmaligem Läuten.

»Mrs Darnell? Hier ist Doktor Nekisha Jacobs vom Stanton Hospital. Ich brauche dringend Ihre Hilfe.«

»Geht es um Sonja?«, fragte Hillary besorgt.

»Ja. Können Sie bitte sofort in die Klinik kommen? Ich brauche Sie für eine Blutspende, damit ich Sonja operieren kann.«

»Sie brauchen ausgerechnet mein Blut? Hat sie etwa auch …?«

»Ja. Bitte, kommen Sie sofort her! Jede Minute zählt!«, fiel Nekisha ihr ins Wort.

»Erklären Sie das dem Chief Inspector. Ich fürchte, er lässt mich nicht so ohne Weiteres gehen.«

»Clarence Spencer?«, hörte Nekisha die Stimme des Polizisten, nachdem Hillary ihm das Telefon übergeben hatte.

Nekisha wiederholte ihren dringlichen Appell in knappen Worten. Der Chief Inspector willigte sofort ein, Mrs Darnell auf dem schnellsten Weg ins Krankenhaus zu bringen.

62

Der Polizeiwagen raste mit Blaulicht und Sirenengeheul an der Unfallstelle vorbei, an der Jeffs zertrümmerter Körper gerade in einen Krankenwagen geschoben wurde.

»Das sieht nicht gut aus«, bemerkte Sergeant Miller beim Anblick des Autowracks. Hillary war zu sehr in ihre Gedanken vertieft, als dass sie die Szene am Straßenrand beachtet hätte. Es war unglaublich, dass Sonja dieselbe seltene Blutgruppe hatte wie sie. Die Wahrscheinlichkeit betrug 1:300.000, hatte ihr der Schönheitschirurg in Los Angeles erklärt. Drei Wochen vor ihrer Brustvergrößerung hatte sie sich sogar Blut abnehmen lassen, damit für einen eventuellen Notfall im Zuge des geplanten Eingriffs vorgesorgt war. Was für ein Glück für Sonja, dass sie sich bei dieser Gelegenheit auch noch in der internationalen Blutdatenbank hatte registrieren lassen.

In der Klinik wurde Hillary sofort in einen kleinen, kärglich eingerichteten Raum im Erdgeschoss geführt, wo man mit der Blutabnahme begann. Anschließend musste sie eine Zeit lang auf der unbequemen Pritsche liegen bleiben, um ihren Kreislauf nicht zu überfordern. Während sie an die Decke starrte und grübelte, warum Jeff sich nicht persönlich um sie kümmerte, wo er doch im Dienst war, kämpften seine Kollegen in OP 1 um sein Leben. Gleich nebenan, in OP 2, entfernte Nekisha die Kugeln aus Sonjas Körper.

Als der junge Arzt zurückkehrte, um Hillarys Kreislauf zu kontrollieren, erkundigte sich diese nach dem Chefarzt. Sein junger Kollege hatte ihn zuletzt beim Mittagessen in der Kantine gesehen.

Das musste kurz vor ihrem folgenschweren Anruf gewesen sein, mit dem sie Sonja verraten hatte, überlegte Hillary betrübt. Sie beschloss, Jeff zu suchen, und stand auf, um das Handy aus ihrer Handtasche zu holen. In ihrem Kopf drehte sich alles. Plötzlich wurde ihr schwarz vor Augen. Erst als sie wieder auf die harte Pritsche zurücksank und noch eine Weile still liegen blieb, erholte sie sich allmählich und wählte schließlich Jeffs Handynummer. Ihr Anruf wurde sofort auf seine Mailbox umgeleitet. Auch in seinem Büro hob niemand ab. Hillary wartete, bis sie automatisch mit der Sekretärin verbunden wurde. Sie verlangte, den Chefarzt zu sprechen. Doch auch Ms Rydel wusste nicht, wo Jeff steckte.

»Bitte, piepsen Sie ihn an. Er soll dringend Hillary Darnell anrufen.«

»Ich kann ihn nicht einfach so anpiepsen. Sein Pager ist nur für Notfälle.«

»Das ist ein Notfall! Also, machen Sie schon!«

»Ich denke gar nicht daran. Er reißt mir den Kopf ab, wenn ich das tue.«

»Das wird Ihnen noch sehr leidtun, Ms Rydel«, drohte Hillary und beendete das Gespräch. Plötzlich fiel ihr ein, dass Jeff wahrscheinlich sauer sein würde, wenn er erfuhr, dass sie Sonja Blut gespendet hatte. Warum hatte er auch auf sie schießen müssen? Wahrscheinlich war er deshalb untergetaucht? Vorsichtig setzte sich Hillary auf und wischte sich winzige Schweißperlen von der Stirn. Dann nahm sie einen großen Schluck von dem Wasser, das ihr die Schwester zuvor hingestellt hatte. Bloß keine Panik. Jeff wird sich bestimmt bald melden, redete sie sich ein. Schließlich war er es, der auf Virgin Gorda ein neues Leben mit ihr anfangen wollte.

Diesmal stand Hillary vorsichtig auf, um zu testen, ob sich wieder alles drehte. Das Schwindelgefühl war verflogen. Wenngleich sie noch ein bisschen wackelig auf den Beinen war, ging sie hinaus auf den Gang, um sich noch einmal nach Jeff zu erkundigen. Und nach Sonjas Befinden.

»Halt! Hier geblieben! Zuerst wird der Blutdruck gemessen!«, rief die Schwester, die ihr entgegenlief. Die kleine, stämmige Frau hakte sie mit festem Griff unter und führte sie zurück in das Kämmerchen.

»Wissen Sie, wie es Ms Podolski geht? Das ist die Frau, für die ich mein Blut gespendet habe«, erkundigte sich Hillary.

»Das dürfen Sie mich nicht fragen, Lady. Ich kann Ihnen keine Auskunft geben. Fragen Sie Doktor Jacobs. Sie ist die behandelnde Ärztin«, meinte die Schwester.

»Dann können Sie mir vielleicht sagen, wo Doktor Geller ist?«, fragte Hillary, als ihr der Blutdruckmesser den linken Oberarm abschnürte.

Die Schwester schüttelte den Kopf und befreite Hillary von der Manschette. »Leider nein. Alles okay mit Ihnen.«

63

Hillary durfte das Krankenhaus verlassen. Jedoch nicht ohne den Chief Inspector, der die ganze Zeit über im Foyer auf sie gewartet hatte. Diesmal würde er genauer hinsehen als beim ersten Schussvorfall im Haus der Darnells, hatte er sich geschworen. Nachdem nun auch noch auf Sonja Podolski geschossen worden war, waren die alten Zweifel an der Notwehrgeschichte wieder in ihm aufgekeimt. Sein Instinkt hatte ihm schon damals verraten, dass ihm diese Hillary Darnell etwas Wesentliches verschwieg. Seiner Meinung nach hätte zumindest Anklage gegen sie erhoben werden müssen, doch der ignorante

Staatsanwalt hatte seine Empfehlung aufgrund der stichfesten Aussagen aller Beteiligten einfach ignoriert und die Ermittlungen einstellen lassen. Diesmal wollte Clarence Spencer Mrs Darnell unverzüglich mit auf die Polizeistation nehmen und Miller ein wenig den bösen Bullen spielen lassen, bevor ihr Anwalt eintraf. Mal sehen, wie rasch sie plauderte, wenn er danach den guten Bullen mimte. Sonderlich gerissen schien ihm die Lady nämlich nicht zu sein. »Ich darf Sie bitten, mit uns auf die Polizeistation zu kommen, Mrs Darnell«, empfing er sie freundlich lächelnd im Foyer.

»Muss das denn sein?«, fragte Hillary erschrocken.

»Ja. Sie sind uns noch ein paar Antworten schuldig. Oder glauben Sie, wir nehmen Ihnen Ihr Notwehrmärchen noch immer ab?«, antwortete der jüngere Sergeant unwirsch.

Hillary schluckte. »Vorher möchte ich aber noch wissen, wie es Ms Podolski geht«, protestierte sie.

»Es gibt nichts Neues. Sie wird noch immer operiert. Es ist in Ihrer Abwesenheit niemand hinein- oder hinausgegangen. Zumindest nicht aus diesem OP.« Clarence Spencers Arm zeigte auf OP 2.

»Kommen Sie jetzt!«, befahl Rufus Miller in deutlich ruppigerem Tonfall.

Hillary folgte den Männern, die sie in ihre Mitte nahmen, äußerst widerwillig.

»Sie können gerne Ihren Anwalt anrufen, Mrs Darnell«, sagte Clarence Spencer, als er Hillary in den Fond des Polizeiwagens einstiegen ließ.

64

»Sonja? Kannst du mich verstehen? Du hast alles gut überstanden«, sagte Nekisha. Die Nachtschwester hatte sie sofort verständigt, als Sonja nach der mehrstündigen OP aus der Narkose erwacht war.

»Er war es. Jeff hat auf mich geschossen«, murmelte Sonja schwach.

»Ich weiß, meine Liebe. Es tut mir so leid. Das ist meine Schuld«, gestand Nekisha leise.

»Nein.« Sonja schloss erschöpft ihre Augen.

»Ich werde der Polizei Bescheid geben, dass du morgen deine Aussage machen wirst. Jetzt schlaf dich erst einmal aus. Du musst dich erholen. Hast du Schmerzen?«

»Es geht«, flüsterte Sonja schwach und fiel wieder in tiefen Schlaf.

Sobald es Sonja etwas besser ging, würde sie ihr von Jeffs schwerem Autounfall erzählen, dachte Nekisha. Er lag noch immer auf dem OP-Tisch und wurde von mehreren Spezialisten operiert. Die Kollegen waren bemüht, den Chefarzt durchzubringen. Doch es sah alles andere als rosig für ihn aus. Seine rechte Seite hatte durch den Aufprall einiges abbekommen. Die Schulter war zertrümmert, Becken und Bein waren mehrfach gebrochen, und durch einen Leberriss hatte er sehr viel Blut verloren. Das Schlimmste waren jedoch seine schwerwiegenden Gehirnverletzungen, deren Langzeitfolgen nicht abzuschätzen waren.

Vielleicht gab es doch eine Gerechtigkeit, überlegte Nekisha, als sie nach diesem langen, anstrengenden Tag endlich in ihrem klapprigen Toyota saß. Das Wichtigste aber war, dass Sonja über den Berg war. Nekisha hätte es sich niemals verziehen, wenn sie mit ihrem gründlich misslungenen Plan ihren Tod verursacht hätte. Sie beschloss, Hillary gleich morgen früh anzurufen und sich nochmals für die rettende Blutspende zu bedanken. Obwohl ihr klar war, dass die Frau derzeit andere Sorgen hatte. Immerhin hing Jeffs Leben an einem seidenen Faden. Was Nekisha betraf, so hätte man diesen getrost durchtrennen können. Ihrer Ansicht nach hatte Jeff genau das bekommen, was er verdiente. Wie gut, dass nicht sie seine behandelnde Ärztin war.

65

»Danke, Anthony, dass du mich endlich aus diesem Rattenloch geholt hast.« Erleichtert stieg Hillary in den Mercedes ihres Anwalts.

»Aber bitte, das ist schließlich mein Job.« Anthony Gibbs startete den Wagen, um seine Mandantin nach Hause zu chauffieren. »Es war gut, dass du ohne mich nichts mehr gesagt hast.«

»Glaubst du etwa auch, dass ich es war, die auf Sonja geschossen hat?« Hillary öffnete das Fenster auf der Beifahrerseite und zündete sich eine Zigarette an.

»Nein. Das glaube ich nicht. Du hast ja kein Motiv, oder? Sonja wollte heute Abend abreisen. Warum hättest du also auf sie schießen sollen?«

Hillary rauchte ihre Zigarette schweigend zu Ende.

»Wenn du mir irgendetwas zu sagen hast, solltest du es jetzt tun, Hillary«, meinte ihr Anwalt, nachdem sie das Fenster wieder geschlossen hatte. »Es wäre gut, rechtzeitig eine Strategie für deine Verteidigung zu entwickeln. Nur für den Fall, dass sie den wahren Täter nicht so bald finden, meine ich.«

»Ich habe dir nichts zu sagen«, antwortete Hillary und blickte aus dem Seitenfenster. Die Türen der hell erleuchteten Hütten am Straßenrand standen weit offen und gewährten kurze Einblicke in den Alltag ihrer Bewohner. Vier zockende Männer, die Bier tranken, ein junges streitendes Paar und eine dicke Frau, die den Abwasch erledigte, zogen an der Multimillionärswitwe wie die Szenen in einem zu schnell geschnittenen Film vorbei. Jeff hatte sich noch immer nicht bei ihr gemeldet. Hillary überlegte, ob Anthony ihr nicht helfen sollte ihn zu finden. Nein, das konnte sie vorerst vergessen. Wie sollte sie dem Anwalt erklären, warum sie so verzweifelt nach Jeff suchte? Anthony schien ihr nicht zu glauben, und sie hatte nicht vor, sich ihm anzuvertrauen. Nicht bevor sie mit Jeff gesprochen hatte. Nach all der anstrengenden Fragerei war sie außerdem viel zu erschöpft, um weiter zu lügen.

66

»Es war also Doktor Jeffrey Geller, der auf Sie geschossen hat«, wiederholte Chief Inspector Clarence Spencer und sah in die müden Augen der blassen Patientin, während der Sergeant eifrig in seinen Block kritzelte.

»Ja«, bestätigte Sonja mit schwacher Stimme.

»Und Sie wissen nicht zufällig, warum er das getan hat?«

Sonja schüttelte vorsichtig den Kopf und spielte die Ahnungslose. Nekisha hatte ihr am Morgen erzählt, dass Jeff mit einer schweren Gehirnquetschung auf der Intensivstation lag. Sie empfand es als ungeheure Erleichterung, dass dieser Dreckskerl hoffentlich für immer ins Koma gefallen war. Wie es aussah, würde er ihr nie wieder gefährlich werden. Und auch sonst niemandem.

»Sie haben also keine Erklärung, warum er auf Sie geschossen hat«, stellte Clarence Spencer nüchtern fest.

»Na ja, vielleicht, weil wir kürzlich unsere Beziehung beendet haben.« Sonja musste all ihre spärlich vorhandenen Kräfte aufbringen, um sich auf ihre Aussage zu konzentrieren. Jetzt durfte sie nichts Falsches sagen. Sie hatte es Nekisha versprochen.

»Hat er den Schlussstrich gezogen oder Sie?«, wollte der Chief Inspector wissen.

»Ich«, sagte Sonja, um den Polizisten ein mögliches Motiv für die vermeintliche Eifersuchtstat zu liefern.

»Und warum haben Sie ihn verlassen?«, hakte Clarence Spencer nach.

»Ich wollte zu meinem Exfreund nach München zurück. Ich hatte bereits mein Rückflugticket gebucht. Am Abend hätte ich nach Hause fliegen sollen«, flüsterte Sonja. Sie schluckte schwer, um nach einer kurzen Pause fortzufahren: »Hören Sie, ich bin wirklich müde. Und ich habe große Schmerzen. Können wir die Fragerei beenden?«

»Selbstverständlich, Ms Podolski. Vielen Dank für Ihre Mühe. Ich wünsche Ihnen rasche Besserung«, sagte der Chief Inspector und erhob sich von dem Stuhl neben Sonjas Krankenbett.

»Alles Gute«, wünschte auch der Sergeant, ehe die beiden Männer durch die Tür verschwanden, vor der Nekisha stand.

»Ach, Sie sind fertig. Sehr gut. Ich wollte Sie gerade herausbitten. Die Patientin darf nicht überanstrengt werden«, sagte sie.

»Wir wissen, was wir wissen müssen. Fürs Erste jedenfalls. Danke schön, Doktor Jacobs. Sagen Sie, Doktor Jeffrey Geller hatte doch gestern einen schweren Autounfall, nicht wahr?«

»Ja, leider. Warum?«, stellte sich Nekisha dumm.

»Wir müssten auch ihm ein paar Fragen stellen.«

»Ich bin nicht seine behandelnde Ärztin. Aber was ich von den Kollegen so gehört habe, glaube ich nicht, dass sie von Doktor Geller jemals wieder eine vernünftige Antwort bekommen«, meinte sie und sah den Polizisten mit Trauermiene an.

»Steht es so schlimm um ihn?«

»Unser Chefarzt liegt im Koma. Wenn Sie Genaueres wissen möchten, wenden Sie sich bitte an Doktor Hendriks, seinen behandelnden Arzt.« Nekisha verabschiedete die beiden Polizisten. Nachdem sie die Tür hinter sich geschlossen hatte, wandte sie sich Sonja zu. »Na? Alles gut gelaufen?«

»Ja. Sie werden wohl denken, Jeff hätte aus Eifersucht auf mich geschossen, weil ich zurück zu Stephan wollte.«

»Sehr gut. Wie kann ich das nur je wiedergutmachen, Sonja?« Nekisha setzte sich mit einem tiefen Seufzer auf den Stuhl neben Sonjas Bett, auf dem eben noch der Chief Inspector gesessen hatte. »Weißt du übrigens, dass dir Hillary das Leben gerettet hat?«, fragte sie.

Sonja verstand nicht und sah sie wortlos an.

»Du hast eine sehr, sehr seltene Blutgruppe, Sonja. Bombay oh kommt unter 300.000 Menschen nur einmal vor. Es ist ein Wunder, dass wir hier auf der Insel einen Spender für dich auftreiben konnten. Das Schicksal wollte es, dass ausgerechnet Hillary diese Blutgruppe hat. Und sie hat keinen Augenblick gezögert, dich mit ihrer Spende zu retten. Sie war es übrigens auch, die den Notruf gewählt hat«, erklärte Nekisha.

»Erzähl mir das ein anderes Mal. Ich muss jetzt schlafen«, flüsterte Sonja mit geschlossenen Augen.

»Hast du noch Schmerzen?« Nekisha stand auf.

Sonja gab keine Antwort mehr. Die Infusion, die sie vor einer guten Stunde bekommen hatte, wirkte demnach noch. Auf leisen Sohlen verließ Nekisha das Zimmer ihrer Patientin.

67

»Wie geht es Sonja?«, fragte Hillary überrascht, nachdem Nekisha sie noch einmal angerufen hatte, um sich bei ihr für die rasche Hilfe zu bedanken.

»Erstaunlich gut. Sie wird wieder ganz gesund werden«, sagte Nekisha, dachte aber im gleichen Moment daran, dass Sonja nach dem Bauchschuss, den Jeff ihr verpasst hatte, keine Kinder mehr bekommen konnte. Das hatte sie Sonja bisher verschwiegen, denn sie machte sich Sorgen, wie sie diese unerfreuliche Nachricht aufnehmen würde.

»Kann ich sie besuchen?«, erkundigte sich Hillary.

»Geben Sie ihr noch ein bisschen Zeit sich zu erholen. Am Wochenende sollte sie dann kräftig genug sein, um Besuch zu empfangen«, meinte Nekisha.

»Sie wissen nicht zufällig, wo Jeff steckt?«, fragte Hillary aus heiterem Himmel.

Nekisha räusperte sich erschrocken. Gerade hatte sie sich noch gewundert, dass sich Hillary so sehr um Sonjas Zustand sorgte, wo ihr heiß geliebter Jeff doch im Koma lag.

»Hallo? Sind Sie noch dran, Doktor Jacobs?«

»Ja. Ich hatte keine Ahnung, dass Sie es noch nicht wissen.« Nekisha rang nach Worten.

»Was wissen? Was ist denn noch? So reden Sie schon!«

»Jeff hatte gestern Nachmittag einen Autounfall.«

»Was? Er ist doch nicht etwa …?«

»Er lebt. Aber er liegt auf der Intensivstation.«

»Oh mein Gott, Jeff!«, kreischte Hillary ins Telefon.

»Beruhigen Sie sich bitte, Mrs Darnell. Wollen Sie nicht zu uns kommen und mit Doktor Hendriks sprechen?«

»Ich bin schon unterwegs.«

»Bitte, nehmen Sie sich ein Taxi. Sie sind viel zu aufgeregt, um selbst zu fahren«, sagte Nekisha, doch Hillary hatte bereits aufgelegt.

Nekisha warnte Dr. Hendriks umgehend, dass gleich eine ziemlich aufgeregte Mrs Hillary Darnell auftauchen würde, die zu Jeff wollte.

»Und wer ist die Dame?«, fragte der Chefneurologe, der sie stets so merkwürdig ansah.

»Es bleibt unter uns?« Nekisha wartete sein Kopfnicken ab. »Jeff ist offenbar ihre große Liebe«, sagte sie geheimnisvoll.

»Sie meinen, sie hatte ein Verhältnis mit ihm?«

Nekisha zwang sich zu einem unverbindlichen Lächeln.

»Na, da bin ich mal gespannt, wie viele Frauen hier noch aufkreuzen. So umtriebig wie unser Chefarzt war. Aber wem sage ich das? Nicht wahr, Doktor Jacobs?« Hendriks grinste sie unverschämt an.

Nekisha hätte ihm am liebsten eine gescheuert. Stattdessen strafte sie ihn nur mit einem verächtlichen Blick, drehte sich um und ließ ihn stehen.

68

Hillary starrte entsetzt durch die Glasscheibe, die sie vom schwach beleuchteten Zimmer der Intensivstation trennte. Sie konnte kaum fassen, dass das dort Jeff sein sollte, der mit verbundenem Kopf in dem automatisch verstellbaren Hightech-Bett lag. Seine rechte, zertrümmerte Körperseite war ihr abgewandt, so blieb ihr wenigstens dieser schreckliche Anblick erspart. Mehrere Schläuche und Drähte verbanden ihn mit den Apparaten, die seinen Zustand überwachten und ihn am Leben erhielten. Selbst durch die Scheibe konnte Hillary das unaufhörliche Piepen des Monitors hören, das bestätigte, dass Jeff noch nicht ganz tot war.

Dr. Hendriks hatte ihr offen erklärt, dass es alles andere als gut um Jeff stand. Sie solle sich besser nicht allzu große Hoffnungen machen. Die Ärzte hielten es für unwahrscheinlich, dass er jemals wieder aufwachen würde. Und falls doch, würde er sicher nicht der Jeff sein, den sie vor dem Unfall gekannt hatte.

Hillary legte ihre rechte Handfläche auf die Scheibe, während Tränen über ihre Wangen rollten. Das war also die Strafe für alles, was sie getan hatten. Sie wünschte sich, dass sie an seiner Stelle in diesem Bett liegen würde, das schlechte Gewissen für immer ausgeschaltet. »Schlaf gut, mein Herzallerliebster«, flüsterte sie. Dann trocknete sie ihre Tränen, bereit, die Intensivstation zu verlassen.

»Mrs Darnell! Warten Sie bitte einen Moment!«, rief Nekisha ihr über den Gang hinterher.

Hillary blieb vor dem Aufzug stehen. »Doktor Jacobs, hallo. Wie geht es Sonja?«, fragte Hillary traurig.

»Gut so weit. Sie hatte riesiges Glück. Einer der Schüsse hat nur knapp ihr Herz verfehlt. Und sie hatte noch mehr Glück, dass es Sie und Ihr Blut gibt.«

»Gäbe es mich nicht, wäre ihr das alles erspart geblieben.«

»Da haben Sie auch wieder recht. Dasselbe könnte ich allerdings auch von mir behaupten. Wir müssen uns unbedingt unterhalten, Mrs Darnell.«

»Von mir aus. Vielleicht lenkt mich das ja von Jeffs Zustand ein wenig ab. Es ist unerträglich, wie er da so hilflos in diesem grässlichen Intensivbett liegt, mit den vielen Schläuchen.«

»Lassen Sie uns in die Cafeteria gehen«, schlug Nekisha vor.

Hillary nickte. »Wollen wir uns nicht duzen?«, fragte sie. »Wenn wir schon im selben Boot sitzen.«

Nachdem sie einen schattigen Platz gefunden hatten, erklärte ihr Nekisha, wie wichtig es war, dass Hillary künftig schwieg. Ansonsten würde nicht nur sie in den Knast wandern, auch Sam wäre dran.

»Das habe ich inzwischen kapiert. Es tut mir unsagbar leid, dass ich Sonja verraten habe. Sie wäre längst gesund zu Hause. Und Jeff wäre gesund bei mir«, sagte Hillary.

»Das lässt sich nun ja nicht mehr ändern. Aber ich bin froh, dass du offenbar aus deinen Fehlern gelernt hast. Ich würde heute auch manches anders machen, wenn ich noch einmal vor der Wahl stünde«, sagte Nekisha.

»Du hast wenigstens kein Verbrechen begangen.«

»Ich nicht, aber Sam, wie du weißt. Und ich bin immerhin diejenige, die ihn deckt. Das könnte mich zumindest meinen Job kosten. Und ich bin verdammt gerne Chirurgin. Ich verlasse mich darauf, dass du diesmal deine Klappe hältst«, sagte Nekisha eindringlich und sah mit festem Blick in Hillarys Augen.

»Du kannst dich darauf verlassen, Nekisha. Ehrlich.«

»Das hoffe ich für uns alle. Du könntest mir noch einen Gefallen tun oder, besser gesagt, deiner Freundin Sonja. Bringst du mir bitte ihr Handy mit, wenn du das nächste Mal in die Klinik kommst?«

»Sicher. Reicht es dir morgen?«

»Ja, danke. Sie wird wohl ein paar Leute zu Hause verständigen wollen, nehme ich an.«

»Hat sie denn kein Telefon am Zimmer?«

»Doch. Aber sie hat nicht alle Nummern im Kopf, die in ihrem Handy gespeichert sind.«

»Klar. Ich fahre dann mal. Danke für die Cola. Wir sehen uns morgen«, sagte Hillary und stand auf.

Nekisha sah ihr nach, wie sie durch die Glastür der Cafeteria verschwand. Hoffentlich hatte Hillary nun endgültig begriffen.

69

»Herein«, sagte Sonja viel zu leise, als dass man es von draußen hätte hören können.

Zuallererst sah sie den großen Strauß roter Rosen, der durch den Türspalt ins Krankenzimmer gestreckt wurde. Dann öffnete sich die Tür vollständig und er kam auf sie zu. Träumte sie etwa schon wieder?

»Hallo, Sonne. Was machst du denn für Sachen?«, fragte Stephan.

»Stephan? Wie kommst du hierher? Woher wusstest du …?«, flüsterte Sonja perplex.

»Darf ich dich erst einmal küssen?«, unterbrach er sie und beugte sich über sie.

»Vorsichtig, bitte«, sagte Sonja. Dann spürte sie den vertrauten Kuss auf ihren Lippen. »Es tut richtig gut, dass du da bist. Ich habe dich vermisst.«

»Wirklich? Das höre ich gerne«, freute sich Stephan.

»Jetzt sag schon, woher wusstest du, dass ich hier im Krankenhaus liege?«

»Eine Ärztin hat mich telefonisch informiert. Ich habe mir ernsthafte Sorgen um dich gemacht, nachdem ich am Flughafen vergeblich auf dich gewartet habe. Diese Wichser wollten mir keine Auskunft geben, ob du den Anschluss in London verpasst hast. Das war nämlich meine erste Vermutung. Danach habe ich immer wieder versucht, dich auf dem Handy zu erreichen, aber es ging keiner ran. Es war die Hölle.«

»Das tut mir leid. Du hast sicher geglaubt, ich lasse dich schon wieder hängen.« Sonja konnte sich gut vorstellen, was Stephan durchgemacht hatte. Diese Unsicherheit musste entsetzlich gewesen sein.

»Jetzt bin ich ja bei dir. Geht es dir ein bisschen besser?«

»Dafür, dass ich erst vor vier Tagen drei Kugeln abbekommen habe, geht es mir eigentlich recht gut. Nekisha ist jedenfalls sehr zufrieden mit mir.«

»Nekisha?«

»Doktor Jacobs.«

»Das ist die Ärztin, die mich angerufen hat. Nekisha, ein ungewöhnlicher Name.«

»Sie ist auch eine ungewöhnliche Frau. Nicht nur als Ärztin. Ich kannte sie schon, bevor ich in der Klinik gelandet bin. Aber das ist eine lange Geschichte. Erzähl ich dir später einmal.«

»Hast du etwas dagegen, wenn ich in Antigua bleibe, bis du entlassen wirst?«, fragte Stephan.

»Ganz im Gegenteil. Ich freue mich so sehr, dass du da bist. Sobald ich hier herausdarf, können wir gemeinsam nach Hause fliegen, ja?« Sonja sah in Stephans braune Dackelaugen, die ihr Herz auf einmal wieder höherschlagen ließen.

»Heißt das, dass du uns noch eine Chance gibst?«

»Wenn du es auch möchtest? Ich weiß jetzt, dass es ein großer Fehler war, dich zu verlassen. Das ist mir in den letzten Tagen schmerzhaft bewusst geworden.«

»Ach, Sonja. Wenn du wüsstest, wie ich mich nach dir gesehnt habe«, sagte Stephan mit feuchten Augen.

»Du musst allerdings wissen, dass ich dir nicht mehr alle deine Wünsche erfüllen kann.«

»Welche Wünsche? Ich verstehe nicht …«

Sonja schluckte. »Ich werde niemals Kinder bekommen können. Du solltest dir überlegen, ob du mit dieser Tatsache leben kannst.«

»Damit habe ich mich längst abgefunden. Du wolltest doch nie welche haben.«

»Aber du. Und wer weiß? Vielleicht wäre der Kinderwunsch eines Tages auch bei mir aufgekommen.« Sonja seufzte.

»Sei bitte nicht traurig. Wenn du dir jemals ein Kind wünschen solltest, können wir ja eines adoptieren. Oder auch zwei. Oder drei.« Stephan lächelte schelmisch.

»Halt, stopp. Es reicht. Hör auf, Stephan.« Sonja lachte, was höllisch wehtat. Das Lachen verging ihr, als es erneut an der Tür klopfte und Hillary eintrat. »Ach du bist es … Das ist Stephan«, stellte sie ihn Hillary vor.

»Hallo, Sonja. Du bist also Stephan … Hi, ich bin Hillary.«

Stephan schüttelte ihre Hand. »Ich gehe dann mal eine Vase holen«, sagte er und ließ die beiden Frauen allein im Zimmer zurück.

»Der ist ja niedlich. Wie geht es dir?«

»Lass bloß die Finger von ihm. Schon besser, danke. Wie geht es dir?«

»Nicht so gut. Du weißt ja, wie es um Jeff steht. Aber wir haben es wohl nicht anders verdient. Bitte, verzeih mir, Sonja. Ich habe mein Versprechen gebrochen, und du wärst deswegen um ein Haar gestorben. Wie konnte ich nur so dämlich sein? Es tut mir ehrlich leid«, sagte Hillary.

»Es hat mich zwar fast mein Leben gekostet, aber du hast es mir am Ende doch wieder gerettet. Nekisha hat mir alles erzählt. Danke, Hillary.«

Hillary sah sie ungläubig an. »Du kannst mir verzeihen, obwohl ich dich belogen und verraten habe? Eine Freundin wie dich habe ich gar nicht verdient.«

»Das stimmt. Aber Blut ist offenbar dicker als Wasser, muss man in unserem Fall schon fast sagen.«

»Ist es nicht merkwürdig, dass du auch diese idiotische Blutgruppe hast? Wir sollten immer in unserer Nähe bleiben. Für den Fall, dass eine von uns beiden wieder einmal Blut braucht«, sagte Hillary mit einem Augenzwinkern.

»Daraus wird nichts werden. Ich fliege mit Stephan zurück nach Hause, sobald ich hier herauskomme. Mir ist klar geworden, dass gegenseitiges Vertrauen weitaus wichtiger ist als himmlischer Sex und höllische Leidenschaft.« Und falsche Freunde, fügte Sonja gedanklich hinzu.

»Du wirst es nicht glauben, aber das habe ich in den letzten Tagen auch begriffen.« Hillary griff in ihre Tasche und überreichte Sonja einen Briefumschlag. »Ich habe da etwas für dich.«

»Was ist das?«

»Lies selbst.«

Sonja traute ihren Augen nicht, als sie die E-Mail einer Galerie in London in den Händen hielt. Thomas Moore wollte tatsächlich ihre Bilder ausstellen. Vorerst zwar nur im kleineren Ableger seiner viel bekannteren Stammgalerie, aber immerhin. Sonja war aus dem Häuschen. »Das ist ja der Wahnsinn! Wie hast du das geschafft?«

»Ich habe Tom die Fotos deiner Bilder geschickt und nach einer Ausstellungsmöglichkeit gefragt. Schließlich war Greg früher sein bester Kunde. Durch ihn ist die Galerie erst groß geworden. Wie sollte Tom da Nein sagen? Noch dazu, wo deine Bilder richtig klasse sind.«

»Das ist unglaublich. Ich soll schon im Oktober dort

ausstellen. Ich muss schleunigst gesund werden, damit ich wieder malen kann.«

»Ich bitte darum. Schließlich habe ich mich für dich eingesetzt. Mach mir ja keine Schande.«

»Du wirst so was von stolz auf mich sein, Hillary. Das verspreche ich dir«, sagte Sonja freudig.

»Was ist denn hier los?«, fragte Stephan, der mit einer Vase zurück ins Zimmer kam.

»Stell dir vor, ich werde im Herbst meine erste Ausstellung haben. Bei Thomas Moore in London«, erzählte Sonja.

»Wirklich? Das ist ja genial«, freute sich Stephan mit ihr und steckte die Rosen ins Wasser.

»Hast du eigentlich schon eine Unterkunft hier, Stephan?«, erkundigte sich Hillary.

»Nein, ich bin direkt vom Flughafen ins Krankenhaus gefahren.«

»Stephan könnte doch ins Gästehaus ziehen. Meinst du nicht, Sonja?«, wandte sie sich an die Freundin. »Dann könnten wir immer gemeinsam ins Krankenhaus fahren und euch besuchen.«

»Das halte ich für keine gute Idee«, sagte Sonja.

Stephan warf die Stirn in Falten und sah zwischen den Frauen hin und her.

»Mein Freund liegt auch in diesem Hospital«, erklärte ihm Hillary.

»Oje! Das tut mir leid. Es ist hoffentlich nichts Ernstes?«

»Ich fürchte, doch.« Hillarys Miene hatte sich schlagartig verfinstert.

Stephan war sensibel genug, um an dieser Stelle nicht nachzuhaken.

»Von mir aus kannst du ihm ruhig erzählen, was passiert ist. Stephan ist der einzige Mensch, für den ich meine Hand ins Feuer lege«, sagte Sonja.

»Sorry, Sonja. Ich habe Nekisha versprochen dichtzuhalten. Und diesmal breche ich mein Versprechen nicht wieder.«

Sonja staunte nicht schlecht über diese Bemerkung. Aber vertrauen würde sie Hillary wohl nie mehr.

Stephan verstand schon wieder nicht, was hier los war. Doch das war nicht so wichtig. Hauptsache, er hatte seine Sonne wieder.

»Nekisha! Wir haben gerade über dich gesprochen«, freute sich Sonja, als die Ärztin das Krankenzimmer betrat.

»Feiert ihr hier etwa eine Party? Ohne mich?«, fragte Nekisha und begrüßte Stephan.

»Woher hattest du überhaupt seine Nummer?«, wollte Sonja wissen.

»Denk mal scharf nach, Schätzchen.« Nekisha warf einen vielsagenden Blick auf Sonjas Mobiltelefon, das auf dem Nachttisch lag.

»Deshalb sollte ich dir also ihr Handy mitbringen«, sagte Hillary.

Nekisha lächelte verschmitzt, bevor sie wieder zur pflichtbewussten Ärztin wurde. »So, Freunde! Die Party ist zu Ende. Die Patientin braucht noch sehr viel Ruhe. Ihr könnt ja morgen wiederkommen«, sagte sie und deutete zur Tür.

Stephan und Hillary ließen Sonja müde, aber glücklich zurück. Und auch Nekisha wünschte ihr eine gute Nacht.

ENDE

Claudia Rossbacher
Steirernacht
Kriminalroman
277 Seiten, 12 x 20 cm
Paperback
ISBN 978-3-8392-1926-3
€ 12,00 [D] / € 12,40 [A]

Mitten in der Nacht werden die LKA-Ermittler Sandra Mohr und Sascha Bergmann ins oststeirische Pöllau gerufen. Ein Ehepaar und dessen elfjähriger Sohn wurden in ihrem Haus erschossen aufgefunden. Was zunächst nach erweitertem Suizid aussieht, entpuppt sich schon bald als rätselhafter Mordfall, in dem die einzige hinterbliebene 13-jährige Tochter zur wichtigen Tatzeugin wird. Aber ganz so einfach ist es dann doch nicht, den Täter zu fassen. Auch ihr Privatleben droht Sandra Mohr an ihre Grenzen zu bringen …

GMEINER SPANNUNG

WWW.GMEINER-VERLAG.DE
Wir machen's spannend